空腹ねずみと
満腹ねずみ（

Di … nd Die Satten

… rmes

ティムール・ヴェルメシュ 著　森内 薫 訳

河出書房新社

空腹ねずみと満腹ねずみ（上）——目　次

（上）

（下）

本書について

ドイツは難民認定申請に上限を設け、欧州全体は遠く北アフリカに非常線を張り、難民を遮断した。サハラの向こうには巨大なキャンプが作られ、数百万人の難民がそこに暮らすことになった。難民は待って、待って、待ち続けた。同じ時間をかけて歩けば――それが死につながらないかぎり――どこかにたどり着けるかもしれないほど長い時間を。

そうした中でも最大のキャンプをドイツの人気司会者ナデシュ・ハッケンブッシュが訪れたとき、難民の青年ライオネルは二度とないチャンスに気づいた。彼はドイツのテレビ視聴者の注目を利用し、一五万人の難民とともに、ヨーロッパに向かう行進に乗り出した。美女と難民の組み合わせは番組の視聴率を押し上げた。記録的な視聴率と莫大な広告収入に放送局が浮かれるいっぽうで、ドイツ当局は、事態から目をそらしたり、過小評価したり、ただ手をこまねいていたりした。だが、行列がドイツに接近するにつれ、内務大臣ヨーゼフ・ロイベルは窮地に追い込まれた。そして大臣とドイツ国民は、二つの問いを突きつけられることになった。私たちにはなにができるのか？　そして私たちは、どんな国に生きていたいのか？

この小説はフィクションである。しかし、UNHCR（国連難民高等弁務官事務所）によれば二〇一六年の段階ですでに、世界には約七〇〇〇万人の難民が存在していた。だが、長きにわたって彼らはただのひとりも、あるすばらしいアイデアを思いつかなかった。

もちろん、そうしたアイデアをどこかのテレビ局が報道してくれる確証はまったくなかった。そして、仮にそれが可能になったとしても、有名ロックバンドのボーカルが言及をしてくれる確証はまるでなかった。

そもそも、本書に登場する集団が本書に描かれたように行動する保証はない。すべてはちがうように展開する可能性もある。

だが、そうなる確率は高くない。

私は現実が嫌いだ。
でも、おいしいステーキを食べるのにこれ以上の場所はない。

ウディ・アレン

ねずみには種類がふたつ。
空腹ねずみと満腹ねずみ。
満腹ねずみは心愉しく家を動かず、
飢えたねずみは渡りゆく。

ハインリヒ・ハイネ
（生野幸吉・檜山哲彦編『ドイツ名詩選』所収、「放浪ねずみ」より）

空腹ねずみと満腹ねずみ

（上）

第1部

第1章

その難民はつとめてふつうに歩こうと試みた。簡単ではない。自分では、ふつうだと感じられないからだ。足取りがさっきより自然に見えるのか、まだわからない、わかるのはただ、他人の視線を意識するとふつうに歩くのは難しいということだ。頭を少し引いてみる。でもこれは失敗だった。まわりの反応ですぐにそれがわかる。きっと、背中に瘤《こぶ》のあるコウノトリみたいに見えたのだろう。ならば胸を張り、頭を上げ、にやりと笑ってみよう。

これでいい。

あと気をつけるのは、イギリスの老いた女王さまのような慈悲深い挨拶をうっかりし始めないことだ。もっと早くこうしてみるべきだったた？　いや、それは無理だ。そんなに前から考えていたことではない。それに、ほんとうにこれで正しいのか、まだ確信がもてない。でも、今さらもう変えられない。

体の力をゆっくり抜き、こわばった笑顔を自然な笑みにする。そうして徐々に、新しい役どころに自分をなじませていく。人々の視線が集まるのは当然だ。集まらないほうがおかしい。代わり映えのしない毎日が延々と続くここでは、ほんの小さな変化でさえ刺激的に感じられる。不思議なのは、こうして自信をもって足を踏み出すと人々の反応が変わることだ。くすくす笑いは静まり、かわりに、こちらを励ますような頷《うなず》きや賞賛が送られてくる。子どもが二人、車のあとを追いかけるように後ろについてくる。もっとたくさんの子が来そうだったが、そこに本物の車があらわれ、土埃をあげる車のほうに子どもらは走っていく。

難民は新しい状況を楽しみ始める。女の子がひとり、こっちを見ている。彼はその視線にこたえるようにおどけて歩いてみせる。女の子が笑う。彼は良い気分になる。これでいい。これでよかった。もっと早くにこうしてみるべきだった。難民は角を曲がる。そこにマッハムードがいた。

マッハムードは地べたにしゃがみ、女の子たちのグループを眺めている。難民は両手をズボンのポケットに突っ込み、マッハムードの隣に立つ。マッハムードは微動だにしない。

「無駄だよ」難民はマッハムードに言う。

「わかるもんか」マッハムードは振り返りもせずに言う。

「わかるさ。そんな眺め方じゃだめだ」

「おれは、みんなと同じように眺めているだけだよ」

「たしかに」難民は言う。「みんながナイラを見ている。みんながおまえと同じようにナイラを見ている。いったいどうやって、おまえが特別だって気づいてもらえる？」

「ナイラに気があるわけじゃない」

「じゃあだれだよ。エラーニか？」

「どうかな、知らねえよ」

「ばかだな」

「なんでさ?」

「なぜって、エラーニの目には、おまえがナイラを見ているように見えるからさ。そうしたらエラーニだって、おまえがほかのやつらと同じだと思うはずさ」

マッハムードが頭をそらし、難民を見る。「どうすればいいと思う？」

「あそこまで、ものすごくかっこよく歩いていけよ。どうやったらおまえのことをいちばん体裁よく追っ払えるか、ナイラに考えさせるくらいにな。おまえはナイラの隣に立つ。それでナイラが口を開きかけたところで、突然エラーニのほうに向き直るんだ」

マッハムードは頭をもとに戻し、しばらくその提案のことを考える。「おまえなら、そのやり方でいいさ。そういうふざけたやつだからな。でも、おれはそれより目力《めぢから》で勝負するくちなんだ。ところでその靴、どうした？」

マッハムードは一度も下を見ていない。たしかに彼の底力は目にあるのかもしれない。

「タバコを吸わなければ、すこしはカネが節約できるよ」難民はそう言って、マッハムードにタバコをさしだす。

マッハムードはそれを一本抜き取り、「もっとカネが節約できるのは、だれかにたかることさ」と言う。そしてタバコを耳の後ろに差し込み、しゃがんだまま難民のほうに向きなおる。故障を調べている自動車修理工のようなしぐさだ。「上物じゃないか」マッハムードは賞賛するように言う。「マジで本物みたいだ。ここでは本物なんか手に入らないことをもしおれが知らなかったら……」

「もちろんここでも、本物は手に入るさ」

広い肩幅にTシャツという出で立ちの難民は、タバコの箱を左の脇の下にふたたび押し込む。そんなふうにしているとタバコの箱もタバコもさして魅力的には見えないが、タバコをもっていることはすぐにわかる。どこの難民キャンプでもタバコは——たとえ本人が吸わなくても——必需品だ。タバコがあれば、良いことをしてくれる人間とのコネを、たいして苦労せずに築ける。タバコを必要としないやつはいない。本人が必要としなくても、両親やきょうだいが、あるいはマッハムードのような友人がそれを必要としたりする。

マッハムードは難民の足をもどかしげに叩く。あまりにしつこく小突いてくるので、難民もとうとう足をもちあげて靴底をじっくり眺めさせてやる。「いい色だな。だれのところで手に入れた？」しゃがんだままマッハムードがたずねてくる。「ムベケか？　もしそうなら本物じゃないぜ」

「そりゃそうだ」

「だろ？」

「だろって、どういう意味だよ」

「それはニセモノだってことさ」

「これはムベケのところのじゃない」

「それじゃ、どこのだい？　ンドゥグはもう、靴の商売からは足を洗っているぜ。それはたしかだよ」

「ンドゥグのところの靴でもないよ」

「じゃあやっぱり、本物じゃないってことだろう」

「それじゃあ、フェイク・シューズってことか」難民は笑う。

マッハムードは立ち上がる。「そろそろ吐けよ！」

「もしザランドのところの靴だと言ったら？」

「ザランドは靴を売っていない」

「おれは特別扱いなのさ、たぶん」

　マッハムードは難民をじっと見る。ザランドの本当の名前はだれも知らない。みなが知っているのは彼が組織で働いていること、そしてドイツ人だということだけだ。それから、人々がザランドに何か頼みごとをしようとすると、必ず同じ返事がくることも知っている。「なぜ僕に頼みごとを？　僕がザランドだから？」ばかげたセリフだ。だれもやつの本名を知らないのだから。でももしかしたら、彼は本当にあの有名なザランドなのかもしれない。

「どうしても言わないつもりかよ」マッハムードは言う。そして耳の後ろにはさんだタバコを取り出し、もの問いたげな表情をしながら難民のほうにさし出す。

　難民はズボンからライターを取り出す。タバコを手にした人間を喜ばせるには、タバコに火をつけられること。でないと、相手は火をもっているだれかをさがしに行き、必要な商談ができなくなる。あるいはこっちの話に耳を傾けなくなったり、話を半分忘れたり、まったく理解してくれなかったりする。マッハムードと難民は埃っぽい道を無言で歩く。マッハムードが自分のスマートフォンの画面を見る。

「ベルリンの人間は、ジャガイモと豚の足を食っている」

「だれがベルリンに行きたい？」

「おれはごめんだ」

「おれもだ」

「ここはいいところだもんな！」マッハムードが大声で言う。

「すばらしいところさ」難民はそう言って両腕を大きく広げる。「世界でいちばん美しい石がある。お日様はタダだ。ここにはない何がベルリンにはある?」

「ブロンドの女がいる」マッハムードはそう言って、タバコをくゆらせる。

「だから何だ? だれがブロンドの女とやりたいんだ?」

「おれだよ。試しにな」

「おい、マッハムード!」難民はマッハムードの行く手をさえぎり、肩を軽くつかむ。そして、さとすように顔を見る。「ブロンドの女をつくったのは悪魔だ。ブロンドの女を家に入れたら災いが起きる。おまえは病気になり、畑は干からびる。おまえの親父も言っていただろう。ブロンドの女はおまえに呪いをかけ、おまえのヤギを残らず飢え死にさせる」

「そりゃちょうどいい。おれのヤギはもう飢え死にしている。だからブロンドの女に貸しがある」

「おまえ、ヤギなんか飼ったことがないだろう」

「ああ、おれは二重に虐げられている。だから、ブロンドの女を二人抱ける」

難民は笑う。マッハムードも笑う。

「それで、靴の出所はどこなんだい?」

「買った」

「新品?」

「新品」

「カネはどうした?」

「カネくらい、おまえだってもっているだろう?」

「ああ、だけどおれは使わない。ともかく、靴みたいなくだらないもののためには」

「じゃあ何に？　ヨーロッパ行きの斡旋人に払うのか？」

「あったりまえさ。でも、最高の斡旋人にだよ」

「聞けよ、聞けよ」難民がからかうように言う。「最高の斡旋人だとさ！」

「おや。旅行の計画をあたためているやつが、またひとりお出ましだ」男の声がする。

声の主はミキだ。キャンプの《ハイウェイ》でバーを営むミキがカウンターの後ろに立っている。板とチップボードを釘でつなぎあわせたその店は、何枚かの波形トタン板と古いメルセデスのボンネットを日よけ代わりにしている。建てた当初は全体をひとつの色で塗る予定だった。けれど客がぼちぼち訪れたり、雨が降ったり、親友が——女房との約束があるからと言って——手を貸してくれなかったりするうちにずるずると五年が過ぎ、もはやミキは店がとことん朽ちるのを待っているだけだった。店が壊れれば、新しいのを建て直すことができる。ところがどっこい、おんぼろバーはなかなか頑丈だった。

ミキのバーは、だれにも邪魔されずに経営できるほど小さくはない。ギャングに目をつけられないやつなどいない。でも、熱心に見張られない程度には小さい店ともいえる。それはいいのだが、ギャングたちの後ろ盾がないと、冷蔵庫のための電気を確保できないことがある。

「おれが旅に出るとしたって」マッハムードはその場に立ったまま言う。「このクソの穴みたいな店が行き先だなんてことは、ぜったいにないね」

「どうだか」ミキが言う。「ほらよ」ミキはカウンターの下から何かをつかみ、通りにいる二人にひとつ放り投げる。アイスキューブだ。「大旅行に出かける前に、冷たい飲み物を一杯どうだい？」ミキが言う。

難民は氷をキャッチしようとする。けれど、それより先にマッハムードが氷をつかみとり、自分の口に押し込む。

「どうも、ごちそうさま」

「来いよ」難民が言う。「おれがおごる」難民はマッハムードをミキのカウンターのほうに押した。「二本。輸入物を。それからあんたも一本開けていいよ」

「サンキュー、ミスター」ミキは気取ってそう言うと、ビールを三本カウンターの上に置く。マッハムードは度肝を抜かれたようだった。

「新しい靴に、輸入物のビール。おれは何かに乗り遅れたのか？」

「さあな」難民は言う。「とにかく飲もうや。もしかしたら、おまえにこれをおごったのはまちがいだったかな」

「いやいや」マッハムードが強く言う。

「ビールは絶対に、まちがいじゃない」ミキはそう言って、ぐいと一口飲む。外はうだるように暑い。

「まさか、密行の斡旋人の価格が下がったとか？」マッハムードがたずねる。

「おまえの斡旋人の価格が下がらないのは確かだね」難民はからかうように言って、ミキのほうに体を乗り出す。「マッハムードは最高の斡旋人のためにカネを節約しているんだ」

ミキは目をぎょろりとさせる。

「ほんとうさ」マッハムードは言う。「聞けよ。このおれさまは、そのへんの狭くて暗いトラックなんかで旅行するつもりはないんだ」

「じゃ、どうするのさ？」ミキは冷蔵庫に寄り掛かる。そして棚からビアグラスを取り出し、まるでじきにグラスからビールを飲む客が訪れるかのように、グラスを磨き始める。

「日陰で寝そべっていると、斡旋人が迎えに来るのさ。車は白いメルセデス。クリーム色の座席。ドアがバタンと開き、斡旋人が飛び出してくる。高級ホテルのボーイみたいな制服を着て、日傘を持っている。男は車のまわりをぐるっと走り、おれのためにドアを開け、こう言うんだ。『お乗りください。マッハムードさま！』」

「その男はドアを開けるために、車のまわりを走ってくるのか？」ミキはグラスを、点検するように太陽にかざす。

「そういうシナリオなんだよ、疑り深いやつめ。おれは車に乗り込み、車で国境を越える。車は快適に走り、運転手はおれに、このあたりは気に入ったかと聞いてくる。『お望みのまま、別の道も通っていけます。マッハムードさま』そしたらおれはこう言う。『いやいや大丈夫だ。ただ、あまり早く着きすぎないように頼む』」

「たしかに早く着きすぎちゃいかんな」ミキがからかうように言う。

「あんたは何もわかってないから、そんなつまらない冗談が言えるのさ。あんたはドイツのことを何にも知っちゃいない。でもおれはちがう。教えてやるよ、ドイツでは、あんまり早く着きすぎるのは好まれないんだ」

「遅く着きすぎるのが、じゃないのか？」難民が訂正する。

「早く着きすぎるのも、だめなんだ」

「そんなばかな！」

「斡旋人もそう言うのさ。そうしたら、おれはこう答える。『ばかじゃないさ。おれが到着したのに部屋がまだ準備されていなかったら、新しいメルケルが困るだろう』おれはさらに言う。『もう一度、国境を越えたほうがいいかな』そうしたら斡旋人は言う。『お心のまま何度でも国境を越えましょう、マッハムードさま。ですが新しいメルケルは事前に電話をして、あなた用にホテルを二つあけてあるそうです。どちらか選んでいただけますか』そうしたらさ」マッハムードは満足げに言ってビールを一口飲み、木のテーブルについた丸い輪の上にごく自然に、正確に瓶を戻す。「そうしたらおれは言うのさ。『トイレと部屋が同じ階にあるホテルを頼む』」

「いい計画じゃないか」難民が言う。彼は自分のビール瓶をとり、マッハムードとミキの瓶にこつんとぶつけ、ビールを飲む。

「いい計画だが」ミキが言う。「でも、ひとつまちがっているな。もし、狭くて暗いトラックでないだれかがここに乗りつけるとしたら、それは、このおれが……」ミキは親指で自分を指さす。「このおれが、ここにいるからさ。このクソの穴みたいな店にな。あんたはあいにくだが、やつらにカネをだまし取られるのがおちだ。死体はやつらが砂漠に引っ張っていく。クリーム色の手押し車に乗せてな」

「ぶち壊し屋め」マッハムードが言う。

「不幸中の幸いは、あんたの行きたい場所におれがもういるってことだ。なぜって、そこには同じ階にいくらでも便所がある。そんな部屋はヨーロッパじゅうさがしても見つからないぜ。面積はなんと五〇平方キロ。世界最大のスイートルームだ！」

「ハーッハハハ」マッハムードは笑う。彼はミキのことも難民のことも見ていない。その目は、テントの向こうにどこまでも広がる青空を見ている。マッハムードは今、二人の顔を見たくないのだと難民は気づく。美しいファンタジーは、おそらく壮大すぎた。二人の顔を見ればマッハムードは、ミキの言うことが正しいとわかってしまう。ドイツが扉を開いたときから、もうあまりに長い時間がたっていた。当時ドイツのメルケルはまだ女で、あのころ射程範囲にいたやつらは大きな幸運をつかんだ。でも、あんなことはもうたぶん起こらない。自分らがここに来てからもう一年半になる。そしてまだこの先、さらに長い時間を過ごすことになるのだろう。

　難民はくるりと体の向きを変え、マッハムードのかたわらでカウンターに寄り掛かり、通りの向こうを眺める。今は午後だ。足が速くて力の強い子どもたちが、たきぎ集めから戻ってきている。難民がこのキャンプで初めてそうした子どもらに気づいたとき、たきぎ集めの仕事は昼ごろには終わっていた。だが、数百万の人間が燃料を——つまり木の枝や何かの糞などを——必要とするようになった今、燃料を集めるには以前より遠くまで足を運ばなくてはならない。そして人間は日々徐々に増加している。理由は単純だ。新しい人間がどんどんやってくるのに、だれもここから出ていかないからだ。以前はまだ、ここからさらにモロッコやリビアやエジプトへ向かったり、あるいはもといた国へ戻ったりするなど、人の流れがあった。でもそれはもう過去のことだ。ヨーロッパが徐々に国境を閉鎖して以来、そうした動きはない。

　砂色の犬が近づいてくる。それはもうあまり犬のようには見えない。そこに立っているのは、四本の脚に毛皮でおおわれた籠をのせただけのような何かだ。ハアハアと息をしているその何かは道路の端をじっと見つめながら、地面を探している。においをクンクン嗅ぐためにどこかに行ったりはしない。わざわざにおいを嗅がなければいけないものなど何もないことを、そいつは知っているのだ。そんなわけでその犬のような物体はその場に立ち尽くし、バーにいる三人の男に頭を向けている。犬には目がひとつしかない。だがここでは、目はひとつあれば十分だ。犬を呼び寄せるような人間がひとりもいないかわり、石を投げる人間もいない。それでも犬は、尻尾を振ればそれだけの甲斐があると思い決めているようだ。

ミキが、けだるそうに手を動かす。犬は尻尾をしまい、どこかに去る。それはどこか、ヨーロッパが難民をあしらうさまに似ていた。

難民たちがボートに乗ろうとしていたあの当時、ヨーロッパは地中海の封鎖を試みた。だが、地中海全体を封鎖するのは――いいかえれば、何千キロメートルもの入り組んだ海岸線を見張るのは――不可能だと悟ると、ヨーロッパは境界線をふたたび陸地に戻した。境界線は、今度はアフリカの側に置かれた。そのためにヨーロッパは、エジプトやアルジェリアやチュニジアやモロッコにカネを支払った。リビアにも少しは払ったが、もちろんほかの国に比べれば少ない額だ。ヨーロッパは今日に至るまでなお、リビアのだれの手にカネを押しつければいいのかわかっていない。だが、ヨーロッパの面倒はそれで終わりにならなかった。理由のひとつは、北アフリカの国々が学習したことだ。彼らは、国境をそれほどしっかり見張っていなかったらどうなるのかを、前よりもしばしば、あからさまに考えるようになった。手本になったのはトルコだ。トルコが難民というカードをもてあそぶことで尊敬や注目を獲得するのを、北アフリカの国々は見ていた。ヨーロッパ人はふたたびカネを手に、サハラの南に境界線を引き直した。そんなわけで、最高級の斡旋人というマッハムードの夢はけっして絵空事ではなかった。いつのまにか斡旋人は、そういうやつらしかいなくなっていたのだから。

「秘密を教えてやるよ」難民が、二人のほうを見ずに言う。

その視線はキャンプの向こうに――どこまでも広がるキャンプのさらに向こうに――注がれている。彼は以前からしばしばキャンプのはじまで歩いていた。なにしろ時間はたっぷりあるのだ。そうして歩いていると、キャンプの向こうにある無を見ることができる。そこにあるのは埃と砂と石ころと、さらなる無。こちら側に見えるのは、テントと、テントのような掘立小屋と、掘立小屋のようなテントと、継ぎをあてたテントと、穴の開いたテントと、打ち捨てられたテントと、ぱんぱんに膨れたテントだ。何もすることがないとき、どちらの光景がよりみすぼらしいか、考えてみる。答えが出なければ一晩眠って、数日たってからまた来る。翌日にすぐまた来てもかまわないが、まともな頭を半分でも持ちあわせている人間なら、そんなことはまずしない。

「秘密を教えてやるよ、あんたらに」難民は繰り返す。

「ん？」ミキがグラスをキュッときしらせる。

「靴の背後にある秘密さ」

「靴に何か秘密が？」

マッハムードは無言で下を指さす。ミキが、ぐらぐらしているカウンター越しに身を乗り出す。見なくても難民にはそれがわかる。カウンターの角張った板が、ギシギシ音を立てながら肩甲骨に押しつけられてきたからだ。板はじきにもとに戻り、ミキの声がする。「オッホー、新しい靴じゃないか！」

斡旋人についての当局の話は大ウソもいいところだった。当局は、斡旋人らと戦うつもりだと言っていた。でも、戦うことなどできやしない。麻薬や売春婦やアルコールに対するのと同じだ。当局が唯一影響を及ぼせるのは価格だけだ。当局が警官や軍艦を送りだせばそれだけ、結局は価格が上がるのだ。じっさいにその通りのことが起きている。価格はこれまでも上がってきたし、今も上がり続けている。それでもその料金を払うことのできる人間がわずかでもいるおかげで、結果的に、より少ない労力でより多くのカネを斡旋人が稼ぐという事態が引き起こされている。それだけではない。斡旋人は受け取ったカネをより多く自分の懐に入れるようになっている。仕事にからむ人間を極力絞っているおかげだ。

ゴムボートで海を越えるというやり方が機能していた当時は、組織化された巨大な市場があり、それに伴ってたくさんの仕事がアフリカ中にあった。情報を配布する人間がおり、集合場所を伝える人間がおり、輸送する顧客を集める人がおり、ライフジャケットを用意する人間がいた。人を満杯にしたボートを一隻出すにはそれなりの数の使い走りと、ひとりはかならず船頭が必要だ。たとえ無一文の人間でも、ゴムボートの操縦をすることに同意すれば、乗る代金を稼ぐことができた。あのころは、関わっているすべての人間にまだそれなりにまともな見通しがあった。ゴムボートの操縦は、どんな阿呆でもできる仕事だからだ。それが今では？

今では、八〇人乗りのゴムボートが使われることなどない。使われるのは八人乗りの小型ジェット機や、あるいは古いヘリコプターなどだ。操縦するパイロットは専門家だ。小型ジェットやヘリコプターにももちろん整備は必要だが、それができるのはやはり、技術をもっているエキスパートだけだ。斡旋人が関わりをもつのは今や専門家ばかり。そうして過剰になった手伝い人たちは、キャンプをどんどん埋め尽くしていく。

「倹約にはもう意味がないという結論に、おれは達したんだ」難民が言う。

「あきらめるってことか？」マッハムードがたずねる。

「そうは言っていない。倹約には意味がないと言っただけさ」

「良い判断だ」ミキが後ろから難民の肩をこんこんと叩く。「もう一杯ビールはどう？」

「倹約に意味がないとは言ったが、だからって、飲んだくれるのに意味があるとは言わない」

「倹約せずに、どうやってカネを貯めるつもりなのか？」

「わからない。どうやったら貯められるのか教えてほしいくらいだよ」

マッハムードは黙る。何を言えばいい？　どれだけビールを飲んで酔っぱらおうと、マッハムードにはわかっている。難民の言うことは正しい。たしかに斡旋人の料金が上がるにつれ、必要なカネをキャンプの中で稼ぎ出せる見込みは少なくなった。たとえキャンプに今、二〇〇万人以上が住んでいるにしても――。人口二〇〇万といったらちょっとした大都市だ。だがキャンプはどれだけ時間をかけても都市にはならない。

なぜなら、このキャンプが存在するうらぶれた国にはもうすでにたくさんの、まともに機能していない都市があるからだ。政府だってある。三年前にはまだ権力を手にしておらず、今から五年後にはもう権力を握っていないかもしれない政府ではあるが――。この年月、政府は二つの異なる集団からつねに攻撃を受けており、その二つの集団はどちらも、今の政府と同じくらいは統治能力がありそうで、どちらかがまもなく次の政府になりそうな気配だ。キャンプが存在し、なおも拡大している唯一の理由は、そのほかの場所にはない何かがキャンプには、そう多くではないにせよ存在するからだ。それは、安全という代物だ。

安全をもたらすのはカネであり、そのカネは国連やヨーロッパの国々から来る。そのために現政権はキャンプを保護している。それは結局、政府自身の利益のためともいえる。キャンプの保護という名目があればカネは継続して流れてくるし、発展のための手助けも得られる。防御用の武器の供給も得られる。基本的には政府は、世界でいちばん役に立たない土地の一画を、賃料のために貸し出しているようなものだ。だからこそ二つの抵抗勢力は、より激しく政府を攻撃し、難民によって得られるあがりにありつこうとしているわけだ。

その結果、キャンプは一五年のあいだ、ほぼ何も手をつけられないままそこにある。そこには、生き延びるには十分な安全があるが、未来のための安全はない。キャンプの中で、たとえばミキのように何かの設備を整えることは可能だ。未来を強く信じたい人間なら、ビールを冷やすための中古の冷蔵庫をいつか新調できるかもしれない。でも、ここに工場を移設することはだれにもできない。このテントの山にカネをつぎ込もうとする人間はいない。つぎ込まれたカネは、二週間もあればきれいに消えてしまうかもしれないのだから。だから、ここの人間は仕事を生むことができない。ここでは何十年かけても、埃と砂と日照り以外には何も生み出すことができない。

ここの男たちは、なにも稼ぐことができない。女であれば、女という種族が何千年も前からしてきたやり方で稼ぐことはできる。だがこの状況では、世界でいちばん美しい女がどれだけ体を売ってカネをためても、斡旋人の提示する額を稼ぎ出すことはできない。ヨーロッパが国境の守りを固くしたおかげで、斡旋料は上昇するいっぽうなのだ。キャンプにいるだれにとっても状況は同じだ。むろんマッハムードにとっても。いや、体を売ることができないぶん、状況はもっと悪いかもしれない。

「倹約に意味はない」難民はぼそりと言う。「たとえ倹約したって、斡旋人の提示する料金は日ごとに手の届かない額になっていくのだから」

「最高の斡旋人じゃなくてもいいんだろ?」マッハムードが口をはさむ。

「そうすれば何かが変わると?」

「新しい靴があると何かが変わるのか?」ミキはビアグラスを棚に戻す。「そんなのがあったって、どこにも行けやしないのに」

「でも、前より歩きやすい」

たしかにそれは事実だ。ここでのおおかたの人間は、子どもをのぞいては、サンダルかスリッパのようなものを履いて暮らしている。子どもはそもそも靴など履いていない。

「遠くまで歩かなきゃならない用事でもあるみたいだな、ここで」

「でも、歩くのには少なくともカネはかからない」

難民はそこで言葉を切る。一種の反発心から口にした言葉だが、何かにこつんとぶつかった気がしたのだ。それが何なのかはまだはっきりわからない。

「それで？」マッハムードが期待を込めた目で難民を見る。

「いや、ほら、どんな斡旋人だろうとおれには無理だろう。十分なカネなんてないのだから。でもおれには時間がある。たくさんの時間がある。ここに来てもう一年半だ。毎日たったの一〇キロでも歩いていれば、今ごろ、ここから五〇〇〇キロ離れたところにいたはずさ」

マッハムードは何といってよいのかわからずにいる。ミキも無言だった。

「五〇〇〇キロだ。悪くないだろ？」難民は話しながら考える。あるいは考えながら話す。どこに向かおうとしているのか、自分でもわからない。でも、もっと有益なアイデアがどこかに転がっているという予感がある。「五〇〇〇キロメートル。カネはかからない。そして、斡旋人が分捕るはずだったカネは、まだこっちのふところにある」

「ああ。でもたぶん、もうちょっと何かにとられてる」マッハムードがあらさがしをする。「そうやってどこかに行進しているあいだ、どうやって食うつもりなんだ？」

「たしかにな。食い物もいるし飲み物もいる。でも、おまえらだって見当がつくだろう。おれの貯えでどれくらい食ったり飲んだりできるのか」

「ベルリンの物価は目ん玉が飛び出るほど高いと言うぜ」ミキが悲観的に言う。けれどそれはむしろ、興味深げな声だ。ミキもまた、難民の考えがどこに行き着くのか知りたいのだ。彼は難民の目の前に、注文されてもいないビールを一本置く。

「ヘイ！」マッハムードが抗議する。「おれには？」

「なにか名案を考えたら、あんたにも一本やる」ミキはぴしゃりと言う。

「今よりちょっと少ないカネをふところに、五〇〇〇キロ先にいるとしたら……」

ミキが口を出す。「国境はどうする？」

「案内人を雇えばいい。そんなに高くはないはずだ」

「たしかにな。案内人がおまえを待ちかまえていて、特別価格を提示するだろうよ。でも、もしおれが案内人なら、特別価格は最高級の斡旋人にやるよ。やつらは何度でも来る。特別価格はお得意様のためのものだ」マッハムードが言う。

「おいおい」難民が言う。「そこまではまだ、計画を練っていないよ」

「そしてミスター特別価格は、欧州の国境施設の前に立つ。やつらはこう言う。すばらしい国から来たのですね。どんなにすばらしい国にいたのか、あなたはまるでわかっていない――。それで終わりだ」

「いいじゃないか……」

「今と同じ程度にな」ミキが言う。「そんなことのために、おれはあんたにビールを一本置いてやったのか？」

「驚くようなことをおれが約束したか？」難民は二人をかわそうとする。でももう遅い。アイデアが浮かびかけていたのに、間《ま》が悪くて考えが途切れてしまった。もう、それは消えてしまった。難民は思考の糸を手繰り寄せようと目を閉じ、さっきの何かをとらえようとする。上手にやれば目覚めたあとで、もう一度、夢の世界に戻ることだってできるのだから。

「おれにはカネはない。でも時間はたっぷりある」難民は繰り返す。「そして二本の足も……」

「それなら、おれたちだってある」

この瞬間、その何かは完全に消えた。難民はむっとしながらビールの瓶をつかみ、ぐびりと飲む。ミキがビール瓶に手をかけようとするよりさらに素早い動作だった。ミキは時々こういうことをする。だからお客はあまり遅い時間やへべれけな状態でミキのバーを訪れるべきではない。でないと客の前には、満杯よりやや少ない瓶が置かれることになる。

「でもひとつだけ、たしかなことがある」難民がまとめる。「倹約しようとしなかろうと、移動のための代金を捻出するのは無理だ」

「まあまあ」マッハムードがなぐさめる。「今はそう見えるかもしれないけどな。そのうち価格はまた下がるよ。そうしたら大急ぎでそれに飛びつけばいい」

「下がらない」難民はきっぱりと言う。「ヨーロッパはおれたちを受け入れたがっていない。だれもおれたちを受け入れたがっていない。そして、だれにも受け入れたがられていなければ、それだけ旅の価格は上がるものなんだ」

その場のだれも、それ以上は何も思いつかなかった。けれど難民は、自分の決意のほどを知らしめるために、そして自分の考えの第一歩が正しいことを今一度強調するために、さらに三本のビールを注文して仲間におごった。三人で飲んだり考えたりしているあいだ、難民の頭にはたえまなく、今この瞬間に自分は比類ないチャンスを見逃したのではないかという思いが駆け巡っていた。

第2章

事務次官は決断できずにいる。花崗岩はどうだろう？　いちばん固い材質だと彼らは言っていた。あるいは人造石は？　こういうことにとくに興味があるわけではない。事務次官として考えるべきことは、ほかに山ほどある。だがトミーは、すべてをひとりで決めるつもりはないと、はっきり言っていたのだ。だからこうして自分は今、コーヒーカップを片手に何冊ものカタログを前に腰をかけ、材質を見比べている。自然石？　ラミネート？

「調理台にラミネート？」事務次官はたずねた。「それは床の素材じゃないのか？」

「床の話はまたあとで」

「それで、これにはどんな利点があるんだ？　単純に木材を使うことはできないのか？」

「木材？」トミーはけらけらと笑った。まるで事務次官が、エベレスト山にサンダルで登りたいとでも言ったかのように。トミーはショートパンツ姿で廊下に立っていた。肩にはもちろんハローキティのリュックサック。だが、悪趣味な猫のイラストもその下にある完ぺきな尻の形を損ねてはいない。完ぺきな尻はくるりと回れ右をし、輝くような白いショートパンツが事務次官に近づいてきた。ショートパンツの下には、日に焼けた細い二本の足が伸びている。すらりとしたその足は、はっとするほど美しいブロンドの産毛におおわれている。トミーは途中でソファの机から何かを取りあげ、きわめて厚ぼったく、きわめて退屈な雑誌のように見えるそれを、紙でできた巨大なステーキのようにテーブルの上にぴしゃっと放った。「それを読んでよ。そうしたら、ふつうの人間がどんなことに取り組まなくちゃならないのか、きっと見えてくるさ。僕は君に、なにもかもすべて言ってきかせることはできないよ。もう行かなくちゃ。壁紙は放っておいても決まらないからね」

「でも……」

「喜んでよ。僕があらかじめ選んでおく。土曜日の午前一〇時半に壁紙屋に来て。そこで最終決定しよう。君のところに書き込んでおいた」

「アウトルック、それともカレンダー？」

「両方。もう行かなくちゃ。それじゃ頼むよ！　フォルカーに僕からもよろしく伝えて」

フォルカーに挨拶する予定など、事務次官にはない。事務次官は、トミーと一緒に住むと同意した瞬間のことをまたしても呪った。事務次官がベルリンに、トミーがハンブルクに住み、二週間に一度だけ一緒に過ごすというやりかたは、今思えばきわめて実用的だった。それ以外の晩はだれでも好きな相手と会うことができたし、奥の間での密談をいつまでもすることができた。だれかを（ごくまれにではあるが）連れ込んだり、連れ帰っただれかと朝の三時半まで政策について語りあったりすることもできた。この先もそういうのをやめる必要はないとトミーは言ったし、おそらく彼は正しい。十分な広さがあって、寝室をうんと遠くに据えることができれば、五人の政治家を連れ帰ってもパートナーが驚いてベッドから転がり落ちることはないはずだ。そんなわけでまもなく彼らは、屋上テラスつきの二五一平方メートルという夢のような邸宅を手に入れようとしている。ジェットバスもあるからトミーは、いちばん好きなことをこれまでよりもっと頻繁にできるはずだ。

そしてそれは、ぜったいに料理ではないくせに。

紙ステーキのようなカタログに事務次官は目を走らせる。そこにはこう書かれている。花崗岩はすぐれた素材だ。自然石なので染みができやすく、水分を吸いやすいが、勢いよく置いたグラスが割れてしまうほど強固な素材だ。事務次官は考える。よその家では、自分のところとは――つまりごくふつうとは――ちがうふうにグラスを置いたりするのだろうか。もちろん、グラスを放り投げたりするときは別として。

事務次官は、救いとなる知らせが届いていないかと一抹の期待を込めて、カタログの苦界から携帯電話に視線を移す。だれからも連絡は来ていない。カレンダー機能を開く。会議の予定が二つ。取材が二つ。緊急のはひとつもなし。事務次官は白いショートパンツに包まれたトミーの尻のことを考える。突然、「夏枯れ時」という言葉が頭に浮かぶ。今は本当に何も動いていない。それを彼は喜ぶべきなのだろう。これまでずっと、暇になることなどなかったのだから。

あの夏。そして、とんまな雌牛が難民を国に迎え入れたあの秋。大みそかのケルンでの騒動。トルコとの取引がもとでバッシングが起き、〈クーデター〉のあとでさらにまたバッシングがあり、役所の人間は危機対策会議からいっかな抜け出すことができなかった。家に帰りついてトミーにこう言われたとき、事務次官は今が九月なのか一〇月なのか、にわかにわからなくなっていた。「ひどい臭いがしてるよ。よくそんな人間と会議ができるやつがいるもんだね」あのころは、四日も五日も続けて仕事から解放されないことがあった。でも、一時の熱狂が過ぎ去り、難民の流入数がピークを越えた今、そして人人がこの新しい存在を世話したり削減したり教育したり、あるいはそれらすべてをするようになった今、事務次官は残業を減らし、有意義な読書のために時間を費やせるようになった。

それなのに、台所のカタログを読まなくてはならないとは。

「木は生きている素材です」と、そこには書かれている。よろしい。しかし古き良き木材には、湿気に弱いという欠点がある。たとえば果物や野菜の汁、そして血液など。それなら指を切らないように気をつけなければならないなと、事務次官は考える。そして、もしかしたらここで言う血液は、料理人のではないかもしれないと思いつく。

あまりに手すきなのでこの前は、運輸のなにやらの用件の議長を任されさえした。夏休みは目前に迫っている。選挙の気配はすでにあるが、実際的には何も起きていない。政府が何かをするとしたら、新体制樹立のすぐ後だ。政府は投票者に、選挙が何かをもたらしたのだと示さなくてはならないのだから――。それにしても二年三年と使えば、扱いやすくて薄い板には穴が開く。あとに残るのは危険と難儀だけだ。

合成樹脂は、熱いフライパンを置くのには適さないはずだ。フライパンの熱に耐えられない調理台だなんて、いったいだれがそんな代物を考えついた？　そして、そのかわりになるのは何だ？　熱に強い素材は？　鋼鉄？　それともガラス？

王国が、危機に瀕している。

トミーが決めてくれれば話はずっと簡単にすむはずなのだ。だが議論のタネは、キッチンの火まわりだけではない。紛争の起こりそうな危険地域《ホットスポット》がもうひとつある。幸いまだよそへの影響はないが、注意が必要だ。ホットスポットの名称は、トミーいわく「事務次官殿はもっと仕事をよそに割りふるべきだ」。それが意味するのはつまり、事務次官はもう少し多くの時間を家でのあれこれに費やすべきだということだ。トミーは先ごろ事務次官に、にこやかにこう告げた。僕は君にとって愛すべき伴侶であり、役所のろくでなしとはちがう存在であるはずだ。僕が役所のろくでなしとは違うことに、君が同意してくれるかどうかを知りたい。もし同意してくれなければ、僕らの関係は今すぐ終わるかもしれないからね――と。

その結果、万事がやや複雑さを増した。事務次官は本心では、新しい台所にはＤＩＹの店で売っているチップボードか何かで十分だと思っていた。ＤＩＹの店にときおり足を運ぶのは好きだ。木材や溶剤のつつましい香りや、整然とものが並んだ棚。色とりどりのペンキの缶。ねじ。定規。ねじ回し。スパナやレンチ。手仕事が得意なわけではないが、これだけいろんな大きさのスパナやねじ回しを見ていると、人生からどんなねじを差し出されてもきっと大丈夫だと、つい思ってしまう。

デクトンという素材もある。すばらしい代物らしい。その上で豚もさばけるし、原子爆弾の爆発もできる。きっと今から五万年後、地球にミュータントがふたたび住めるようになったころ、がれきを片づけていたやつらがこう言ったりするのだろう。「おお、デクトンの調理台だ。しかも新品同様！」もちろん、それは誇張だ。チェルノブイリの事故が示しているように、原子力の事故があった地域に人間は思っていたよりもすみやかに再居住できたし、それほど早く突然変異が起こったりもしなかった。事務次官個人は、原子力をまだ完全に見切っていない。以前、大手エネルギー会社ヴァッテンフォールの社員数人と話をしたが、みな、至極まっとうな人々に見えた。それはともかく、このデクトンというのがもたらす環境収支など自分は知りたくない。トミーだって、どうでもいいと思っているはずだ。「そんなの最後は、子どもたちに任せちまえばいいのさ！」と。

「僕らはゲイだけど」

「ともかく君はもっと、自分の商売から足を踏み出すべきだよ。党に頭をくぎ付けにされちまうよ。まったくもう」

携帯が鳴る。ようやく運転手が来た。

「すぐに下に行く」

急がなくては。プレッシャーが多少あるときのほうがたやすく考えが浮かぶのは、自分でもわかっている。台所については、正直自分はどうでもいい。トミーの頭には正確な青写真があって、だれか大臣が訪れたときにも恥ずかしくないようなキッチンをつくろうとしているのだろう。でもいつかひょっとして事務次官自身が大臣にでもなったら、大臣に会いにだれかがここを訪れないともかぎらない。たとえば、スウェーデンの若いハンサムな首相とか。

ムムム。

事務次官は一瞬、ボクサーショーツを穿いたスヴェンソンの姿を思い浮かべる。そして、はっと気を引き締め、急いで己の任務に意識を戻す。スマートフォンを取り出し、価格の比較をし、いちばん高いのを選ぶ。トミーはきっとそれを「ありきたり」な選択だと皮肉り、事務次官のことを自慢屋だと（一〇分間くらい）罵倒し、もっと良いものを安く買えると（二〇分間くらい）説教し、自分のおすすめ品とその色について（三〇分から四五分くらい）たっぷり演説をぶち、それに対して事務次官が（五分か、あるいは一五分間くらい）それはそうだとか何とか言わなくてはならず、最後にはそれを受け入れることになるのだ。

ほんとうなら事態はもっと迅速に片づけられるはずなのに、人間は時に、あえてこういう回り道をしなければならない。その意味においてはトミーとの関係は、役所のろくでなしどもと何も変わるところがない。

でももちろんこんなことを、トミーに言えるわけがない。

第3章

　ナデシュ・ハッケンブッシュは満足げに背を後ろにもたせかける。彼女にはわかっている。自分が放送局に足を踏み入れるより前に、人々はもうきっと最初の波を感じている。それはたとえていえば、圧力波のようなものだ。雷雨の前に起こる風。ただのそよ風とはちがって聞こえる梢のざわめき。電車が滑り込んでくるときに駅のホームに響く唸り音。

　ゼンゼンブリンクが秘書に、かかってきた電話は取り次ぐな、会議の出席者全員に欠席は許されないと釘をさせと念を押した瞬間からもう、それはわかっていたことだ。まるでうわさが廊下沿いに広まるように、ナデシュの名前はちらちらと人々に口にされるようになっていた。会社員はそういうことを、地震を感じとる動物のように鋭く嗅ぎつける。

「今日は、大一番があるようね」

「彼女、ひとりで来るのかしら？」

「それで？　また本会議が開かれるの？」

望むところだわ、とナデシュは思う。

部署ごとの会議をあちこち渡り歩いていた時期は、もう過去のことだ。最初は、そういう会議に出席していると自分が偉くなったような気がしていた。でも、じきに気がついた。ほんとうに偉い人間になるほど、会議で同じメンツに会うことは減る。初めてそれを達成したのは去年、第一シリーズの視聴率が記録的なものになると見通しが立ったときだ。第二シリーズに入ってから、全員が来なければならない会議は一度しかない。アポは向こうから示されるのではなく、こちらから選ぶものになった。ナデシュはもちろん七月を選んだ。

「もちろんとは？」リムジンの中で隣に座った新米が問いかける。

「なぜって、そうすれば必ずだれかが休暇を邪魔されるからに決まっているわ」ナデシュはそう言いながら、コンパクトミラーを開き、化粧のチェックをする。流れるような滑らかな動作だ。バッグに手を入れ、鏡を取り出し、もちあげながら蓋を開き、一瞬鏡をのぞき込んだかと思うと、もうその手は下に降り、鏡はバッグの中に戻された。全部でわずか二秒ほどの出来事だ。

「不興を買ったりしませんか？」

「そりゃあね。でもそうして人は尊敬されていくのよ。お金をもっている重要な人間や決定権をもっているお偉方をこそ、人は手ひどく扱うべきなの。無力な市民ではなくて。これ、書いておいてちょうだいね」

新米がナデシュの言葉をメモに記す。ナデシュ・ハッケンブッシュはまだ、これをなんらかのセルフヘルプ本にまとめるか、回顧録《メモワール》にするか決めかねていたが、いずれにせよさっきのはお気に入りの言葉のひとつなので、絶対に載せなくてはならない。ナデシュはバッグにふたたび手を突っ込み、五〇ユーロ札を一枚引き出す。滑らかなその動作から、バッグの中に五〇ユーロ札専用の場所があることがうかがわれる。体を前に屈め、運転手の手に五〇ユーロ札を押しつける。「これはあなたに。あとになると忘れちゃうかもしれないから」そう言って、ふたたび座席の背に寄り掛かる。

「弱い人々をこそ手厚く扱わなくてはいけないわ」ナデシュは言う。「母親からそう教えられたの。私はつつましい家庭の出だから。母はほんとうに、ごく普通の女性だったわ」

「あの、ちょっといいですか」新米がメモをパラパラとめくる。「お母様は事業家と結婚されていますが――それでも、つつましい家庭と表現してほんとうにいいのでしょうか……」

「私の母は**ほんとうに**、ごく普通の女性だったの」ナデシュはきっぱりと言った。「そして私はこの先も、自分の生まれをけっして忘れはしないわ。人間は、自分が何者なのかを知っていなくてはならない。根無し草ではだめ。ちゃんと根っこのある人だけが、ほんとうの人間といえるのよ」

ナデシュはそこで言葉を切る。それでも何も反応がなかったので、ナデシュは目を大きく見開き、メモ帳のほうに頭を傾けた。

「すみません」新米が言う。「根っこのある……人だけが……ほんとうの人間と……いえる」

ナデシュは自分の言葉が繰り返されるのを、満足げに心に留める。「最初のころはいつも、一〇ユーロ札を渡していたのよ」彼女は言う。「でもだんだん、それではみみっちい気がしてきたの。それで、二〇ユーロ札を渡すようになった。それでもときどき、これではみみっちいのではないかと思うことがあった。でも心づけを渡したすぐあとで、あれは安すぎたのではないかとか、くよくよ考えるのは馬鹿みたいでしょ。それならいっそ、同じ額をいつもあげることにしようと思ったのよ。今は一律で五〇ユーロを渡しているわ」

「五〇ユーロなら、みみっちくないということですか？」新米がたずねる。

その言外の響きが、ナデシュの気にさわる。この子は何が言いたいのかしら？　皮肉？　批判？　それとも他の何か？

「五〇ユーロで足りないという人は、たぶん一〇〇ユーロをほしがるのでしょうね。でも一〇〇ユーロはいくら何でも強欲よ」

「では、五〇ユーロなら強欲ではない？」

ナデシュ・ハッケンブッシュは、不同意をこめてチュッという音を立てた。そして「それではあなたなら、いくらにするの？」と逆に質問を向けた。

「わかりません」新米が言う。「おそらく五ユーロくらい？　支払い額にもよりますし」

「そういうことじゃないのよ」ナデシュは美しい頭を振りながら言う。「あなたには、説明してもわからなそうね。ともかく書いておいて。あとで見るわ。もしかしたらぜんぶ消すことになるかもしれないけど」

「チップについての箇所ですか？　それとも重要な人物についての？」

この新米は長くはもちそうにないわね、とナデシュは思う。幸い字がとてもきれいな子だから、後任になった子はそのまま彼女のメモを使うことができそうだけれど。

「まだわからないわ」ナデシュ・ハッケンブッシュはそう言って、ぼんやり窓の外に目をやる。「両方かもしれない」

「それは残念です。私は時給で雇われているのではないので」新米ががっかりしたように言う。

「自分の契約内容には自分で責任をもちなさいな」

ナデシュ・ハッケンブッシュは時計を見て、携帯電話に手を伸ばした。「マデリーン？　私よ。あと一〇分くらいでそっちに着くわ。ほかのみんなに電話をして、そのことを伝えてくれないかしら？　そのときに私の席に……そう。いいえ、やっぱり今日はカプチーノにしておくわ……ええ、そう……砂糖はダイエットタイプでね。恩に着るわ！」

窓の外を街の風景が流れていく。ナデシュはそれが好きだった。自分の生活がどんなふうに変化したかを話すと、昔からの友人の何人かはとんでもないというふうに頭を振る。取材。来日の中での生活。いつでもスタンバイして、写真を撮られたり、話しかけられたり。そんな状態が一時ではなく、ずっと続いていくという事実。でもナデシュはこの世界に入ったとたんにそれが気に入り、今もなお満喫している。ふつうの人々が馴染みの居酒屋にいるときのように、ナデシュにはこの世界が心安く感じられるのだ。それはとりわけ、こうした付随的な現象を通じてナデシュが、自分は正しいことをしているのだと常に確信できるせいでもある。ナデシュはいつもだれかに取り巻かれているという事実を通じて、他人からうらやましがられる興味深い人生を自分は送っているのだと理解している。記者たちはナデシュにとって、炭鉱のカナリアのようなものだ。記者がそこらを飛び回っているかぎり、万事はオーケーだ。

ナデシュは新米のほうをちらりと見る。

「そこでもう一度曲がってちょうだい」ナデシュは運転手に言う。「街並みがどんなふうに変わったのか、ちょっと見てみたいのよ」

「それでは一〇分後に到着できませんが」

「急いでいないの」ナデシュは穏やかに言う。

そんなわけで三〇分遅れて到着したナデシュは、カプチーノが冷めてしまってすまないというゼンゼンブリンクの謝罪に迎えられて、ご満悦だった。「よかったら新しく淹れさせましょう。ご遠慮なく！」

「そんな面倒をかけては申し訳ないわ」ナデシュ・ハッケンブッシュは固辞した。

「とんでもない。そこの君、頼むよ」

会合は、最上階にある大きな会議室で開かれている。今回が初めてではない。建物はハンブルクの町を一望できるホテルだ。会議をするなら町で一番のホテル。ケルンやミュンヘンのウンターフェーリング地区にあるオンボロ放送局の部屋で、古臭いデザインの照明の下、長方形の机を突き合わせて会議をするなんてまっぴらだ。小さな食器と、スナックや焼き菓子をのせた三段重ねのケーキスタンドが用意されていたりするのが、ナデシュの好みだ。ケータリング専門の部署があるのを自慢にしているくせに、いつも結局、社員食堂のコーヒーとスーパーで売っている箱入りクッキーでお茶を濁されている。でもほんとうはナデシュは、布製のナプキンや、そろいの服を着た熱心な給仕のいる場所が好きだ。つまり、自分のために他人がカネを費やしてくれるのを見るのが好きなのだ。ナデシュはふと、あとでこれも新米に口述しなくてはと考える。あるいは後任に入った子に。

カプチーノは、ゼンゼンブリンクがプレゼンテーションを始めた少しあとに届いたので、ゼンゼンブリンクはもう一度最初からやり直さなくてはならなくなった。ちょうどよかったじゃないの、とナデシュは思う。さっきは出席者がまだ静かになっていなかったし、それに番組のロゴをもう一度見ることができる。ナデシュの番組『逃げゆく人々にナデシュ・ハッケンブッシュが密着：苦界に天使』のロゴには、賢そうでかわいらしい雌ウサギのイラストが使われている。サロペットを着たグラマラスなそのウサギはナデシュによく似ている。もちろん、ナデシュ本人はサロペットなど、今も昔もけっして身につけない。

「視聴率は上々だ」ゼンゼンブリンクはそう言って、いくつかの図表を示す。「数字は今もなお上昇している。高齢者や若者の感触もいい。そしてわれわれはこの題材を、まだがっちり独占している。われわれが今こうして利益を上げているのは、むろん、最初はだれもこのスタイルがうまくいくと信じていなかったからでもある」

「私を除いてはね」ナデシュが強調する。あのころほかにオファーがなかった事実はともかく、自分が関わって向上しなかったテレビ番組はないといっていいのだ。

「演出ゼロだなんて、信じられないくらいです」ブロンドの女が言った。何度か顔を見たことはあるが、名前は憶えていない。年齢はせいぜい三〇歳くらいだろうか。にもかかわらず前の会議でも何度か発言して、注目を集めていた。何という名前だったかしら？　カルクベルガー？　カルクブレンナー？　DIYの店に売っている何かの素材みたいな名前だった気がする。次のときには名前をちゃんとメモしようとナデシュは決意する。でも、いまだによくわからないのは、このブロンド女をどんなふうに分類するかだ。ただの皮肉屋なのかしら？　それとも懐疑屋？

「ではもう一度よくご覧になって」ナデシュは強い口調で言う。

「いいえ、いいえ。疑っているわけではまったくありません」ブロンド女が言う。「あの番組で際立っているのは、なんといってもあの、本物らしさですもの。どの回だったか、画面を見ているだけでほんとうに臭いがしてくる気がしたくらいです。その点について、私どもはあなたをおおいに賞賛しますし、この部屋にいる全員が私と同じ考えでいます」

一同が指の節でコンコンと机を叩き、同意を示す。ナデシュは笑顔を浮かべ、少し当惑したような表情を見せる。「みなさんにお約束できます。番組がこの先もずっと、すみずみまで本物でありつづけることを、私が保証しますわ。何より重要なのは、あの人々が私たちの助けを必要としていることです」

「ええ、でも私はどうしても……」机の端のほうに座っている物静かで内気そうなネズミ女が発言する。

「そんなふうに思ってしまう自分にわれながら腹を立てているのですが、でも、どうしても気持ちを抑えきれなくて。私だって時折は、難民の子どもがほんとうにかわいいと思えるのです。でも二、三週間前のあの回だけは……」

「ああ、そうです。あの歯の回は……」

「ああ、あれね。歯の……」

ナデシュ・ハッケンブッシュは、ボスが笑顔を浮かべているのを見た。自分の局のことなのにボスはほとんど何も発言しない。彼は表情だけで会議を操縦するのが常だ。

「あれは事実そのままですが……」ナデシュが言う。

「ええ、でもあの子どもたちの歯は文字通り真っ黒だったじゃありませんか！」

「あの瞬間だけは私もちらりと考えました。もしかしたらこれは本物ではないのではないかと」ブロンド女が言う。「特別に歯の汚い子どもを選び出したのではないか、あんなにひどい状態だなんてありえないと、正直思ってしまいましたもの」

「でも、あれが事実です。親たちの歯を見ればすぐにわかりますよ。そういう人々がいるというところから、みなさんにもスタートしてもらわなくては」

「あの親たちは子どもに、どういうつもりで手のひらいっぱいの角砂糖を与えたりするのでしょう……」ネズミ女が取り乱したように言う。「あのときは思わず、画面に向かって怒鳴りつけたくなってしまいました……」

「わかります」ナデシュ・ハッケンブッシュは理解にあふれた表情で言う。「歯の衛生からいえば、ありえないことです。でも彼らはみな、ヨーロッパに逃げてくるあいだに歯ブラシをなくしたのではありません。そんなものを手にしたことがないのです。歯磨き粉を与えても、補塡材か何かだと思われるだけです。だからこそ彼らには助けが必要なのです」

「その通りだ」ゼンゼンブリンクが言う。「いい点を突いている。だがすばらしいのは、このコンテンツが人々の琴線にとにかく触れるということだ。視聴率だけでなくフェイスブックの反応からもそれがわかる。もちろん時には醜悪な面もあるが、だからこそ驚きが生まれ、人々を当惑させる。ここにいる面々が歯の回のことをまっさきに思い出したのは、けっして偶然ではない……」

「歯医者が難民施設を訪れる回でしたな……」さっきまで目立たなかった某役員が発言する。頭を振り、太った頰を震わせながら、喘ぐような声でこう言う。「口の中を次々にのぞきこんで、顔をゆがめて、あんなことはとても演技ではできませんな」

「演技なんて必要ありませんわ」ナデシュがあっさり言う。「状況はとてもひどいんです。あそこでは、私がこれまでありえないと思っていたことが現実に起きています。まだ四歳にもならないのに、口からまるで、汚水処理の腐敗槽のような匂いをさせている子どもがいるんです」

局のお偉方たちが、視線を交わしあう。状況の深刻さを理解したのか、唇がきつく結ばれ、眉が上にあがっている。こうしてみなが沈黙しているときにこそ、いつものように気のきいた文章を口にするべきかしら、とナデシュは考える。新聞やカメラに向かってそういう文章を口にすると、とても受ける。そしてだいたいが印刷されたり放送されたりする。すると人々は、ナデシュがただ美しいだけでなく、思慮深さや経済についての知識も兼ね備えていることにおおいに驚いてくれるのだ。そんなことを考えた瞬間、さっきのどうやら批判的なブロンド女がしゃしゃり出てきて、こう言った。

「それにこれは、この地上で、もっとも豊かな国々のひとつでの出来事ですからね」

ただ「地上で」と言うのではなく「この地上で」と言うことで、警告的な印象を強めようとしている。嫌味な女だこと。

「カールストライターさんの言うことは、核心を突いている」ゼンゼンブリンクが話をもとに戻す。「だが、それだからこそわれわれは仕事を推し進めていける。見るに堪えない映像が時にあるのは事実だが、そういうものは驚きを視聴者にもたらす。そうした惨い映像がなかったら生まれなかったはずの驚きを。これはまさに、われわれがこの先進むべき道を示している。われわれは、痛みに向かって進めばいいのだ」

「もう進んでいます」ナデシュが強く言う。「よろしければ、撮影日のあとの私の脚を、喜んでみなさんにお見せしますわ」

一同は、まったくだというようにどっと笑う。ゼンゼンブリンクも笑う。「君がどれだけのものを番組に注ぎ込んでいるかは、みなもよくわかっていると思う。『苦界に天使』はナデシュ・ハッケンブッシュあってこその、君にとってはまさに子どものような作品だ。君の尽力と信頼、そして汚いものにあえて手をふれ、足を擦りむくこともいとわないその気概ゆえ、この番組は成り立っている。だが私は──小さな言葉遊びを許してもらえれば──君がその脚を酷使していることを知ったうえでなお、さらに一歩先へ行くことをこの場で提案したいと考えている」

「それについては、何も聞いていないけれど」ナデシュはあえて額《ひたい》にいくつかの皺を寄せ、不満をあらわにしようとする。だれかに操縦されるのが、なにより嫌いなのだ。自主独立の確立と持続がどれだけ難しいか、自分はよく知っている。何が自分の得になるかも心得ている。そして、広告やメディア業界の人間やビジネスコンサルタントらがすべてのものごとを、他の人々に対して行ったのと同じようにしたがるのも知っている。だが、独自の道を歩むのをやめたら、自分の今のポジションは失われる。危険はおそらく大きくない。現時点での立場はきわめて良好で、嫌な仕事を押しつけられることはまずないはずだ。それでもここは少しばかりしかめ面をして、危うい立場にあるのはそっちだとゼンゼンブリンクに知らしめてやるべきだろう。でもナデシュはすぐに、馬鹿げて見えるのを避けるためにも、しかめ面はやめておこうと悟る。人はすべてを手に入れることはできない。ボトックスの注射を打ったら、額に皺を寄せるのはむずかしい。

「ああもちろん、何も知らなくて当然だよ。この案はまだ、ほんとうに生まれたてのほやほやなんだ」ゼンゼンブリンクは急いで言う。「でも心配は何もいらない。わかっていると思うが、ここは君なしでは何も決められないからね……」

「最終決定権は私にあるということね」ナデシュがやや挑戦的な口調で言う。

「……ああ、最終決定権はもちろん君にある。それは絶対確実だ。『苦界に天使』はナデシュ・ハッケンブッシュなしには成り立たないのだから。それを承知のうえで、君にお願いだ。どうか提案に耳を傾けてほしい。これは、われわれにとって二度とないチャンスなんだ……」

ゼンゼンブリンクの口調と必死さに、ナデシュはふたたび安堵を抱く。そしてにっこりと微笑む。あの『フランクフルター・アルゲマイネ』紙でさえ「圧倒的な」と表現した値千金の微笑だ。そして「しょうがないわね」と言う。

ナデシュが見ている前で先のカールストライターという女が立ち上がり、前に行き、立ち机の上にメモを置く。少し緊張しているようだ。でも、ナデシュの目の前で話すためだけでなく、これが非常に重要なプロジェクトであるかららしい。けっして悪い兆候ではない。

「『苦界に天使』第二シリーズは、単に成功しただけではありません」カールストライターが話を始める。「第二シリーズからは、この番組にさらに大きな伸びしろがあることが示されました。視聴者アンケートでは、ナデシュ・ハッケンブッシュの真摯な取り組みが注目されています。とりわけ評価されているのは、この番組がそれぞれ一回限りの特集ではないことです。同じ施設にとどまって取材をしているからこそ、全体的な状況がいかに改善していくかを視聴者は追いかけることができます。この勢いと盛り上がりを利用しない手はありません。現在、シリーズの放送はまだ三分の一ほどを残しています。ですので私たちは尊敬するハッケンブッシュ氏に、シリーズの最後をぜひ特別版で締めくくらせてほしいと願っています。もしかしたらそれは、一話ではおさまらないかもしれません」

ナデシュ・ハッケンブッシュはできるだけ美しく額に皺をよせる。思ったより面倒な話のようだ。こういうとき、だいたいろくなことはない。経験からそれをナデシュは知っている。以前、テレビのためにモデル同士で共同生活をした。トップモデルの番組のはざまに二軍モデルで何かしようという企画があったためだ。すばらしい触れ込みとはうらはらに、とんでもなく安っぽい企画だった。第二クールまででナデシュは番組から抜けたが、その番組のしょぼい勝者になったときのことは今も覚えている。勝者の表彰が行われたのはケルンのアリーナでもミュンヘンのアリアンツ・アレーナでもなく、ましてやニューヨークやパリの会場でもなく、マヨルカ島の四つ星ホテルのスイミングプール。おまけに観客はゼロ。その惨めさといったら、ろくでもない賞品をバス停で手に押しつけられるほうがまだましかと思えるほどだった。そんなわけでナデシュは懐疑的にこう言った。「なんだか安っぽい企画に聞こえるけれど」

「予算は問題ありません」カールストライターが即座に請け合った。「通常のシリーズ回よりかなりたくさんのお金が動かせます。掛け値なしで」

大きな予算がつく。ということは、ナデシュの取り分もむろん増えるはずだ。

「われわれはこの作品の勢いをこの先、弱めるのではなく、さらに強めていきたいと考えます。そしてナデシュ・ハッケンブッシュ氏に、ぜひ問題の核心に迫ってほしい。つまりナデシュ氏に現地へ——歯磨き粉がないことなど些細な問題でしかない地域へ——飛んでもらいたいのです。世界最大の難民収容所へ」

ナデシュは人生の歯車が狂っていくのを感じた。

「あなた、正気なの？」

「もちろんです」

「あそこで何が起きているのか、わかっているの？　銃で撃たれるかもしれないのよ！」

「撃たれなんて、しませんよ」カールストライターが言う。

「どうしてそんなことがわかるの？」

「あそこで人が撃たれるなんて、ありえません。もしそういう場所だったら、難民を収容できるわけがないじゃありませんか」

「銃で撃たれるような事態が起きていなければ、そもそも難民が生まれていなかったでしょうが！　少しはニュースをご覧なさいよ！」

「まあまあ、ハッケンブッシュさん。そんなに動揺するような理由は何もない」ゼンゼンブリンクが口をはさむ。「あそこには、軍隊や国連軍や支援団体がたくさんいるのだし」

「信じられないわ。あなた、どこからそんなことを?」

「まあまあ、何の準備もなしに突然、どの番組でと挙げることはできないが。でも、そういう場所でなければ、たしかに難民の収容なんてできないじゃないか? そういうテーマに絞って情報を探せば、君も……」

「じっくりニュースを見るような時間は、私にはないの。情報をまとめたファイルか何かをちょうだいな。そうしたら目を通しておくから……」

「ハッケンブッシュさん」カールストライターが今度は、きわめておだやかな口調で言う。まるで、拘束衣を広げて待ち構えているがっしりした介護士のようだ。「あなたのことを私たちが、災難のただなかに送り込むとでも思っているのですか? あなたと同じほど、私たちも危険にさらされるのに」

「その意見には少し賛成しかねるわ」

ゼンゼンブリンクがちらりとボスのほうを見る。ボスは不機嫌そうな表情をしている。ゼンゼンブリンクは咳払いをすると、にこやかな口調で言った。「たぶんわれわれはすべてをまったくちがう角度から眺めてみるべきなのではないかな。この企画がスタジオ収録よりはるかに危険を秘めていることは、ここにいるみなも同意している。だから、この企画にそれだけの価値があるのかどうかという問題が、非常に重要になる」

「それにはすぐに私が答えられるわ。答えはノーよ!」

「われわれも、もちろん同じ考えだ」ゼンゼンブリンクはさらに、驚くほど深刻な口調で続けた。「だがほんの一瞬、われわれをパートナーとして考えてみてもらえないだろうか? 君のパートナーとして」

　こうなったらどれだけナデシュが抵抗し、自分の手から何も奪われまいと必死になっても、ゼンゼンブリンクがドアの隙間に足先を入れ、それを押し広げるのを防ぐことはできなかった。

「もちろんわれわれが第一に考えるのは、わが社の利益だ。だが、わが社の利益と君の利益がときに一致することに、君も異論はあるまい。そして、われわれについてひとつだけ信じてほしいことがある。こうした危険についてわれわれが君に相談しているのは、ほかでもない、そこにチャンスを見出しているからだ。われわれにとってのチャンスであることはむろんだが、それは同じほど君にとってのチャンスでもあるはずだ。考えてみてほしい。この特別番組を通じてわれわれと君が、どれだけのものに到達できるかを。これが成功すれば君は、家具がどうだとか部屋の改装がどうだとかの番組とは一発でおさらばできる。それからパートナー探しや失踪者探しの番組とかも……」

「そういう番組に出ているBクラスの芸人と、私を同列に見ている人はいないと思うけれど」ナデシュ・ハッケンブッシュがむっとしたように言う。

「そういう連中と比べる必要などない」ゼンゼンブリンクがすかさず返答する。「だが、考えてみてほしい。これは君の、浮わついていない真剣な側面を、かつてないほどの規模で知らしめてくれるはずだ。ナデシュ・ハッケンブッシュは、ほかのだれも足を踏み入れたことがない場所に向かうことになる。アントーニア・ラードスのように」

「アントーネラ・だれですって？」

「アントーニア・ラードス。RTL局の。戦争地域に行っている、あのおばさんだよ」

「知らないわ」

「まあ、たいしたことじゃない。じゃあ、こう言いなおそう。これで成功すれば、君はおそらく名司会者ギュンター・ヤウフの域に入れる」ゼンゼンブリンクは辛抱強く言う。「これまでヤウフの域に入ったのはドイツでたったひとりだ。マルガレーテ・シュライネマーカーズ。知っているだろう?」

あたりまえだ。

昨今、ボトックス注射を使っていて、マルガレーテ・シュライネマーカーズを思い出さない者などない。ゴールデンタイムに三時間も四時間も君臨したあの女。長い長いコマーシャルを入れ、時間を超過しても何も問題にもならないあの女。ワイドショー全盛期の立役者。シュライネマーカーズが家に持って帰るものを、女たちはこぞって自分たちも家に持ち帰ろうとしたものだ。

あの女、税金や何かはちゃんと払うべきだろうに。そんなことはこのナデシュの身には起こりえない。自分は毎回、税金をきちんと払っている。つい最近、「税金やその他もろもろを払った後で、手元に二五〇万ユーロ残るようにしたいの。経理の部署にはきっと、そういう計算ができる人間はひとりはいるでしょう?」と言っただけだ。

そして、たしかにそういう人間はいた。

「新しいマルガレーテ・シュライネマーカーズになれるかもしれないんですよ。アンジェリーナ・ジョリーの輝きをもった」いまいましいカールストライターがしつこく言う。

この女は私の顔を見て、シュライネマーカーズの件が良いポイントになると見抜いたのかしら? ナデシュはつとめて知らぬ顔をよそおった。こちとら素人ではないのだ。だがゼンゼンブリンクの放った一撃のおかげで、頭から「マルガレーテ・ジョリー」が離れなくなってしまった。この仕事を受ければ自分は、いつかボトックスをほんとうに必要とするようになったときも、「アンジェリーナ・シュライネマーカーズ」として、まだテレビの画面や何かに出ていられるのだろうか。今はまだボトックスは、予防としてしか使っていない。予防的な……ええと……サステンナピリティのために。

ナデシュはもちろん承諾の言葉など与えなかった。局にいるあいだ、いつも通り超然とふるまっていた。だが、ふたたびリムジンの座席に座り、隣の新米相手に人生訓の口述筆記を再開したころ、ナデシュは彼女らしくない放心状態にあった。自分でもそれを腹立たしく思いつつ、気づけばまた物思いに沈んでいた。まだ撮られてもいない特番の予告編が何度も繰り返し脳裏に浮かぶ。ナデシュは気どりのない声でこう言っている。

「ナデシュ・ハッケンブッシュの部屋へようこそ。今夜のゲストは、教皇様です……」

議長はまだ来ていない。だからその場はまるで、教師がなかなかあらわれないときの教室のような雰囲気を醸している。驚くべきはその「教室」が、連邦政府と呼ばれる組織であることだ。弁護のために言えば、今は夏休みの時期だ。国会も休みになり、どこもかしこもほぼ休みになり、連邦政府も毎週ではなく二週間に一度しか会合を行わない。連邦首相も休みをとり、副首相も休みをとり、おおかたの大臣ももちろん休みをとり、それぞれが代理人を会合に送り込んでいる。だが代理人たちは、協議すべき題材など持ちあわせていない。閣僚の席に職業的に座るのは初めての輩も何人かいる。みな、この場に来たことはもちろんある。そのときは、黒い肘掛椅子――いちばん真ん中のも当然含む――にこっそり座り、片手を首相用の呼び鈴ボタンやほかの何かの上に置き、もう片方の手で自撮りをしたりしていたのだろう。だが、その肘掛椅子に座って何か有意義なことをするよう求められた経験があるのは、限られた人間だけだ。

もちろんこの場合、「有意義」という言葉は適切ではないのかもしれない。今ここで求められているのは、議事日程をこなすことだけだ。だが、いちばんキャリアの長い大臣にして今日の議長である環境大臣がまだ来ていない以上、それすら守られるかどうかはあやしい。

事務次官はだれか知った顔がいないかとあたりを見回す。ロームはまだ来ていないようだ。二人はともにいちばん若手のメンバーで、彼らよりも若いのは緑の党に所属する《ツグミ君》くらいだ。だが、事務次官はおおかたの議員よりも、そしてロームよりも頻繁に会合に出席している。内務大臣ロイベルから原則的に代理として会合に送られるからだ。そしてそれは、夏だけに限ったことではない。

「私にはわかるんだ。君が、いつも必ずアジェンダの左右に気を配るやつだということが」初対面の日にロイベルはそう言った。

「ありがとうございます。ですが、ほかのみなも……」

「頼むからそんなに畏まらないでくれ。少なくとも私たちだけのときは。正直、私がほんとうに選んだのは君だけなんだ。ログラーをそばに置いてはいるが、それは首相がやつに何か恩義があるからにすぎない。ヒステリー女のシュヴァンシュタットは農村女性連盟とキリスト教労働者協会のチケットを使ってここに来ただけだ。一度どこかに送り出せば、賭けてもいいが地元に帰るにちがいないさ。そうなったら、とてもありがたいのだがな。これは掛け値なしの本気だよ。あのお荷物な二人を引き受けたのは、君を獲得するためだったのさ」

「それは知りませんでした……」

「では君は、この老いぼれがもうろくしたとでも思っていたのか？　それとも、くじを三枚引いて、二枚は空くじを引き当ててしまったとでも？」

ロイベルからあまりに強い目で見つめられたので、事務次官は口を開けなかった。ロイベルは自分の事務机に座り、書類挟みを開くと、何かを読み始めた。そして顔を上げないまま、こう言った。

「状況はもう呑み込めただろう。私がやむをえない事情で閣議に行けないときには、名代として君が出席してくれ。私がそういう意欲のないときもだ。そのための準備をしておくよう、よろしく頼んだよ」

だから事務次官は準備をしてきた。とはいえ今日の議事録にあるめぼしい議題は、エネルギー研究の報告くらいだ。エネルギー転換ではなく、エネルギー研究についての報告だ。その重要性は、教師が学期の最後あたりに見せる映像資料とさして変わりがなさそうだ。

人々は黙々とツイッターに興じ、部屋には静寂が満ちている。正確にはまったくの静寂ではない。カールスドルフ＝グンデーリンゲンと運輸省から来たシュトーンだけは今に至るまで、どうすればスマートフォンのキーを無音で操作できるのか、わかっていない。彼らは一文字一文字カチカチと音を立てながら操作する。その手つきは、目の見える人間が盲人用の杖を後生大事に使っているさまを思わせる。そこから唯一推測できるのは、二人はどちらも、机の下でひそかにマスコミに情報をリークする一味に属してはいないことだ。そもそも、いったいだれがこの二人と情報を交換したいと思うだろうか。カールスグンデーリは見かけそのままの阿呆女だし、シュトーンは自動車業界の家来も同然だ。ろくな話が聞けるわけがない。コンクリのごとく堅い頭にガードレールを貼りつけたようなシュトーンは、記者たちから嘲笑的に「ストーン野郎」と呼ばれている。ＡＤＡＣ（ドイツ自動車連盟）の発行する『モートアヴェルト』の記者ですら例外ではない。

事務次官は、向こうにいるグレーヴェンゼンに会釈をする。グレーヴェンゼンのことは尊敬しているのだ。ＳＰＤこと社会民主党の青年党員として、そして――穏健ではあるが――左翼的な政治家として活動をスタートしたグレーヴェンゼンは以後四五年間、ドイツ西部のノルトライン＝ヴェストファーレン州一帯に社会民主的な快適さを広めてきた。ただ、その草の根的な活動の実状を事務次官が知ったのは、グレーヴェンゼンの議員宿舎でワイン片手に彼のジャズ・コレクションを眺め、おしゃべりをし、グレーヴェンゼンがアメリカのほぼ全作家とかなりの数のフランスの作家を原書で読んでいると聞いてからだ。グレーヴェンゼンは語った。下っ端党員のくだらないおしゃべりや果てしないスローガンやひとりよがりな言葉に耳を傾けるのが、いかに耐えがたいことであるか。そして、炭鉱楽団の演奏を悲鳴を上げずに聞き続けるのが、いかにエネルギーを消耗する苦行であるかを。

「曲が退屈でな。それにテンポがのろいんだ！　まるで喘息患者の音楽隊だよ！　社会統合の一要素として吹奏楽をするのはかまわんさ。結構なことだ。だがそれを人前で披露する必要があるかね？　私は六年ものあいだ、自分の子どもらが小学校の劇で一本調子のセリフを読み上げるのを見てきた。文化的な支援について言えば、今の私に言えるのは『もう自分の務めは十分果たした』ということだけだ」

その後、グレーヴェンゼンは若い後継者を鼻先に押し出された。そして黙ってそいつを褒めたたえる代わりに、己のキャリアの花道にもう三年間、法務省での事務次官の地位を得ることになった。人によってはそういうポジションを退職への一歩と考えたり、一足早い休暇のようにとらえたりする。そして、うっかりすると午前一一時に酒を飲み始め、就業時間をより速やかに過ぎ去らせようとする。だが、グレーヴェンゼンはこの茶番を最後までプロとして演じている。事務次官が感心するのは、そういうところだ。今日もグレーヴェンゼンはもちろん議案に目を通してきた。そこに何かよけいな条項がついていないか、その条件のおかげでうっかり地位を失ったり、ものごとを認めたり、つまらないことに同意させられたりしないかを確認するためだ。何かの取り決めがあるのか、自分の党から何か確認が必要な発言が出ていないかを同僚にたずねて確かめ、そして、法案が見かけどおりに退屈なものであることを確認する。それは、ここに来ている八〇パーセントの人間が——そこには、代理を送らず本人が出席した二人の大臣も含まれる——していることより、ずっと意味がある。

事務次官の携帯電話が鳴る。ワッツアップのメッセージだ。

「聞いたか？　ＮＨ（ナデシュ・ハッケンブッシュ）が今度は浴室用洗剤の広告に出る！」

もちろんロームからだ。答えはひとつだ。

「どうでもいい」

送信ボタンを押すが早いか、次のメッセージが届く。

「ママもボクも笑顔。奥の小部屋にさわやかな空気を」

「隠れホモ野郎」事務次官は返信する。「今どこだ？」

そのとき、議事堂の扉を開けてロームが入ってきた。不敵な笑顔を浮かべ、こちらに目配せする。事務次官はお返しに、にこやかで、かつうんざりした表情で目を剥いてみせる。二人は大学の法学部時代からの知り合いだ。あのころのロームはなかなか美男子で、緑の党に入ってからもそれは変わらなかった。緑の党のファッションセンスは当時から、今と同じくらいひどいものだった。ロームはしたたかなやつだ。一緒にいるといつも何か笑えることがある。残念ながら、こちこちの異性愛者だ。

ロームはまだ大学にいるころから、ゲイという切り札を攻撃的に使うよう助言した人物だ。そして、事務次官が心の中を打ち明けた最初の人物のひとりでもある。ロームの言うことは正しかった。ギド・ヴェスターヴェレ率いるＦＤＰこと自由民主党においては、ホモセクシュアルはちっともたいしたことではなく、フォークロアの一種ですらある。わずか五パーセントの議席しか持たない周辺集団では、同性愛はちょっとした奇行程度にしか受け止められないのだ。だが大政党ＣＳＵ（キリスト教社会同盟）

では、まったく事情がちがう。ここでは、男にはタマがなくてはいけない。

「おまえにだってそれはあるだろうが」ロームが言う。

「何の話をしているのか、おまえ、ちっともわかっていないだろう?」

「わかっているさ。いいか、おれの愛車は一九七八年製のポルシェ・九一一だ。ガソリンは有鉛を使う。必要だからじゃなく、そのほうがあの車にはいいからだ。ちょうど今、郊外にマイホームも建てている。庭にはなんとカーポート付きのトリプル・ガレージをつくる。そうすればジープ・グラディエーター一九六五年モデルを雨にあてずにおけるし、ガールフレンドがアルファ・スパイダーに乗って遊びに来たときにも困らない。おまえはまさか、おれみたいなやつが、緑の党の言うことを傾聴したうえでそうしていると思うのか?」

たしかにロームの言うとおりだ。事務次官にはあのCSUで立ち回れるだけのタマがある。ことを軽くすますのも、できないわけではない。だが、冗談でまぎらわせたくはなかった。結局彼はグレーヴェンゼンと同じ厳しい道を、党の精神への愛着がないというちがいはあるものの、あえて選んだ。地方組織を渡り歩き、ひとりひとりと話をし、ゲイであることを告白し、何人かとは一緒に酔いつぶれたりカードテーブルで相手を負かしたりもした。ある晩のことは、今でも語り草になっている。二〇代半ばのころ、ある会派の幹部や書記長代理や女係官とカードゲームに興じたとき、ひとり勝ちをおさめた彼は、清算のときにこんなセリフを口にしたのだ。「小切手《シェックス》は受け取るが、ブロウジョブは受け付けない。女性だけに限らず」

そのころからロームとの会話で、ナデシュ・ハッケンブッシュのことがよく話題になるようになった。事務次官にはさっぱり理解できない理由で、ナデシュがゲイの聖像《イコン》として知られるようになっていたからだ。珍しい話ではない。たとえば、事務次官が最近本を再読したマリアンネ・ローゼンベルクについても、なぜ・どうやって彼女が現在の栄誉を手にしたのかは謎だ。ローゼンベルクの「彼は私のもの」という歌は、ほかの人も歌っているのだから。ともかくナデシュ・ハッケンブッシュについては、ゲイ社会とのつながりをにおわせるものは何も存在しない。体の動きや話し方、全般的なふるまいを観察しても、ナデシュはふつうの女と変わらないまったくのヘテロであり、特異な点があるとすれば、圧倒的なまでの欺瞞だけだ。トミーの家で事務次官はときどきナデシュの出ている番組を見た。嫌な感じの女だ。表向きは意義深そうなことをしているが、テレビについての知識が少しでもある人間なら、すぐにその嘘くさい広告戦略を見抜ける。たとえば、どこかの町工場が暇な時間に、子どもたちのためにジャングルジムだか何かを据えてやる映像があったとする。その背景に、その落ちぶれた町工場の看板がやけに頻繁に映り込んできたりするのだ。もうひとつ騙されてはいけないのは、これらすべてがナデシュにとっては単なる乗り物にすぎないということだ。ナデシュ・ハッケンブッシュはこうした番組を足掛かりに、より良い放送時間やより魅力的な広告契約にステップアップを目ざしている。事務次官は、こういうタイプの女を知っている。港の酒場の歌姫のようにニッチな番組に甘んじるつもりは、ナデシュ・ハッケンブッシュにはさらさらないのだろう。彼女が目ざすのはゴールデンタイムの番組だけだ。

ようやく環境大臣が来た。ふつうなら、それまで中にいた記者らはこの瞬間から退室を命じられるが、今日はそもそも記者がひとりも部屋にいない。今日がいかに事件のない、つまらない一日であるかの証拠だ。今日の議事堂は環境省と教育研究省の、そしておそらく経済省にとってのいわば遊戯場だ。だが、経済大臣はまだあらわれそうにない。今日の集まりが、残る二大臣を輝かせる場になることは、あらかじめ決まっていたのかもしれない。二人の女性秘書官がくすくす笑い、女性の環境大臣がそれをにらむ。

わざわざ波風を立てないかぎり、これはこれで機能する。どちらの側にとっても——。事務次官は今も覚えていることがある。以前、首相も副首相も欠席していたとき、国防大臣が特別な活動を試みようとしたのだ。それはまるで、学校の教室で委員長が突然授業を乗っ取り、教科書の何ページまで進むかを教師に指図したかのようだった。

事務次官は話に神妙に耳を傾けるふりを装いながら、個人的にもっと興味のあることを——不穏なふるまいを——こっそり観察する。促進措置についての記述が文面に欠けているから、いずれ経済省の面々から抗議の声が上がるだろう。クラインが例によって、わずかでも人々の注目を集めるために何か抗議を口にしなかったら驚きだ。クラインはいつも、何かひとこと言わずにはおかない男なのだ。

環境大臣はじきに、夫をネタにした冗談を口にするだろう。すべてはわかりきった、想定内のことだ。事務次官はそれより、いつもと異なる何かに注意を向ける。そしてそこから、だれかがある見解を撤回したことを感じ取ったり、さらに、だれかと取引が交わされたと見当をつけたりする。もしかしたらそれは、政治的方向性の一八〇度転換をほのめかしているかもしれない。以前、左に寄ろうとした某外相が、ＮＡＴＯの批評家にそれをほのめかしたのと同じように——。内務大臣ロイベルはその動きを四週間も前から予見していた。当時、内務委員会の席で、「移民」のテーマについてだれかがいつもとちがう表現をしたことを、ロイベルは見逃さなかったのだ。だが今日は、目をつけなければならないことは何もなさそうだ。それは、事務次官というポストの性質に起因するとも言える。

事務次官というポストはかつて、次代の政治を担う才能ある後継者を育てるトレーニングキャンプのように思われてきた。いうなれば大臣を要請するＵ－21チームだ。だからこそ、連邦議会議員がこれらのポストを占めることが許されてきた。だが今、その実態がスター志望のたまり場同然になっていることに、見る目のある者は気づくはずだ。五〇歳以下は少なく、四〇歳以下はさらに稀だ。好意的に見ればそれは、六〇〇から七〇〇人近い議員の中で若手議員はもともとそう多くないからともいえる。好意的でなく見ればその原因は、党が事務次官というポストを理想的な駐車場のようにとらえていることにある。役職を求めているが、当面何の役職も与えられない人々のための駐車場だ。前述のカールスグンデーリは女性事務次官として、女性事業家やラインラント゠プファルツの州議会やさらには映画業界にも、「あなたがたのように重要な組織の女性は政府筋に近いポストを得られる」と吹聴しているが、役所や市民からすればとんでもない話だ。なにしろカールスグンデーリはゼロ同然の存在だし、議会全体の中でそうした輩は彼女だけに限らないのだ。それゆえ、かのドイツ納税者同盟も長らく彼らとは対決姿勢をとっている。どんな阿呆でもつとまるポストがあるのなら、そんなものは早晩廃止してしまえばいいというわけだ。

事務次官は時計を見る。運が良ければこのセッションは、あと一時間もすれば終わるだろう。クラインが演説をぶって、それについて何も意見を言わないほどみなが賢明であれば、あと一時間半ですべてが終わる。残念ながら、疑義をはさみそうな人物が少なくともどうやら二人はいる。だが一時より遅くなることはあるまい。事務次官はロームにメッセージを送る。

「何を食う？」

返事はすぐに来た。

「エチオピア料理？　コンゴ料理？　ナイジェリア料理？　ともかく今日はアフリカ料理にしよう」

「なぜ？」

「愛しのＮＨのためにグーグル・アラートを設定していないのか？　ＮＨはアフリカに行くんだよ」

第5章

アストリッド・フォン・ロエルはここアフリカに座っていながら寒さに震えている。外気温は摂氏三九度。それなのに、雑誌『イヴァンジェリーネ』のレポーターである彼女は、カーディガンの七分袖をこっそり八分まで伸ばせないかと悪戦苦闘している。四輪駆動車のエアコンは約一五度に設定されているのだ。アストリッドは寒さとさらにもうひとつ、己の吝嗇とも戦っている。この服はいい値段だった。かなりいい値段だった。ただでさえ伸びやすい袖口を伸ばすのは惜しい。でも今この瞬間、目の前に座っているのがナデシュ・ハッケンブッシュでなかったら、きっと、かまわずに袖を引っぱっていただろう。ナデシュは顔をちらりともゆがめることなくそこに座っている。アストリッド・フォン・ロエルは、アフリカの四輪駆動車にエアコンがあることを知らない女のように見られたくなかった。だから、海外旅行のいちばんの醍醐味は信じがたいほどの気温差だといわんばかりの顔をして、落ち着いて座っていようと試みた。

アストリッドはスマートフォンをいじっているナデシュを、ちらりと観察する。そしてナデシュの秘密を盗み見ようとする。ナデシュが着ているのは、丈のとても短いデニムのスカートに、エレガントだけど飾り気のないトップス、そしてデニムのジャケットだけだ。足には麻のスニーカーを履いている。一見安っぽいピカピカしたラインストーンの飾りを除けばどれもすべて、地に足のついたスタイルだ。だが、それらのラベルにちらりと目を走らせたアストリッドは、ナデシュの衣服が、靴やその他のがらくたを含めずに総額四〇〇〇ユーロを下らないことを見抜く。それにしても、そうした衣類に特製のエアコン機能が埋め込まれているわけではあるまいし。いったいどうやってこの寒さを我慢しているのかしら？　もしかして、見えないサーモ下着でも着ているのかしら？

まったく、信じられない女だわ。

ナデシュ・ハッケンブッシュの経歴は最初のころから知っている。タレントショーでのデビュー。ひどい失敗の数々。無知。最初のころ、テーマ会議でそれはさんざん笑いものにされていた。アストリッドの名づけ子の小学校では、ものを知らない女子生徒が「あなたはまるでナデシュね！」と叱られたり「ナデちゃん！」とからかわれたりしていた。ナデシュは四クール目には番組から抜けたが、そこまで生き残ったのは視聴率の上昇ゆえだ。ユーチューブ動画の世界では、カルト的な人気が出た。それに、テレビのマネージャーらが広告枠を売らなければならなかったという事情もある。ナデシュの外観と天然ぶりは、そういうことにうってつけだった。こめかみから生えているかと思うほどすらりと伸びた脚は、長すぎてぎこちなくさえ見える。ぎくしゃくしているわけではないが、生まれたての子牛が膝を曲げてよろよろ歩くのと少し似ている。多面的なバストは状況次第できわめて煽情的に豊満に見えるが、今日は衣服の下に行儀よく収納されている。人目をひくその顔は当時から、思わず息をのむほどかわいらしいのに、それでいて近所のパン屋の売り子のような普通らしさももっている。日の出を思わせる微笑み。絶え間なく動く大きな口元からは、信じられないほどたくさんの――率直と言えば率直だが――馬鹿げた発言が転がり出てくる。ナデシュに番組をもたせるのが良いことだとは、おそらくだれも思っていなかっただろう。

でもあのころは、だれでも一晩でジャーナリストになれるかのような風潮があり、女子競泳選手が突然インタビュアーに抜擢されたりしていた。しがないタレントショーに勝利したナデシュは、こうした流れの中で白羽の矢をあてられた。だが、彼女がカメラの前でひとつの文章もまともに喋れないのはだれの目にもあきらかだったはずだ。状況は今もさして変わらない。どのように喋るべきなのか、ナデシュはまるで理解していない。司会の手本をたとえ一〇〇回見せても、彼女にはちがいがわからないのだ。だから、必死に努力をしても、どんどん使い物にならなくなった。自分らしさを失い、より不安定になったナデシュの司会は視聴者からも酷評され、好調だった視聴率はまもなく低迷した。

メディアの世界は、ときにきわめて冷酷だ。とくに女には。アストリッドはそれをだれよりもよく知っている。『イヴァンジェリーネ』編集部に来て一六年、何度も驚かされてきた。たとえばＲＴＬ局『ザムスタークナハト（土曜の夜）』のエステル・シュヴァインスや、タニヤ・シューマンのその後だ。二人はどちらもとても人気が高かった。それが今は？　男なら番組から降りてもまた先があるけれど、女は？　『クリムビム』や『天国の娘たち』が終わって以来、すっかり落ち目になったイングリート・シュティーガーは男運の悪さと、ハルツ・フィア（生活保護）に救われた事実が幸いして、何とか今も息をつないでいるが、いっぽうタニヤはとうとうＢ級番組『ジャングルキャンプ』にまで堕ちた。タニヤの比較的ふつうの人生には、十分に悲惨な要素がなかったからだ。その点、ハッケンブッシュはじつに巧妙に身を処してきた。

アストリッド・フォン・ロエルの記憶するかぎり、ナデシュが完全にテレビの世界から忘れられた時期は一度もない。それは一部には、信じがたいほど波乱万丈な人生のおかげだ。ホッケーのドイツ代表選手との結婚と第一子の誕生（子どもはキールと名づけられた）、そして離婚。歌の世界に挑戦し、大失敗したこと。ちょうど同じころユーチューブ・ブロガーのルブレッツェルと交際し、でも、レイプ事件が起きて結局別れたこと。ちょうどそのころ、まるで図ったかのように妊娠がわかり、裁判と並行して堕胎についての議論が起こり、それはどこか胡散臭い和解に帰着し、そうこうするうちめでたく第二子のミンスが生まれ（ベッカム流に、受精の場所にちなんで名前をつけられた）、その後彼女は子育てについての本を書き、アストリッド・フォン・ロエルも助言者として制作にかかわったものの、その名が本に記されることは残念ながらなかった。この本の失敗でナデシュは、『ジャングルキャンプ』にあやうく身を落としかけた。そこで舞い込んできたのがこの『苦界に天使』の企画だったのだ。

車内の革張りの椅子は、どれだけ座っていても温まる気配がしない。体の結合組織のためにはきっとこのほうがいいはずだ、とアストリッド・フォン・ロエルは自分を慰める。ナデシュ・ハッケンブッシュは、しなやかな動きで携帯電話をルイ・ヴィトンのバッグに滑り込ませている。その昔、シガレットケースをきわめて優雅に扱うことのできる女性たちがいたが、ナデシュ・ハッケンブッシュにとっての携帯電話はかつての日のシガレットケースのようなものだろう。

「撮影用にどんなのをもってきたの？」ナデシュはそう言いながら、アストリッド・フォン・ロエルのほうに身を乗り出す。

「ちょうど今、大きく広告を打っているH&Mから大量に。それからハルフーバーからもいくらか。そして、ドリス・ツー・ヴァーゲンバッハからもスーツケース二つ分ほど」

「たいした品ぞろえね」

「私たちのところでどんなふうに仕事が進むのかは、知っていますよね？」

「ドリス・ツー・ヴァーゲンバッハ！」ナデシュは軽蔑をあらわに言う。「キルティングの掛布団とピエロを一緒にシュレッダーにぶちこんで、出てきたものをイブニングドレスと称しているのよ、あいつらは。どうしてそんなものにあなたがたが飛びついたのか、理解に苦しむわ」

「編集部では、ドリス・ツー・ヴァーゲンバッハは来るべきファッションとして通っていますが……」

「……来るべきファッション？　ツー・ヴァーゲンバッハが？　おたくの編集部には好感をもっているけれど、でも、あなただってわかっているでしょ？　編集部のみんながどんな恰好で走り回っているか。そういえば、おたくの副編集長はシャツのボタンをちゃんと閉められるようになったのかしら。そちらにお邪魔するといつも、ボタンが一個、開いていたもの。いいえ、シャツだけならまだましよ。かりにも『イヴァンジェリーネ』編集部の男性ともあろうものが！　だれも彼にそれを言ってあげないの？」

アストリッド・フォン・ロエルは歯がカチカチと音をたてないように必死に努力する。「ツー・ヴァーゲンバッハからは二つか三つは使わなければならないでしょうけど、残りは送り返してかまいません。それから、ハルフーバーのもたくさんありますが」

「ハルフーバー？　ああ、それでもないよりはましというものね」ナデシュ・ハッケンブッシュはどすんと背もたれに寄り掛かると、聞こえよがしにため息をつく。ナデシュは色付きの窓ガラス越しに外を見ている。明るい青と黄色と灰色の砂埃の中に、ひとりの地元民が消えていく。窓ガラス越しでは、それほどたくさんのものは見えない。二人の乗った車は隊列の三番目を走っているが、前を走る二台の車はもうもうとした砂煙に包まれている。「でもあなたを頼りにしているわよ。記事の中ではくれぐれも、私がそういうガラクタを自分で着ているようには書かないでね」

「もちろん」アストリッド・フォン・ロエルは急いで請け合った。「これらはほんとうに、撮影のためだけのものですから」

「ええ、でもひどい話じゃない？　私が言いたいのはね、ここにいるのはとても貧しい人々だということよ。文字通り極貧の人々。屋根もなければ、食べるものもない。そういう人々のいるところに、この地上でいちばん豊かな国のひとつからやってきた私たちが携えてきたのはいったい？　H＆Mとドリス・ツー・ヴァーゲンバッハ？　人々は、すごく見下げられたように感じるはずよ」

「でも彼らは今、ディオールを着て過ごしているわけではありませんし」アストリッド・フォン・ロエルはなんとかその場をとりなそうとする。

「ええそうね。ここの人々はゴミみたいな服を着ているわ。それで今彼らに、どうぞ、クソみたいな服を着てちょうだい、というわけ？」

「でも、H＆Mはけっして……」

「いいえそうよ。だからこの世界は、平和を見つけられないのよ！　極貧の人々への感受性がまったく欠けているせいで！」

「でも、ハルフーバーも……」アストリッド・フォン・ロエルは途方にくれたように繰り返す。軽い吐き気がこみあげてくる。このクソ車はまったくバカみたいな寒さだし、もう二七時間もぶっつづけで働かされて、くたくたもいいところなのだ。ナデシュがドリス・ツー・ヴァーゲンバッハを目の敵にしているることぐらい知っている。shop@Home の一件のせいだ。ナデシュブランドの下着「ハッケンプッシュ・アップ」の売却が流れた後、そこにまんまと滑り込んだのがドリス・ツー・ヴァーゲンバッハだったのだ。だれが悪いわけでもない。世の中の流れが、大きな胸をもてはやさなくなっただけのことだ。でもナデシュ・ハッケンブッシュは、裏でヴァーゲンバッハが陰謀を仕組んだと疑っている。アストリッドはそれを知っているからこそ、ハルフーバーの良い作品をできるだけ急いで調達するよう努力した。簡単ではなかった。モード課の無能なインターンを電話で三度も四度もせかして、ようやく袋詰めをさせて、あげくがこの怒りの爆発だ。その瞬間、アストリッドは普段そういうたちではないが、このときは思わず泣き出してしまいそうになった。ナデシュ・ハッケンブッシュがこう言った。「まったく、このクソ車と同じくらいひどい話ね」

ああ、そういうこと。

ご機嫌が斜めなのは、車のせいだったわけね。

ナデシュ・ハッケンブッシュのキャリアにこれまで寄り添ってきたのが報われたように思うのは、こんな瞬間だ。アストリッドはナデシュ・ハッケンブッシュを自分で発見したような気さえしている。ナデシュが初めて自身のショーを（のちに失敗することにはなるが）民放のどこかの局で担当したときから、アストリッドはずっとナデシュのことを追いかけている。そして今ではナデシュについてなら、知りうるべきことはおそらくすべて知っている。ナデシュのキャリアは、まさに絵にかいたようなシンデレラストーリーだ。彼女がスターへの階段をいかに駆け上ったかの稀有な物語をこれまで、人物紹介やインタビューや記事でさんざん書いてきたので、アストリッドはまるで本人と一緒に泥沼や石ころだらけの道を駆け抜けたような気さえしている。大学入学資格試験を受けてから数年間の苦労、ハンブルクのおんぼろフラットでの共同生活、家賃を支払えないかもしれない不安――なぜなら、スターであり無数の若い女性や娘たちの憧れでもあるナデシュ・ハッケンブッシュは、あまり知られてはいないことではあるが、けっして裕福な家の出ではないのだ。彼女が苦労した時代もアストリッド・フォン・ロエルはいつもナデシュに寄り添ってきた。あの性的暴行事件のときもそうだ。おおかたの暴行沙汰と同様、あのひどい事件はきわめて立証が難しかった。そして例によって被害者だったはずの人物があっというまに加害者に仕立て上げられるのを、人々は目の当たりにした。法廷に置かれ、衆目にさらされた女性の立場のつらさ。裁判の最中に判明した、暴力が起きたというちょうどその日にナデシュが撮影に出ていた事実。多くのメディアはその件で、ナデシュに疑念の目を向けたものだ。

暴行の最中にカレンダーを見ることのできる人間が、いるとでも思っているのかしら？

「ドイツの法廷は今も一九五〇年代のままだ」アストリッド・フォン・ロエルは当時、あるコラムに書いた。「一年三六五日のうち正義がなされるのは、偶然正確なデータがそろったときだけだなんて、そんなことがあっていいわけがない」このときホームページには読者から投稿や反響が多数寄せられた。非常にたくさんの女性たちがアストリッド・フォン・ロエルに感謝の気持ちを伝えてきた。

「この車はどこがまずいのだと思う？」

アストリッド・フォン・ロエルは一瞬、窓ガラスをおろしてアフリカの熱い空気を車内に入れてやろうかと考える。そうすれば寒さは中和されるはずだ。でも、このひどい埃を車の中に？　いいや、たとえ唇が紫色に変わろうと、ナデシュの前で失態を犯すわけにはいかない。それにしてもどうして彼女は平気な顔をしているのかしら？　「私の思うに、この車はとても新しいです。ほかについてははっきりわかりませんが、この車は……とても新しい匂いがしますし」アストリッドは言う。

「専用の特殊なスプレーがあるの。それで人をだまそうとするわけよ。でもそのことはもう織り込みずみよ」

「では何が不都合なのですか？」

「わからない？　色よ」

「色？」

「いろんな人から言われたわ。新しいシュライネマーカーズになるのだと。だから私は言ったの。それなら縞模様の車を用意してほしいと。『ダクタリ』〔密林王国ダクタリ〕に出てくるような」

「良いアイデアです。私も見たときから素敵だと思いました」

「白と黒の縞じゃなくて、ピンクと黒ではどう？」

「もちろん。これはあなたの番組なのですし、ピンクはあなたの……」

「シュライネマーカーズがピンクと黒の縞模様のジープであたりを走り回る？」

「それは……」

「ギュンター・ヤウフは？　プラスベルクは？　あるいはインゴ・ツァムペレッロだったら、ピンクと黒の縞でも？」

「いいえ……」

「私はおバカタレントと思われているかもしれないけれど、ちゃんと見る目はある。おバカでない女がどんな車に乗るか、よくわかっている。『ダクタリ』の獣医は動物を救出する。一日中、動物と人間のことを考えていて、だから、アフリカの人々と同じように白と黒の縞模様の車に乗るの。でも私はピンク色の車に乗る。私にとってその色がとても大事なものであるかのように」

　アストリッドの胸が高鳴るのはこんな瞬間だ。こういうときにこそ、自分はやはりナデシュのファンなのだと痛感する。自分が気づきもしないような細部にナデシュは注意を払っている。スターは単なる偶然で生まれるのではなく、凡人が見過ごす事柄を見過ごさない人間こそがスターになるのだと、アストリッドはこんな瞬間に感じる。

「ほかに何かやりたいことはありますか?」

「色の変更はそちらでやって。急ぎでね。それからプロダクションのマネージャーのためにもう一台別の車を用意させて。さっさとお願いね」

「できるかしら?」

「『できない』は存在しないの。もちろん最後に、私がもう一度チェックをするけど。あーあ、プロジーベン局はわざわざ私のマネージメントに問い合わせて、ぜひこっちに来てほしいと言ってくれたのに。あっ、このことは記事には書かないでね」

アストリッド・フォン・ロエルはプロフェッショナルらしく頷く。『イヴァンジェリーネ』の読者が好きなのは、まさにこういう素材だ。見かけは美しいけれど頭は空っぽではなく、自信にあふれた女。冷酷さと思いやり——これは男にしばしば求められる要素だが、生活の中でじっさいにそれを持ちあわせているのは女だ。数少ない女だけがそれを同時に持ちあわせている。だからこそナデシュは『苦界に天使』のまさに適役なのだ。彼女には実行力があり、底辺からの生活を通じて人生というものを学んでいる。もっとも弱い人々にとっての手本であり、弱い人々や女性や子どものために戦う戦士でもある。第一シリーズの最後では、小さな子犬のためにも戦った。そして彼女は、あのキャンプの状況を見て「『できない』は存在しない」とはっきり言える人物なのだ。

編集部の人間もそれくらいのことを言えればいいのに。

いや、アストリッド自身が編集会議でそう言うようになればいい。きっとじきに編集長への昇進という話も出てくるはずだ。「エディター・アット・ラージ」という、アメリカの大手出版社のようなわけのわからない肩書はまだ自分の名刺に載っているが、いずれ近いうちに「主筆」に言い換えられるだろう。いや、もしかしたら「主筆・アット・ラージ」かもしれない。もう、そうなってもいいころだ。この私だってリーダーシップはあるし、決断力もある。自分の机まわりをスタイリングしたときは、すばらしいとだれからも褒められたのだし。

アストリッド・フォン・ロエルがナデシュ・ハッケンブッシュの担当になったのは、もちろん単なる偶然ではない。二人はある意味、似た魂の持ち主なのだ。アストリッド・フォン・ロエルも時に冷酷になれる。非常に多くを見たり聞いたりするジャーナリストには、あらゆることが可能なのだ。そうした経験を積みながら人間は、政治家・アット・ラージになったり、管理職・アット・ラージになったりするのだろう。アストリッド・フォン・ロエルの見かけはもちろんナデシュのように美しくはないが、でも、ものごとを言葉で表現するという特技がある。それゆえ、あのナデシュ・ハッケンブッシュから深く尊敬されているのかもしれない。もちろんナデシュは口に出さないが、アストリッドにはそれが感じられる。だからこそこうしてアストリッドは車の中でナデシュと一緒に腰を下ろしている。とても独占的に、とても特権的に。ナデシュはいずれ、自分について書かれた文章を読むことになる。そうしたらナデシュにも、だれが公正で、だれが――たとえば『グローリア』編集部の人間や、セレブのノーメーク写真を盗み撮りする『Gスタイル』の連中が――悪意をもっているかを、きっと理解する。そしてアストリッドが彼らとはあきらかに異なる部類だとわかれば、良いつながりはおのずと生まれてくる。それでも、注意は怠ってはならない。

なぜなら、ナデシュ・ハッケンブッシュのような人間には、うちの同僚が始終まとわりつこうとするからだ。そして数週おきにだれかが必ず、ハッケンブッシュについての小ネタをテーマ会議にぶちあげてくる。だがおおかたは、もちろんクズ同然の内容だ。アストリッドにはすぐそれが見抜ける。「そんなこと、ありえないわ。もしそうならナデシュが話してくれたはずだもの」さりげなく「ナデシュが」と入れることで、人々は彼女ら二人がどれだけ近い間柄なのかを理解する。そしてアストリッドの耳に入っていないものは、ナデシュ・ハッケンブッシュの正しいエピソードではありえないと理解する。アストリッドはもちろん編集長から、そうした小ネタを検証する任務を仰せつかっている。じっさい、それらのおおかたは嘘八百だ。あるいは少なくとも、まったく事実とちがっている。たとえばナデシュの二回目の妊娠のとき、同僚のグラントはこっそり情報を仕入れてきて、「ナデシュ・ハッケンブッシュ、妊娠九週目」とやろうとした。大馬鹿野郎が。

あれは、一〇週目だったのだ。

「ルー」グラントを気取るなら、せめて「調査」くらいすればいいのに、あのぐず野郎は「でも、妊娠していることに変わりはないだろう」と言うばかりだ。もちろんそれは、執筆陣に自分の名前を加えたいからだ。「そう簡単におれを追い払えやしない。そうはいかないぜ」とばかりに。

「『そうはいかない』は存在しない」と、あいつにこそ言ってやりたかったのに。主筆アット・ラージの連中と一緒に徹底的な議論でも何でもするがいいわ。ウソ情報をひっさげたルー・グラント野郎が。

ウソ情報どころか、クソ情報のくせに！

アストリッド・フォン・ロエルは怒りで体まで熱くなる気さえしたが、じっさいには足の指の感覚がなくなるほど寒気を感じている。靴から足を引き抜いて座席に引き寄せたい衝動にかられたが、もうかれこれ二八時間も靴を履きっぱなしでいるのだ。そこから足を引き抜いたら、もしかして……

「ねえ見て！」ナデシュ・ハッケンブッシュが興奮したように言う。「温室よ！」

だから、彼女には生番組なんて任せないほうがいいのだ。この一見、温室のように見える建物は、樽を半分にして横にしたような白いテントだ。白地に青い文字で大きくはっきり「ＵＮＨＣＲ（国連難民高等弁務官事務所）」と書かれている。あのでかでかとした文字を、まさか見逃すはずはないだろうに。

「あら！」ナデシュは言う。「ＵＮＩＣＥＦ（ユニセフ）だったわ。ということは、もうすぐ目的地に着くわけね」

残念ながら、もうすぐではない。何もない大地の上にこの先、無限にテントがあらわれてくるのだ。テントの列はどこまで行っても途絶えることがなく、もしかして、車の隊列がのろのろ進んでいるのではないかと思うほどだ。ドイツの市街地ではありえないほどスピードをあげて車は走っているのに、それでもまだテントの列に終わりは見えない。テントの波は大きくも、高くもならない。人はふつう、どこかの場所に赴いたら、そこには当然、町の中心部や教会や城や橋や川があると思うものだ。でもここには、そういうものは何もない。ここにはもともと何もなく、だから今ここにあるのは、干からびて乾いた埃っぽい大地をおおうまったく同じ形のテントの海だけだ。テントの屋根は遠くどこまでも広がり、白いシートにはさざ波が立ち、その波のあいだを黒い人影が歩いている。何百人とも何千人とも知れぬ人々の群れから子どもたちのグループがたえず走り出て、まるでイルカが舟を追いかけるように車の隊列の後ろをしばらくのあいだ走って追いかけてくる。

アストリッド・フォン・ロエルはナデシュ・ハッケンブッシュのほうを見る。ナデシュは色付きガラスに顔をぴったりつけて、目の前に広がるあまりにも膨大なキャンプを呆然と見つめている。その無限の広がりは突然人に理解させる。ここが、少し大きめの難民収容所などではないことを――それとはまったく違う、ベルリンやパリの全住民が入るほど大きなテント・シティであることを。でも心配なのは、これほど広大でありながら、難民女性を起用したモデルの撮影に使えそうな場所を七つか八つ、あるいはたったひとつでも見つけるのが、きわめて困難かもしれないことだ。

車がようやく止まる。ドアが開けられ、アストリッド・フォン・ロエルは思わず目を閉じる。安堵で開かれた口が、車の中に流れ込んできたすばらしい空気を吸いこむ。彼女は凍てついた体ごと、その暖かい空気の中に飛び込みたいと感じる。神を思わせる日光の暖かさに身を投げてしまえたらと思う。アストリッドは手早く鞄に荷物を詰め、ナデシュ・ハッケンブッシュがこの転がる氷の宮殿をあとにしたら、自分も続いて車を降りる準備をする。そのとき一本の腕が車内に差し入れられる。白い手だ。その腕時計からアストリッド・フォン・ロエルは、腕の主が現地にいるプロダクションのマネージャーだと察知する。マネージャーは、ナデシュが車から降りるのを助けようと手を差し入れたのだ。ナデシュはその手を、さも当然のように握る。きっと彼女は、自分の前の土埃にだれかがマントを広げてくれたとしても、顔色ひとつ変えたりしないのだろう。ナデシュ・ハッケンブッシュはしなやかな動作で立ち上がる。もしかしたら彼女には、たとえばホッキョクグマのような、寒さに対する免疫があるのかもしれない。そんなふうにきわめて代謝の良い人間は、まれにではあるが存在する。たとえば映画に出てくるアイスランドの漁師のように、何時間海の中にいても死なない人もいるではないか。きっとナデシュ・ハッケンブッシュはそうした、きわめて適応能力の高いまれな人間のひとりなのだろう。そのきわめて適応能力の高いナデシュ・ハッケンブッシュがアストリッドに苦情を訴えてくる。

「こんなに長い時間がかかるって、どうして前もって言ってくれなかったの？　あのろくでもないシートヒーターのおかげで、お尻が半分溶けてしまうかと思ったわよ！」

第6章

それは単に幸運だったからだ。あるいは、もちろん運命だったのかもしれない。でも、アラーを措いて、だれにそんなことがわかる？　この仕事は、キャンプに十分長くいる者ならだれでも手に入れられた可能性がある。ほとんどだれもが挑戦はしてみたのだ。

ドイツから天使が来ることをキャンプの人間がひとり残らず知るまでにかかった時間は長く見積もっても二時間だった。天使のことをスワヒリ語では、マライカという。テレビの世界から天使がこの地にやってくるのだ。人々はユーチューブの、マライカの動画のリンクを交換しあった。そこには、マライカが貧しい人々を救うと書かれている。でもそこにつけられた動画に出てくるのは、マライカと気取った身なりの男がマイクに向かって何かを話したり、村のふしだら女のような恰好をしたマライカがバケツ一杯の水を——村のすべてのふしだら女への戒めなのだろうか——頭から浴びせられたりする映像だ。動画の種類があまりたくさんないのは、天使がドイツから来たせいでもあるのだろう。フランス語や英語を話す国では天使はあまり有名ではないらしく、ドイツ語の知識がないかぎり、もっとたくさんの動画を見つけることはできない。「貧者を救うドイツの天使」を検索した者が出会うのは、以前の、女のメルケルの顔ばかりだ。

「マライカはきれいだ」マッハムードが専門家のような口調で言う。「世界でいちばんきれいな女だ」

「スカーレット・ヨハンソンほどにはきれいではないさ」

「いいや、きれいだ。おまえ、スカーレット・ヨハンソンは写真でしか見たことがないだろう。写真では、きれいに見えるようにつくってあるのさ。スカーレット・ヨハンソンをアフリカに連れてきたら、ヌーみたいな女かもしれないぜ」

二人はミキのバーでビールを飲んでいる。代金は難民が払う。なぜならあの、みながぜひやりたがっていた仕事を獲得したのは彼だったからだ。ドイツのテレビが仕事とカネをもたらしてくれることを知らない者はなかった。女たちも仕事につけるという噂もあった。でも、これは無意味だった。女たちはひとりもドイツ人のもとでの仕事に申し込まなかったのだ。女たちは仕事に申し込んでだれかに殴られるのを恐れた。ドイツ人ですら、それを変えることはできなかった。でもはっきりしているのは、良いドイツ人のもとで働けば、斡旋人やチンピラのところよりも支払いは確実に良いだろうということだ。難民は仕事に応募した。仕事を手に入れてカネがもうかれば、ヨーロッパ行きの斡旋人を奮発できるかもしれないと期待したのだ。

それはそうと、ドイツ人について言われていたことの多くはほんとうだった。たとえばドイツ人は、良く組織されている。難民は初めて天使を見にいったとき、ほかの連中と同様、その顔をほとんど見ることができなかった。天使は、守護天使を何人か従えていたからだ。一週間早くキャンプに到着していた守護天使らは、現地の事情に詳しい助手を天使が探すのを手伝っていた。もちろんアリとその息子らもドイツ人のところに応募し、仕事を得る確率を上げようという魂胆なのか、まるでそれぞれ他人同士のようにふるまっていた。青のモージョーは、天使が探しているのは一国の首相だとでも思ったのか、自分がスーツと考えている代物に手下のサリフを突っ込んで送り込んできた。ほらふきのシャクアンも、変わりもののパッカも、自分の英知を買ってもらえると見込んだ老いぼれジビルも、二本の足のある者はみな、そしてない者も数人は、その場に集まってきた。天使は三人の女の助手を従えており、女の助手らが人々の名前を記録し、時代遅れなドイツ式カメラでそれぞれの写真を撮った。スマートフォンではなく、すぐに写真ができる即席カメラだ。でも考えてみれば、ドイツ人がわざわざ古いフォルクスワーゲンのバスや古いオートバイや古い自転車でそこらを走り回るという光景は、わりとよく目にするものでもある。

モージョーは、自分の送り込んだ男をドイツ人が素通りするはずはないと確信していたらしい。サリフはフランス語が話せるということだから、ドイツ人からきっと気に入られるはずだ。だが、ドイツ人はサリフのみごとなフランス語をありがたがらなかった。代わりにドイツ人らが目をとめたのは、英語が話せると申告した彼だった。彼はこんなふうに考えていた。ドイツはフランスとの戦争にはいつも勝ってきたが、アメリカやイギリスには負けた。だから、敗者の言語よりも勝者の言語をありがたがるのかもしれない、と。

それからビデオカメラによる撮影が行われた。これもまた、彼には有利にはたらいたようだ。ほかのおおかたのやつらは不安そうな顔をしていたが、彼はあまりに好奇心が強くて、不安になるどころではなかったのだ。だから、カメラに向かってにっこり笑ってみせた。それは、黒髪の若い女の助手が気に入ったからでもあったし、彼女が笑い返してくれたからでもある。だが、何かに注意を引かれて、彼は笑顔を徐々にひっこめた。

その場にはもうひとり、多くの人がほとんど目をとめていない女がいた。その女は皺の多い、目立たない顔立ちをしていた。その女に関心を引かれたのは、彼女が何も言わず、しかしすべてを観察していたからだ。ドイツ人は金持ちだ。でも、彼らは万事について考えを巡らしている。この、何も言わずあたりを観察しているだけの女にやつらがカネを払っているということはつまり、この女は重要な人物にちがいない。

それにこの女は、彼が黒髪の女に故郷のことを説明したとき、好意的な目でこっちを見ていた。彼より順番が前だった図体の大きな男は二人の女の前で守護者の真似をしてみせていたが、女たちはそれがお気に召さないようだった。黒髪の女は怯えた表情を浮かべ、できるだけ早くそいつの物まねを終わらせようとしていた。年配のほうの女はもうちっとも大男を見ておらず、その目は携帯電話に向けられていた。それを見ていた彼はあえて逆のことを試みた。みなが大声でがなり立てるなら、自分はおだやかにやってみよう。こうして彼は黒髪の女から故郷についてたずねられたとき、女の目をほんの一瞬だけ見つめた。これならあの大男のように相手を怯えさせることはないはずだ。そして、低い声で彼女にこう言った。

「僕の故郷はここからとても遠い所にある。でも、いつも近くにある」

そちらに目をやったわけではなかったが、年配の女が携帯電話を置いたのに彼は気づいた。女は鉛筆をさがして握りしめると、即席カメラの写真にくっつけられた紙に何かを書きつけた。そしてもう携帯電話をとりださずに、じっとこっちを見ていた。女は、自分の気に入ったところには耳を傾けているようだった。彼はそんなことに気づいていないようにふるまった。カメラに向かって自分の名前を言い、年齢を言い、何ができるかを言った。そして、キャンプのすべての人間を自分は知っていると話し、フランス語もできると話し（ドイツ人はおそらくそれを検証できないはずだ）、一三のアフリカの方言を操れると話した（これもやつらは検証できないはずだ）。おおかたのやつらとはちがって彼は、自分はドイツ語を話せると主張したりしなかった。うすのろのラミネが、「ドイツ語を話せる」証拠として「アンゲメルケル」とよどみなく言うのを目の当たりにしていた。そして、ラミネの即席写真が即座にゴミ箱に放り込まれるのも目にしていたからだ。そもそもラミネのような阿呆の写真をドイツ人が撮ったことからして、驚きなのだ。もちろんドイツ人には知りようがないのだから仕方がない。ラミネはキャンプの中で、子どもらが石をぶつける相手として犬よりももっと好まれる唯一の存在なのだ。理由は石を命中させやすいから。そして吠えないからだ。

彼は言葉少なに話した。おしゃべり屋に見えるのはごめんだ。そうではなく、天使を任せるのにふさわしい人間として見られたかった。彼が手本にしようと決めたのはボアテング――といっても、サッカーのケヴィン＝プリンス・ボアテングではなく、自分の兄弟のボアテングだった。ボアテングはいつも彼より落ち着いていて、抑制がきいていた。そういう人間ならたとえ黒人であっても、ドイツ人は不安を抱かないはずだ。そんな人間ならドイツにおいて、世界チャンピオンになることだって許されるかもしれない。ドイツ人もおそらく若い男の扱いには苦労したことがあるだろうから、年齢は少し高めに申告しておこう。七歳くらい。それ以上はだめだ。テレビ用の自分は三一歳だ。かくして彼は最初の選抜に勝ち残る。候補者たちはひとりずつ順に、カメラのついている部屋に案内される。カメラの向こうに天使が座っているのかどうか、彼にはわからない。彼は、自己紹介をするようにとだけ言われる。彼は名前を告げる。それから、ちょっとした思いつきが頭に浮かぶ。それが良いアイデアなのかどうか、自分でもわからない。ともかく彼はゆったり落ち着き払って、ボアテング流に悠然とカメラのほうに歩いていき、柔らかい声でこう発言する。

「人間の名前は、ライオンには何の意味も持たない」

第7章

「人間の名前は、ライオンには何の意味も持たない――いったいぜんたい、どういう意味だ？」

ゼンゼンブリンクは部屋を眺めまわす。数人の社員が大急ぎでその文章を携帯電話に打ち込んでいる。

ゼンゼンブリンクはため息をつく。

「あいつはちょっと口を閉じられないのか？　ようやく半分くらいは使えそうな素材が来たってのに。ああ、またくだらないことをべらべら喋り始めた」

「……しし座生まれの理想的な名前は……」アシスタントのひとりが小声で読みあげる。

「……レーヴェ《ライオン》とは、九〇年以上にわたり家庭用電気機械器具の分野で高い品質の……」男の社員のだれかが読みあげる。

「アフリカの格言か何かだろ？　どこかに書いてあるさ。www.afrikanische-weisheit.de あたりを調べてみろ」ゼンゼンブリンクが推測する。

「検索しましたが。何もヒットしないんです」

「どうでもいいわ。それより問題は、さっきの彼が何を言おうとしていたのかでしょう?」ベアテ・カールストライターが発言する。ゼンゼンブリンクは、その通りだという顔をする。おべんちゃら軍団のひとりだが、ともかくこの女には、おれの考えていることを察知する能力がある。この会社には、ただ従順なやつらなら山ほどいるが、問題はその従順さが、ろくでもない方向にどんどん向かってしまうことなのだ。

「私たちが重要でない質問をしていると、彼は言いたいのでは?」

「あるいは、われわれはライオンではないのだと」

「もちろんわれわれはライオンなどではない。だがそれは、良いことなのか、悪いことなのか?」

「悪いことだ。人はみなライオンのようになりたいと思っている。ライオンは誇り高く、強い生き物だ」

「アフリカではもしかしたら、そうではないのかも。アフリカではライオンは、危険で邪悪な存在であるのかもしれません」

「ならば私たち人間は危険ではなく、善なる存在だということかしら?　私たちは、ライオンではないのだから」

「私たちは雌ライオンでしょう?」

「はあ?」ゼンゼンブリンクが一同を見渡す。まったく、議論というものはどんなものでも早々に打ち切るに限る。そこから出てくるのはクソみたいな戯言に決まっているのだ。

「ええまあ。ともかく雄ライオンはまったく何もしません。すべての仕事をしているのは雌ライオンです。雌ライオンが狩りをしているのです」

それきた。またあのジェンダーがどうのという与太話だ。さて、どうするか？　連中はとにかく喋って喋って喋りたがり、それで何かに貢献した気になっている。やつらの口をつぐませるなど不可能だ。それをしたら、やつらは働くのもやめてしまう。

「雄ライオン《レーヴェ》と言ったのでは？」

「ライオンと言ったわよ？」

「英語では、雄と雌も同じ言葉なの？」

「いいえ、英語では雄がライオン、雌がライオネスのはずです」

「リオネレではなかった？」

「それでは、リオネル・メッシの女版みたいじゃない？」

手がつけられない。ゼンゼンブリンクは歯止めをかけることにした。「次の候補者に行ってくれ！」

アシスタントが携帯電話で何かを話す。ライオン男が出ていき、別の男が部屋に入ってくる。ショートパンツにビーチサンダル。そしてミラーサングラスをかけている。人々は何か不穏なものを感じる。男は部屋に、まるで何かに待ち伏せされているかのように、びくびくしながら入ってくる。まだ開いているドアの向こうから別の男の声が響く。おまえの姿をカメラが中継するのだと言っているらしい。男はいきなり体をしゃんとさせた。ドアの向こうの声が、さらに何かを言う。それを聞いた男が、サングラスを生え際まで押し上げる。

「ああ、どこのポン引きをわざわざやつらは拾い上げてきたんだ？」

「見ろよ、あのズボン！」

「クソズボンだな」

「私たちを馬鹿にしているのかしら？」カールストライターがわめく。「ちょっと聞いてちょうだい。いったいどういうことなのか」

アシスタントがヘッドホンに向けて何かをつぶやく。そして言う。「現地でもわからないそうです。予備審査のときは、まったくちがうようすだったらしいので」

「まったくちがっていただと？　どこに目をつけているんだ？　そいつの手首についているのは何だ？」

「本物のわけがないですよ」

「ロレックス？」

「どうせニセモノですよ」

ゼンゼンブリンクはマイクに顔を近づけて言う。「頼むよ。カメラの前に押し出す前に連中をちゃんとチェックしてくれ。金ピカ野郎に押しかけられてそっちも災難だろうが、そんなポン引きみたいなやつをわざわざ見せられるこっちの身にもなってくれ。どうしてそっちの人間はだれひとり、われわれに見せる前に、そのクソ時計を外せとそいつに言わなかった？　まったく、このためにいったいどれだけのカネがかかっているのか、わかっているのか？　専用回線を借りて、装置を準備して、トップを半分まわりに座らせて……いや、すまん。おたがいにごめんなさいだ。すまんすまん。仕事に戻ろう。次！」

一同が見ている前でポン引きがくるりと向きを変え、ドアのほうに行くと、急いで時計を外し始める。

「なにごとだ？　そいつは何をしている？　時計なんかどうでもいいんだよ。まったく、そういうことは前に考えておけっていうのに……」

年増女が画面にあらわれ、ヘッドホンに取りつけられたマイクを口元に寄せ、とりなすように説明し始める。「あの時計は自分のではないと言っています」女は言う。「借りただけだそうです。時計があれば私たちのところで……」

「もういい、チクショウめ。おれたちは民放のテレビ局であって、救世軍じゃないんだ。腕がなけりゃ、菓子には手が届かないんだよ！」

金ピカ男はいきなり膝をついて泣き出し、カメラに向かって「天使」「助けるヨ」とわめいた。話はどんどん理解不能になっていく。小さな部屋の中にいる熊のような、小山のような大男は、まるでゴミの山のように小さくなった。そして、男は突然シャツを開き、無残な傷のある胸を見せた。

「かんべんしてくれ」

「自分は犠牲者だと言いたいのでは？」

「犠牲者だからって、受け入れるわけにはいかない」

「とんだ外れくじだ」

「強烈ではある」

「どうだか」

ポン引き男はカメラに向けて手を合わせ、「家族《ファミーユ》」と口にすると、年増女と、彼の目にはカメラの小箱のように見えているはずのものに向かって、切々と何かを訴え始めた。

「ああもう！」

「めそめそ泣く男なんか、お呼びじゃないっていうのに」

ゼンゼンブリンクは潮目が変わったことを感じる。そろそろ決断を下すべきときだ。

「みんな。これはたしかに絵としては強烈だ。だがわれわれがつくっているのは、それでもやはり娯楽番組だ。よく言っておいたはずだが、われわれに必要なのはタフな青年だ。援助団体からのまわしもののようなやつではなく、真の難民だ。傷つきやすい心をもち、多くの苦難を目の当たりにしてきたが、けっして打ちのめされてはいない人間だ」

「そして、人間性を失ってもいない」カールストライターが補う。

「そのとおり。強く、そしてハートのある人物だ。この《強い》という要素が、今のやつには残念ながらまったく見当たらない」

「それから英語もできないし」

「何のことだ?」

「英語が話せることを条件にしていたじゃありませんか」ベアテ・カールストライターが指摘する。

「ああでも、さっきフランス語が聞こえたようだけど」

「ああ、そうか!　このめそめそ野郎はフランス語を話してるってわけか?」

泣いている大男を年増女がなんとか立ち上がらせた。女が何かを問いかけると、男は「イングリッシュ」と何度か叫んだ。だが残念ながら、「イングリッシュ」ではなくフランス語で「アングレ（英語）」と言っているほうが多かった。

「クソ、そいつを早く追い出してくれ。出てけ、出てけ!　こちとら時間が有り余っているわけじゃない。ああもう、ハッケンブッシュは英語だってあれなのに、フランス語なんか口にするのは、あのときだけ……」ゼンゼンブリンクはそこで言葉につまり、美しい文章の結び方をさがしたが、すぐにあきらめてこう言った。「もうそいつを外に出してくれないか?」

プロダクションの社員が二人がかりで、泣き崩れている大男を引きずるように部屋から追い出す。男は一瞬力で抵抗しそうに見えたが、同時になおカメラに向かって必死にポジティブな印象をつくろうとした。低い叫び声が聞こえてくる。あるいはアフリカではあれが大きな叫び声なのかもしれない。人が亡くなるか大事な何かを失うかでもしたかのような悲痛な声だ。部屋は一瞬、空っぽになった。放送局の部屋にも居心地の悪い沈黙が満ちた。ゼンゼンブリンクは腕を背もたれの上に置き、椅子をぐるりと回してチームの面々のほうを向いた。

「今のはなかなか衝撃的だが、役には立たない。難民キャンプはお笑いキャンプとはちがう。だから、ああいうのはこれからもっと出てくるだろうがな。それはそうと、君たちに言っておく。ここは自分が働く場所ではないともしだれかが思っても、おれは咎めるつもりはない。そういうやつは今ここで立ち上がって、自分には無理だと言ってほしい。新しいショーのための人材をちょうど、さがしているはずだ。ペット・スワップだか何だかの企画ではあるがね。だが、同時にこうも言っておきたい。今起きているのは、二度とない出来事だ。これまでにこんな話は一度もなかった。君らは自分の孫にこのことを、きっと語り継ぐはずだ!」

だれも立ち上がらなかった。人々はちらちらと視線を交わしあい、無言で「自分はいかない。そっちは?」と語りあっている。結局、ひとりも降りなかった。ゼンゼンブリンクは満足げにくるりと向こうを振り返る。

「さて、次はどんなやつが出てくるか、わくわくしてきたぞ……」

小さな縁なし帽をかぶった男が入ってきた。少し年かさに見える。シャツはズボンの外に垂れているが、イスラムの男がよく着るカフタンではない。でも、カフタンに似ているように見える。次の瞬間、ゼンゼンブリンクが椅子から飛び上がる。

「クソ、あれは何だ?」ゼンゼンブリンクはふたたびマイクをつかみ、アフリカと直接話をする。「おい、なんだ? あれは? あいつの顔についているのは?」

一同は意味ありげな視線を交わしあう。

「そうだよ」ゼンゼンブリンクが逆上する。「なんで髭の野郎を? そんなやつを放送で使えるものか! いったいどんなふうに見られると思っているんだ! 今からもう目に見えるようだよ。どこかのお母ちゃんがテレビのチャンネルをつけて、ほんの二秒後にこう聞いてくるぞ。ねえ見て。ハッケンブッシュよ。今度はテロリストと一緒に番組に出るのかしら、とな」

当惑したような沈黙が部屋に広がる。何人かは目くばせをしたり、首を振ったりしている。さっきとはちがって、失望したような、うんざりしたような、意味がわからないといったような表情だ。「現地のプロダクションの馬鹿めが」「ひとりで何もかもやることはできないのだし」と彼らの目は言っている。社でいちばんの無能者が現地に送られていることは、その場にいるすべての人間にとって周知の事実だ。

「そのことも、おれは言っておいたはずだ。テロリストはご法度だと、おれは言ったんだ。なぜわざわざそんなことを言わなければならないかって? 髭を生やしている人間がそういうものだってのは、自明のことだろ! テロリストはご法度というのは、文字通りテロリストはご法度ということだが、テロリストのように見える人間もご法度ということだよ! あのクソ帽子も、クソ髭もダメなんだよ……ほかに何かあったか、なあ?」ゼンゼンブリンクは深く息をして、なんとか己をコントロールしながら言う。

「ああ、そのとおりだ。髭を生やしている人間には、全員帰ってもらってくれ。今すぐにだ。それから、自爆ベルトをつけたヒップスターがいたら、そいつにもな！　それでは次の候補に入ってもらってくれ。少なくとも半分程度には普通の人間に見えるようなやつをな」

ゼンゼンブリンクはいらいらしたようにヘッドホンを外し、机の上に投げつける。

「コーヒーはいかがですか？」アシスタントが聞く。

「ああ、頼む」ゼンゼンブリンクは手を額にあてて、こめかみをもみ始める。「ズザンネの育休は、あとどれくらいかかる？」

「あと九か月です」

ちっともかゆくはなかったのに、ゼンゼンブリンクはうんざりしたように耳の後ろをばりばりと掻いた。

「もしあっちに飛んで、あのろくでもない連中の世話をしてくれたら、ベビーシッターと保育ママとその他もろもろの代金を支払ってやるんだが」

「そういうことはもうすでに。でもズザンネは、子どもにとっての良き母になりたいそうです」

「その子どもだって、いずれはクソみたいなやつになるんだ。スマホとインターネットを使い放題にさせておけば、どんな子どももクソになる。八〇年代以降に生まれた子どもたちは使い物になりゃしない。ともかくズザンネに電話をして、言ってやってくれないか。給料は好きなだけ出してやるからと」

「ほんとうですか？」

「冗談だよ。聞いてほしい相手は現地のやつらだ。いったいあっちで何が起きているのか？　なんであんな奇天烈な連中ばかりが出てこなけりゃならないのか？」

今度はひょろりと痩せた黒人の男が部屋に入ってくる。二〇歳を少しすぎたくらいだろうか。親しげな笑顔を浮かべている。

「ハロー?」男はカメラに向かって笑い、手をふる。そして自分の名前を言い、話を始める。家族のこと、故郷のこと、キャンプでの暮らしのこと、友人のこと。ゼンゼンブリンクは部屋をぐるりと見わたし、もう話を聞いていないのは自分だけなのかどうかを確認する。ゼンゼンブリンクは額に皺を寄せ、自己紹介はもうやめさせて、次の候補者を入れろとアシスタントに目配せする。アシスタントが携帯電話に何かをつぶやき、黒人の男はおしゃべりを途中でやめた。男はもう一度だけカメラに向かって親しげに手をふり、部屋を出ていった。次に、もっと若い黒人の男が入ってきた。Tシャツを着ているが、まるで子どもから借りてきたかのような寸足らずの代物だ。フレンドリーでご機嫌な男だった。彼もまたカメラに向かって手をふると、リラックスしたようすで自己紹介を始めた。ゼンゼンブリンクは音量をゼロに絞った。男がカメラに向かってぺらぺらと無音のおしゃべりをするのを一同はじっと見つめる。

「良くないな」

「Tシャツが小さすぎる」ベアテ・カールストライターが言う。「でも、それは替えられますが」

「お話の途中、すみません」アシスタントが急いで説明する。「あちらからすでに説明がありました。いっそTシャツはないほうがよかった。服を調達してこいと彼に言ったら、あの恰好で戻ってきたのだ。とても申し訳ない、心苦しいと……」

「いや、問題はTシャツじゃない」ゼンゼンブリンクがばっさり言う。「快活すぎるんだ。前のやつと同じくらいに。二人ともあまりに陽気すぎる。いったいキャンプの中で何が起きているんだ? 麻薬を分けっこでもしているのか? ちょっとそのへんを聞いてみてくれ!」ゼンゼンブリンクはふたたび画面のほうに向きなおる。短いTシャツを着た黒人青年は休むことなくしゃべり続けている。

「彼らの話では、みんなこうなのだそうです」アシスタントが言う。「ともかく将来の展望が生まれたことが嬉しいのだと。仕事や、今何かが起きていること自体が」

「考えてもみろ！　こんなものを視聴者に売れるわけがあるか。うちの番組のタイトルは『コメディ・クラブに天使』ではなく『苦界に天使』なんだぞ。この暗闇に光をもたらせるもの、それがナデシュ・ハッケンブッシュだ。そしてそれが意味するのは、まず暗闇がなければ話は始まらないということだ。ああ、もう！　ナデシュの横には、陰を見ている人間がくっついていなくてはならないんだ。陽気にトゥラッタッタと口ずさみかねないやつではなく――。そうだ、最初のやつはどうだ？」

「あの、ライオン男ですか？」

「そうだよ、もう一度やつを連れてきてくれ！」

「あの、何を言っているのかわからなかった男を？」

「やつが何を言おうとしていたかは、どうでもいいんだ。少なくともやつは、何か言いたいことを持っていた。それだけで、やつは多少は賢そうに見える。ええっと、やつは何と言っていたんだっけ？」

「ライオンには、自分の名前はわからない？」

「人間には、ライオンの名前はわからない？」

「ちがうわ、もっと陰のあるやつよ。もうちょっと脅迫的な感じで。人間には、ライオンの名前を知る必要はない、じゃない？」

「もう一度、さっきのをかけてみてくれ！」

　画面にふたたび例の若い男があらわれ、カメラの前に立つ。

「これはライブなのか？　やつはもう戻ってきたのか？」

「いいえ、これはさっき撮影した映像です。本人はもうすぐ来ます」

「人間の名前は、ライオンには何も意味も持たない」若い男がふたたび言う。

「そうだ、これだよ」ゼンゼンブリンクが拳を握る。「これなら、少しは陰がある」

「何か含みは、たしかにありますね」

「なんというか、名もない墓のような趣がある。ちょっとぞっとさせられるところもあって」

「でも怖い感じはないわ。とても朴訥な話し方ね」

画面が切り替わった。本人がふたたびカメラルームに来たのだろう。「ともかくちゃんとしたズボンをはいてはいる」ゼンゼンブリンクが満足そうに言う。「ジーンズを二、三本見繕ってやる必要があるな。でも、ぴかぴかの新品はだめだ。あまり高級そうなやつも。そういうことはみんな、グランデのほうで世話してやってくれ！」ゼンゼンブリンクはふたたびアシスタントのほうを向き、電話で話を始めた。「やつにこう言えと、スタッフに伝えてくれ。われわれは君のことがとても気に入った。だが、さっきのライオンの件をもう少し説明してほしいのだと」

若い男が指示を受けるようすを、人々は見る。男はゆったりと自然に動く。ゼンゼンブリンクは一瞬、それをどこかで見たことがあるような気持ちになる。

「彼、いいじゃないですか」背後から女の声がする。かすかにシュヴァーベンのなまりがある。ということは、エンゲルレだ。「この人、選手だったころのボアテングとよく似ている気がする。もちろん肌の色は薄いし、それに眼鏡フリークではないみたいだけど」ゼンゼンブリンクはその比喩を気に入った。ともかく、あきらかにポジティブな連想ではある。

色の薄い似非《えせ》ボアテングがカメラのほうを見て、「ホワッツ・ライオン？」とたずねた。

「ほら、人間の名前がどうとかってやつさ！」ゼンゼンブリンクが英語で言う。

似非ボアテングはほんの一瞬、ゼンゼンブリンクが何を言っているのかわからないという顔をした。それからにっこり笑って、英語で言った。「良いことです。あなたがアフリカを理解したいのは、良いことです。あなたがアフリカを理解するのを、私にお手伝いさせてください。それはとても、たいへんな仕事です」彼はそこで言葉を切り、にこやかに続けた。「アフリカは、女性に似ています……」

ゼンゼンブリンクの眉が上がる。アフリカが女のようだって？　なんだかやけに月並みな表現だな。この兄ちゃんはおれのことを馬鹿にしようとしているのか？

「そしてシマウマにも似て……」

部屋の中の何人かが好意的に笑う。女性たちも。ゼンゼンブリンクも一緒に笑う。「なんてこった、やつはおれの妻を知っているのか！　ユー・ノウ・マイ・ワイフ？」

ボアテングは当惑したようにレンズを見つめる。そして「アイ・ドーント・ノウ・ユア・ワイフ、サー」と急いで断言した。

「かわいい！」エンゲルレがため息をつく。ほかのだれかが「カワイイ！」と同調する。

「オーケー。十分だ。ありがとう」ゼンゼンブリンクが言う。「彼に決まりだ。例の格言みたいなのを放送ごとにひとつ出せれば、言うことなしだ」

「カルト的なファンもきっとつきますよ」ベアテ・カールストライターが、それまで事態をよくのみこんでいなかったすべての社員に向けて言う。「じゃあすぐに彼を契約で雇わなくてはいけないわね」

「本の権利も含めておけよ」ゼンゼンブリンクが言う。「忘れずにな」

アシスタントがさらに報告を行い、椅子がもとに戻され、ファイルが畳まれた。似非ボアテングが部屋を出ようとしたとき、ゼンゼンブリンクが言った。「ちょっと待った、待った！　もう一度やつを、すこし下のほうまで映してみてくれないかな？」

指令が伝えられ、まさに部屋を出ていこうとしていたボアテングはもう一度中に戻る。カメラがわずかに下のほうに動く。

「そうだよ！」ゼンゼンブリンクは満足したように言う。「まともな靴を履いてあらわれたのは、こいつだけだったんだ！」

アフリカのための希望

かつてない出来事だ――ナデシュ・ハッケンブッシュと『イヴァンジェリーネ』は、難民女性に未来を与えようとしている。今日の『苦界に天使』はこれまでよりも、さらに美しい。

アストリッド・フォン・ロエル

それはさながら千夜一夜物語のメルヘンのようだ。一日中マッチを売り歩かなければならず、家では不当な扱いを受け、継母から奥に隠されて王子に会うチャンスを奪われたかわいそうな娘。でも、そんな娘にも夢がある。世界一のマッチ売りになって、ほかの娘たちを助けることだ。今、この暗黒大陸アフリカで――貧困と希望のはざまで、そして戦争と国立公園のあいだで――夢をかなえようとしている女性がいる。ナデシュ・ハッケンブッシュ。彼女はここで、きわめて個人的な夢を実現させた。それは、世界をより良いほうへとわずかでも変えるため、力を尽くしている強い女性の夢だ。そんな力があるとだれからも信じられていなかった女性の夢だ。

「私は庶民の出身なの」ナデシュ・ハッケンブッシュは『イヴァンジェリーネ』の独占取材に答える。「そして私には、ここの人々が何を耐え忍んでいるかがわかる」簡素な白いシャツにすりきれたハルフーバーのジーンズという出で立ち。「どこも特別ではない身なりよ」彼女は控えめに笑う。

「ここでは実用第一。靴もしっかりしたのを履いているわ。サソリや蛇の対策にね。でも正直、ここ数日間、**身なりなんてちっとも重要ではないの。ここで問題なのは、人間だから**」ナデシュがアフリカの地を踏んでからちょうど二四時間がたつ。そばで見ていれば、その時間が彼女をどれだけ揺り動かしたかがわかる。彼女の感情は、まるで巨大な渦の中にいるように、ときには何かに呑み込まれ、ときには何かに揺さぶられる。小さな小屋の窓から外を眺め、ナデシュは言う。「私は結局、ひとりの女にすぎないけれど」

ひとりの、でもとても偉大な女だ。ナデシュは、人生という大きな機関車の舵を前にした船長《キャプテン》のようにまっすぐに前を見る。でももちろん、彼女をモード抜きで語ることはできない。

ナデシュ・ハッケンブッシュが『イヴァンジェリーネ』とともに企画しているのは、若い難民女性に自尊心を取り戻させる試みだ。ここには五〇万人を超える女性がいる。その多くは若い母親であり、まだほんの子どものような母親もいる。彼女らは敵対的な環境の中で、孤独な生活を送っている。「この世界のことを、私たちはよくわかっていない」ナデシュ・ハッケンブッシュは警告するように言う。「この世界は内戦やボコ・ハラムで満ちている。**それでも人々はこの世界に生きている。**だから、ここの女性たちに思い出してほしい。自分たちはまだ魅惑的な存在であることを。美しくなれるのだということを」

ナデシュは三〇人の若い女性を選び、ドイツのモードのプレゼンテーションに起用する予定だ。暴力や災厄や貧困に対する断固たる抵抗のメッセージをあらわすのがその目的だ。新しい世界のための若者のファッション。それは新しい未来のための勇気をもたらし、私たちの心に、はるか遠いドイツまで橋をかける。勇気ある女のための、勇気ある服。それを手がけるのはハルフーバーや、新進デザイナーのドリス・ツー・ヴァーゲンバッハなどだ。ミュンヘンで本誌の取材に応じたドリスは次のように語った。「女性たちの苦悩に、とても深く心を動かされました」

ナデシュ・ハッケンブッシュは「マネキン」たちを探して、この無限に広がるキャンプのあちこちを歩く。その途中で、言葉では言い尽くせない光景に出会う。飢えた子どもの頭に蝿が止まっているのに遭遇したとき、ナデシュはためらわず、その害虫を自らの手で追い払った。彼女は涙でうるんだ目で私を見つめ、こう言う。「この子たちは栄養を必要としている。家を必要としている。でも、それらが手に入ったとして、いったいどうなるのかしら？ **人間は、食べ物と屋根だけでつくられるわけではない。**人間にはそのほかに、品位というものが必要なの。この世界は、これらの人々から品位を奪ってしまった。そして私は彼らに、ひとかけらでも品位を返してあげるの。これは、私たちみんなができるほんのささやかな貢献よ」

しかし、その大きな心にもかかわらず、苦界の天使ナデシュは次のことを承知している。モデル選びは非常に困難で骨の折れる作業になるはずだ。「可能なら、すべての女性を選んであげたい」ナデシュは、自分に向かって差し出される無数の手の中でそうつぶやく。「でも残念ながら、とても残念だけど、それはできないわ。女性たちにとっても良くないことよ。だれでもかれでも選ばれるのは、当人だって不本意なはず。彼女らにも誇りがあるから、同情なんてほしくはないでしょうし。女性たちは、自分は自分ですばらしいのだということを、そして何かをやり遂げる能力があることを示したいのだと思うの」ナデシュが見つけてきたばかりの、とても美しい容姿のアシャンティ（一七歳）もそのように語る。「私は何かを成し遂げたい。そしてヨーロッパに住めるようになりたい」と彼女は話す。

「とても勇敢よね」ナデシュ・ハッケンブッシュは感に堪えないように言う。「ここの女性たちは偉大な手本よ。彼女たちはけっしてあきらめない。

今現在、ヨーロッパでは残念ながら彼女らをひとりも受け入れられないというのに」だがナデシュは、厳しい選抜を勝ち残れなかった候補者らのそばを、助けの手も差しのべずに通り過ぎることはできない。ここでは多くの女性たちに、絶対必要なものが欠けていることに気づいてしまったからだ。

「彼女らに足りないのは、世界でいちばん豊かな国に住む人間には当然の、化粧品や石けんやシャンプーなどだけではない。非常に多くの女性たちは、生まれてからこれまで一度もブラジャーをつけたことがないの。そして、私は万事に役立てるというわけではないけれど――この件については、なんとか役に立てるわ」自身の開発したブラジャー、ハッケンプッシュ・アップの限定品二〇〇〇着以上を彼女はアフリカまで運んできて、こともなげに女性たちにプレゼントしたのだ。「とても、たくさんとは言えない数だけど」ナデシュの頭は、現実の大地からけっして遊離してはいない。「たった一枚のブラが世界のすべての問題を解決できるわけはない。でも、それは小さな一歩ではある。たとえていうならドイツにある、太陽エネルギーでウィンクをする招き猫人形のようなものね。とても小さな一歩ではあるけれど、まずそこから一歩を踏み出さなければ何も始まらない。ガソリンで動く招き猫人形だったら、私はぜったいに買ったりしないし」

今、目の前にいるナデシュは、数日前に会ったナデシュ・ハッケンブッシュとはまるで別人だ。母性はすでにナデシュを、現実の生活の中にしっかりと立つ思慮深い女性に変えた。屈託なく笑うのは今までと同じだが、大きく見ひらかれたその目は、この世界の美しさを残らず認識している。この地での経験は彼女をさらに成熟させ、それまで欠けていた新たな深い感受性を付加した。その陰には、新しい愛が隠れているのだろうか？

それはさして驚きではないだろう。この謎に満ちた大陸の魔法にかかった女性は、ナデシュ・ハッケンブッシュが最初ではないのだ。アフリカ——この名前ひとつにも、無数の意味がある。ドイツでもっとも賢い学者や教師たちも、そのすべての意味を説明することはけっしてできないだろう。古くから伝わる伝説、激動の運命、愛と死の物語、そして人類史上もっとも暗い大陸から抗しがたくあふれる感情。人々はそこからこの大陸を「暗黒大陸」と名づけた。『愛と哀しみの果て』のメリル・ストリープはアフリカでロバート・レッドフォードに出会い、『イングリッシュ・ペイシェント』の美しいジュリエット・ビノシュは、謎めいた魅力をもつハンガリー人のアルマシー伯爵と恋に落ち、『愛は霧のかなたに』のシガニー・ウィーバーは霧深い熱帯雨林の中で、世界でもっとも哀れでもっとも迫害されたサルのために己の人生を捧げた。そして、ナデシュ・ハッケンブッシュは？

未来が何をもたらすかは、だれにもわからない。ナデシュはときおり、すさまじい貧困や恐ろしい歴史や蛇とサソリに満ちたこの大陸にいながら、笑顔を見せる。それは、ドイツにいたころの笑顔とはちがっているように見える。前より笑い声が大きいわけではない。頻繁に笑うわけでもない。でもその笑顔は、前よりも幸せそうに見える。そんなことがありうるだろうか？　でも他ならぬこの女性ならば、きっとそれはありうるはずだ。

夕日が徐々にキャンプの上に沈む。夕焼けの光の中でキャンプは、清貧な美しさに輝いている。そして夜が来ると、あたりはアフリカ的な騒音でおおわれる。遠くから、猛獣が吠える声が聞こえてくる。虎だろうか？　もしかしたら虎は、若い象を狩っているのだろうか？　アフリカは無情な地だ。だが、ここにもたしかに希望が輝き、愛の力が、貧しき者の心も富める者の心も同じように温めていく。

第8章

ナデシュ・ハッケンブッシュから学べることは、とても多い。とりわけ、女として学べることは。アストリッド・フォン・ロエルは何度も繰り返し感嘆する。ナデシュの自信。何かに対する徹底的な打ち込み方。忘れてはいけないのは、ナデシュが自分より一〇歳も年下なことだ。公式には少なくとも、一〇歳年下ということになっている。じっさいは……いや、もちろんそんなことは書かない。アストリッド自身が自分の年齢をもう少し現実に引き寄せれば、その差は一二歳だ。そして、うるさ型のだれかがわざわざ出生証明書――そんなのは所詮、印刷された紙っぺらにすぎないけれど――を探し出せば、二人の年の差は六歳か八歳になる。でもナデシュが超然とした、自信にあふれたようすでものごとをやりとげているのを見ると、アストリッドは自分のほうがむしろ年下のような気さえしてきてしまう。

たとえばナデシュは、ここに来て最初の二日間、冷淡さだけを伴ってテントに籠り、何ひとつしようとしなかった。なかなかできることではない。テレビ局は大量の機材を何千キロメートルもの距離を越えて運び入れ、カメラマンやスタッフや、アストリッドのような――ドイツのトップ・セレブ誌の――

人間をも送り込んできたが、それは突き詰めれば、ナデシュ・ハッケンブッシュがここにいるためなのだから。もちろん、『イヴァンジェリーネ』のレポーターであるアストリッドは、スターやマネージメントやプレスがある種の特別扱いを受けるのはふつうであるだけでなく、有意義で正当で当然でもあると、知りすぎるほど知っている。けれど、二日間にもわたってすべての仕事を停滞させるなど——言わせてもらえば——アストリッドにはとても怖くてできない。

　もちろんアストリッド・フォン・ロエル本人も怒っていた。単に、最初の記事を全部でっちあげで書かされたからではない（文中に登場する一七歳のアシャンティはむろん架空の人物だ）。加えて最初の日、文字通りひとりきりでモデル探しをやらされたからだ。ナデシュとの話し合いはいっさいなかった。ドイツの編集部はあらかじめモデルのラインナップを計画していたからだ。そんなわけで、七〇枚だか八〇枚だかの写真を携えてやっとナデシュの高級テントに座ったものの——これ自体、十分たいへんなことなのだ。ナデシュは電話ばかりしていて、ほとんどだれもテントに入れようとしない——ナデシュはアストリッドがようやく渡した写真を無感動に受け取り、さらにまた電話を始め、いらいらしながら、まるでダイレクトメールか何かのように写真を脇に置いたのだ。

「ねえ、それじゃだめ。頼むから**すぐに**キャンセルして。今、私は決め**られないの**。決める**つもりもないの**。それはもういいわ、とにかく全部の写真を送って……ううん、それは第一印象のためだけ。だけど、それでも私は決められないの……そういうのを私は写真だけでは決めないの！……もう一度、別の案を出させて。それから、これまでのすべての案について——それからこの先のぶんも——写真をちょうだいね。ええ、もちろんそれぞれの案にはコンセプトがなくてはね。私の提案を加味して、それでもう一度見てみましょう。どうせほかと似たり寄ったりでしょうけど、ともかくいちばん良い感じの案を二つ提出させて、どっちかをとればいいわ。私なら、そういうやり方はしないわよ。私はすべてのアイデアを見るもの。未完のも、真っ先に捨てられたやつも。だまされちゃだめ。そういうのは、一見ゴミみたいだから。くしゃくしゃに丸められていたり、びりびりにされて、セロテープでつなぎあわされていたり。よく見れば、そういうものがほんとうはみんなゴミ箱の中にあるのがわかるはずよ。みんなに伝えたらすぐに私に電話をかけて、反応を教えてちょうだい。じゃあよろしくね。ダイダイダイダイ大好きよ！」

ナデシュ・ハッケンブッシュはこれ見よがしに画面にふれ、通話を終わらせる。そして携帯電話を机の上にコトンと落とす。「男なんて」彼女は笑って言う。「基本的には子どもよ。ドイツにまだたくさんいる、唯一の子ども。彼ら用の保育施設が存在しないのは、つくづく残念なことね」

ナデシュはソファに身を投げる。アストリッドとナデシュの視線が合う。ナデシュのような人間にとって、ここでの日々が死にそうに辛いものであることを、その目はあきらかに物語っている。でも、こうしてだれにも邪魔されず、数か月ぶりに会う姉妹のようにナデシュと二人でいることに、アストリッドは無上の喜びを感じる。さっきまでの怒りはきれいに消えた。ナデシュはたしかに疲れているのだろう。ナデシュはさっき放っておいた写真の山をとりあげ、ソファの別の一画に座る。ロルフベンツのソファだ。番組のスポンサーのひとつなので、『苦界に天使』のエンディング・クレジットにいつもその名前は出てくる。アニリン仕上げの革のソファか、とアストリッド・フォン・ロエルは思う。そしてナデシュが大きな水差しから水を注ぐのにふと目をとめる。水差しの中にはいくつか石が沈んでいる。

「いいえ、私は妊娠なんかしていないわよ」

「妊娠？」

「だってあなた、この水差しを見て思ったでしょう？　ブラッドストーン（血石）が入っているということは、ナデシュはまた妊娠したのだな、と。ブラッドストーンは妊婦にいいだけではないの。もっと全般的なパワーがこの石にはあるのよ。ここにいるすべての人々の水に、入れてあげたいくらい。あなただから言うけれど、私がここでいちばん最初にやりたいことのひとつが、これなの。ここの人たちの水にいったいどんな石が入っているのか、見てみたいものだわ」

アストリッド・フォン・ロエルは、ふと考える。パワーストーンを水に入れるというのは新しい話題だ。少なくともナデシュに関しては。もちろん、パワーストーンを水に入れるという主義については、アストリッドも知っている。試してみようかと考えたことも一度ならずある。編集部にも、何人か実行している人がいる。昨今、有名人が何人も癌で死んでからはとくに。ともかく一考に値する手法ではあるのだろう。

「ううん、ソファを見てちょっと考えていただけ。アニリン加工の革って、もともとあるすべてが見えてしまうんだなって」

「アニリン革にはそれが必要なのよ」

「革には染みが必要だってこと？」

「いやあね。動物には染みなんかできないわよ。動物の皮膚には、その動物の生きざまが浮き彫りになっているの。皮膚の上にあらわれているすべては、その動物の人生。そしてその生の一部は今もこうして続いている。牛はここで私たちと一緒にいるのだから」

「そうともいえるけど」

「あら、ほんとうよ。だから、ここにちょっとくらい水やワインをこぼしても、ぜんぜんたいしたことではないの。染みじゃなくて、人生なのだから」

アストリッド・フォン・ロエルは、自分もテントに空調の装置をつけてほしいと思う。自分のテントにはそんなものはない。接触不良のおんぼろ扇風機があるだけだ。

ナデシュ・ハッケンブッシュは、これから深い海に潜らなければならないかのように大きく息を吸い込み、「さて、それじゃ、今手もとにあるやつを見ましょうか」と言う。そして写真の束をつかみ、ざっと目を通す。「だめ、だめ、だめ」ひとつ「だめ」と言うごとに、ポラロイド写真が一枚ずつ、ロルフベンツの机の上に落ちる。そしてナデシュは言う。「おお。これではまったく話にならないわ」半分くらいまで写真を見た彼女は「もうわかったわ。もう一度、ぜんぶ最初からやり直さなくては」と言い放つ。

ついさっき消えたはずの怒りがよみがえり、胸を通り過ぎて喉元までこみあげてくる。アストリッドはそれを飲み込む。もしこれが編集部だったら、仕切り越しにほかのスタッフが、まるでマーモットのようにちらちらとこっちを見ただろう。でもここにいるのはナデシュと自分の二人だけだ。ナデシュは友人であるアストリッドを、下っ端のインターンか何かのように扱っている。そしてアストリッドには、この友情につきあう以外の選択肢はない。

「ねえほら、ナデシュ」アストリッドは残りの写真の山を指し示しながら言う。「これじゃ、なんとも言えないわ。私たちはどちらも透視なんかできないのだし」彼女はそう言って、むりやりおどけた表情を浮かべ、「できないでしょ?」と付け足す。最後の部分は、体から絞り出したような声になった。

「あら、私がそんなことをできなくても、あなたのほうがきっと上手だし」ナデシュはそう言って水を一口飲むと、甘い声でたずねる。「それで、いつ連中はあなたを編集長にしてくれそうなの? 編集長の座は永久に待っていてはくれないわよ」

やっぱりナデシュは、私の味方なのだ――。だが、アストリッドはどこかにかすかな違和感を抱く。

「ええ、まあ、あなたもわかっているでしょうけど」アストリッドはどうでもいいことのように言う。「彼らの選択肢は、女が辞めるのを待つか、使えそうな男を探すかのどっちかなの。そうしてバランスをとろうってわけ。でもそんな男はいないない」

「例のルー・グラント君は？」ナデシュが言った。まじめなようにもふざけているようにも見えて、アストリッド・フォン・ロエルは思わず吹き出してしまう。ナデシュもアストリッドもどちらももちろん、ルー・グラントが役立たずであることを知っているのだ。でもやはりアストリッド・フォン・ロエルの視線は、まだろくに見られていない写真の山へとさまよってしまう。その写真のために自分は、アシスタントもなしにまる一日働いたのだ。人々のもとに、彼らの言葉をまったく話せないよそ者として赴き、身振り手振りを交えながら同意を取りつけ、企画の趣旨をひとりひとりに必死に説明し、自分のためにきわめて複雑な地図まで作成した。なぜなら人々やテントをあとでもう一度訪れるには、少なくとも、テントのおおよその位置がわかる地図が必要だからだ。見る者が見れば、それがとんでもなく大変な仕事であることはわかる。すべての移動は徒歩。アストリッドは『イヴァンジェリーネ』に入って以来、これほどたくさんの仕事をひとりきりでこなしたことは一度もない。ナデシュがそれを承知していようがいなかろうが、アストリッドは写真の山をゴミ箱にあっさり放り込むなどできなかった。そして、やるべきではないとわかっていながら、ある言葉を口に出さずにはいられなかった。

「あの、こっちの写真をちょっとでも見てくれないかしら」

好意的に表現するなら、一種の《お願い》だ。だがよく見ればむしろ、劣勢にあるライオンがもう一頭のライオンに腹を見せたり、アンテロープの足を運んできたりして何かを懇願するのに似ている。ナデシュ・ハッケンブッシュはアストリッド・フォン・ロエルをやさしく見つめて、こう言う。「あのね、正直に言うけど、これを私が見る必要はないわ。どんな写真か、私にはもうわかってる。その写真は、必要ないの」

向こうずねを蹴られたような気分だった。軽く蹴られただけなのに、ものすごく痛む。それがなぜかをアストリッドは数秒で理解する。女からそんな仕打ちをされるとは、思ってもいなかったからだ。男ならまあ、しかたないかもしれない。でも、自分に好意をもってくれていて、写真を少なくとも見てはくれると期待していた相手に——それも、単に礼儀からではなく、連帯感からそうしてくれると思っていた女性に——そんなことを言われたのだ。

「ええ、でも、あなたが何を求めているのか、何も言ってくれなかったから！」

アストリッドはそこに座って、自己をなおも正当化しようとする。もうチームワークなんて無理だ。パートナーシップも、何もかも。

「ねえ、もうくだらない騒ぎはやめましょう。こぼれたミルクはなんとかって言うじゃない。これはしょうがないことよ。良いものごとには時間がかかるのだから」

「ナデシュ、そういうわけにはいかないの！　編集部では写真を待っているのよ！　空っぽのページを印刷するわけにはいかないでしょう？」

「『そういうわけにはいかない』わけはないわよ。だって私、『イヴァンジェリーネ』に空白のページが載っていたのなんて、一度も見たことがないもの。どうせあなたがたのところで、何かを考えついてくれるでしょう？　そうだ。ぜんぜんちがう話を書いたらどう？　題して、ナデシュ・ハッケンブッシュの成功レシピ。今私が言うことをあなたが超特急で書き上げれば、ページはちゃんと埋まるわよ」

吐きそうだ、とアストリッド・フォン・ロエルは思う。編集部にそんなことを言ったらどうなるかは、目に見えている。まず、大騒ぎが起きるだろう。それから何か次善の策はないかとみなが考え始める。そして、ともかくナデシュ・ハッケンブッシュを紙面に出せるのだと気づき、じゃあ独占取材か何かを行わせ、それを印刷しようということになる。悪くないかもしれない。ナデシュ・ハッケンブッシュの成功レシピとやらを書いて実状を読者に教えてやったら、きっと受ける。たとえば、ナデシュのぐずぐずにまわりが翻弄され、ブチ切れそうになったあげく、ナデシュ様が「よろしい」と放り投げたものだけを放送したり印刷したりしていること。アフリカに飛ぶためのファーストクラスのチケットは言わずもがな、すべての面倒がまわりに押しつけられていること。そして当のナデシュ・ハッケンブッシュはずる賢くて自己中心的で、男より少しもましなところがないバカ女にすぎないこと。

そして、だからこそ、このアストリッド・フォン・ロエルはナデシュ・ハッケンブッシュに心酔していること――。

それは、ナデシュ・ハッケンブッシュが踏み出そうとしている一歩が、自分にはとても踏み出せない一歩だからだ。

でも、もちろんこんなことは記事に書けない。書けるのはたとえば、ナデシュ・ハッケンブッシュのすぐれた容姿は彼女の遺伝子によるものだとか、そういうことだ。そして、彼女の飲料水のボトルにブラッドストーンが入っているという事実だ。そしてローズクォーツも、水晶も、アメジストも。

第9章

マリオンはかたわらにいるナデシュ・ハッケンブッシュを観察している。ナデシュは、鏡に映った自分の顔をじっくり検分している。マリオンも一緒にじっくり検分する。ナデシュの顔はまだ、なかなか見られるとマリオンは思う。ナデシュについてあれこれ言う人はいるけれど、彼女が自分の体にとても気を遣っているのは事実だ。睡眠はたっぷりとるし、タバコは吸わない。酒も飲まない。世間から隠さなければならないような背徳行為はいっさいしていない。プーチンなどとはちがって、あまり顔を直したりもしていない。プーチンの顔はいつのまにか、ラテックス製のマスクのようになってしまった。いったいだれが彼に助言をしたのか、知りたいものだとマリオンは思う。

ナデシュは満ち足りているように見える。それは仕事に満足しているからだと以前マリオンは思っていたが、ほんとうにそうなのか最近は確信がもてない。ナデシュはむしろ、自分自身に満足しているのかもしれない。もちろん一一年にわたって彼女がまともな仕事にありついてこられたのは、マリオンのおかげだ。でもナデシュは、自分だけの力でやって来たつもりらしい。それでいて、メークを必ずマリオンに頼んでくる。メークを、たいしたことではないように言う人もいるが、ならばプーチンを見るがいい。たとえスターでも、ホイルで包まれた七面鳥《プーテンブルスト》ハムのような顔になる可能性はあるのだ。

ナデシュとはその昔、共同フラットに住んでいた当時からの仲だ。ナデシュの成功の陰でマリオンも、舞台裏ではあるが、キャリアらしいものを築いてきた。そしておたがいに利益を得てきた。マリオンは己についても熟知している。自分は、モデルとして成功できる体をもっていない。肩幅は広すぎるし、お尻は小さすぎる。ゲイバーのストリップショーに出るのがちょうどいいくらいの体形なのだ。

そして顔も。

もちろん美人の部類には入るけれど、どこか、独特なのだ。でも、鼻が長いといったって、さほどではない。自分の鼻が気に入っているわけではないが、いっぽうで、その鼻に助けられてもいる。それは一種の独自な広告のようなものだ。マリオンは今や、大きな鼻を化粧でごまかす達人として見られている。ときどき、初対面の人がこっちをじろじろ見ながら、色調でカムフラージュされた鼻のじっさいの大きさを見定めようとしているのに気づく。それを見定められた人は、腐ったバナナを新鮮な大根に見せるテクニックがマリオンにあることを理解するはずだ。

ナデシュ・ハッケンブッシュにはそんなマジックは必要ないかもしれない。だが、マリオンの技術によってナデシュのもともとすぐれた容姿は五パーセント、いや一〇パーセント増しくらいにはなったはずだ。そしてマリオンの技術の重みは、年を経るごとに増している。メークは、単なる専門知識だけではできない。加えて経験がなくてはならないのだ。マリオンはナデシュの顔をよく知っている。左の頰から鼻翼にかけての凹凸。スポットライトを浴びたときにいつも、額のどこがほかよりも少し輝いて見えるか、どんな色調のパウダーがナデシュの眼窩をいちばん理想的に見せてくれるかも、どんなふうにハイライトを使うと顔が人工的に見えてしまうかも、マリオンは熟知している。

「二日もかけただけあったわね」マリオンは、ナデシュの頬をわずかに暗い色に調整しながら言う。どこの場所に色をさしたかは、素人目にはまるでわからない。良い点はもうひとつある。複数のメークアップアーチストに任せると、顔の中の問題点はそれぞれ少しちがったふうに処理される。でもマリオンひとりなら、仕上がりはいつも同じだ。去年の報道用写真と比べても、どこに細工をしたのかわからないはずだ。そこからマリオンはひとつの哲学を引き出した。「ストーリーをいきなり変えてはいけない。西洋人の物語をずっとしてきたのに、突然宇宙飛行士のヘルメットをかぶるわけにはいかない」もちろんこれはマリオンの発見ではない。ハリウッドでは数年前からもう常識だが、俳優がカネに気を配らなくてはならないドイツでは、事情がちがう。ともあれマリオンは今、とても謙虚にこう言う。「あなたの肌の色はとてもすばらしいわ。私が何かする必要なんてまったくない」

「そんなことはないわよ」ナデシュ・ハッケンブッシュが言う。「あなたがいなかったらどうしていいかわからないわ。このろくでもない顔を」

「別のスタイリストを探せばいいじゃない」マリオンは目をそらすと、小さな化粧バッグのほうに体をかがめる。この小さなバッグも、ナデシュがマリオンを評価する要因だ。マリオンはコンテナいっぱいのガラクタをごろごろ引っ張ってくるのでなく、ほんのわずかな道具だけで、狭い空間の中でもきちんと仕事ができる。タクシーの後部座席で化粧を施したこともあるし、かろうじて人が入れるほどのクロゼットの中で、あるいは野外トイレの中で、懐中電灯の頼りない灯りの下で化粧を施したことさえある。

ナデシュが鏡をのぞき込む。彼女の視線がマリオンの視線と出会う。

「ぜったいに」ナデシュは真面目な声で言う。鏡に映ったその顔が、マリオンにやさしく笑いかける。

「ぜったいにもう、カメラの前には立てなくなるわ」

マリオンは驚いたように笑い返す。そして一瞬、さっきの言葉は本心なのかもしれないと思う。でも、二日もかけたのだからいくらなんでも十分だ。それはナデシュの美しい肌の色からもわかるし、まわりのいらいらぶりからもあきらかだ。そして声からも。たとえばグランデが、二人のいる部屋の扉をノックしたときの声。そしてナデシュからタイムスケジュールらしきものを引き出そうとしているときの声。グランデはいつも、冷静沈着なプロダクション・マネージャーだ。でもこの数日と数時間のうちに、その声はどんどんキリキリかん高くなってきている。たとえば、初日の終わりにグランデがナデシュにたずねたときのことだ。

「あの、そろそろ最初の何日かぶんのスケジュールを出してもらえませんか？」

そのときまだ到着したばかりだったマリオンは、ナデシュの答えを今も覚えている。

「ここがどんなに美しいか、あなたは気づいている？　私たちの世界はこの、たったひとつの世界だけ。私たちはその中を、あまりにも無頓着に行き過ぎている。まず必要なのは、それについての特番を撮ることでしょう？　そのために私は必要ないはずよ」

「それでも、ともかく……」

「そして、あのマールボロよ！」

「マールボロ？」

「まだ見ていないの？　あの大きな鳥を。なんてこと！　木にとまっているところとかの映像を撮りなさいよ。一度も見ていないなんて、ありえないわ。グーグルで調べればいくらでも出てくるし！　ストレスで凝り固まっていてはダメ。外に出なくちゃ。私たちはみんな、人間に過ぎないんだから」

「ええ、ですが……」

「機械じゃなくて、人間なのよ」

「ええ、確かにそうですが……」

「それに、木がしなるはずよ」

「はい？」

「木よ。あの鳥がとまったとき、木はしなるはずでしょう！　そうしたら、あのマールボロがどれほど大きいか、想像がつくわよ」

「あの。もしかして、マラブーのことですか？」

「そう言ったはずだけど」

「でも、さっきは……」

「失礼。これから急いで電話をかけなければならないの。でも忘れないで！　ドアの外に出ること！ヒョウを撮るのよ。それから、トラも！」

色の選択が終われば、マリオンにはたいしてすることがなかった。ナデシュとの関係は良好だ。グランデが口を出す頻度が増しているのはわかっている。そして、チーム内で徐々に不和が高まっていることも。チーム内の空気の悪さは、ナデシュからすれば都合良いレベルに達している。そういうときには不和をマックスにし、そこに救い主としてさっと登場するのが手だ。理想的にはカオスの頂点で。あるいはパニックや困惑の頂点で。うまくやれば――具体的には、カメラマンやアシスタントや照明や美術のスタッフなどチームの人間に礼儀正しくにこやかに接し、圧倒的な親切心や好意をふりまけば――人々の顔はぱっと輝く。殴打から救われた子犬のような感謝の瞳で人々がこちらを見つめたら、それは、介入のタイミングが絶好だった証拠だ。

マリオンは化粧用のケープを開き、化粧品やパウダーが服にかからないように注意深く外す。ナデシュ・ハッケンブッシュは立ち上がり、髪の具合をもう一度チェックする。ヘアスタイリストを別につけてほしいという要望は残念ながらかなわなかったが、ナデシュはマリオンに、自分が新しいシュライネマーカーズになればそれが標準になるはずだと約束していた。自分用のアシスタントと、それからマリオンのためのアシスタントも。そのとき、ナデシュ・ハッケンブッシュがくるりとマリオンのほうに向きなおった。

「ねえ、どう思う?」ナデシュは振り向きながら、両手をまるでショーの司会者のように大きく広げて言う。「これでいいかしら?」

マリオンは頷いて、それから両目を細める。「もしかしたら、ラインストーンはちょっと……」

「そお?　でも、すてきじゃない!」

「サンドカラーのジーンズはOKよ。高級だけど、ウサギのロゴ入りのシャツを無造作に羽織っていれば、目くじらを立てる人はいないでしょう。Tシャツは透けない素材で、乳首も何も見えないから、軟弱男にエロい妄想をされる心配もない。イヤリングもブレスレットもなし。古いスウォッチの時計はすてきだけど、成金趣味には見えない。スニーカーもOK。でもラインストーンは……どうかしら。私はこのモデルをぜんぜん知らないし……」

「私が自分で貼ったのよ。いいでしょ?」

「ええ。でも、ここで?　ここには本物の、あわれな人々がいるのに」

「あなたまで、そう言うの?　ドイツの難民キャンプの取材では、何も問題にならなかったわよ」

「それはそうかもしれないけれど……あのね、あなたがゆっくり休めたのは、良いことだし有意義だと思うわ。でも、私はあたりを見てきたけれど、あれは――言葉にならないくらいひどいわ。見たことがないわ。あんなに気の毒な人々を」

「テレビは、対立で生きているのよ！」ナデシュ・ハッケンブッシュはふたたび鏡に近づいて、満足げに顔を見つめる。ナデシュには以前からこうした葛藤があきらかに欠けているのだが、今の彼女は自分はまったく正しいことをしていると、ゆるぎなく思っているようだ。「ここの人々は、自分と同じくらい貧しい人に訪れてもらうことを望んではいない。番組の名前は『苦界に灰かぶり《シンデレラ》』ではないのだし。ほら、行くわよ」ナデシュが言う。

マリオンは折り畳み式の鞄をさっと準備し、確認するような視線を化粧机と銀色の四角い箱の上に向ける。お姫様の道具箱をほうふつとさせるその箱をマリオンは無造作に閉め、ナデシュの後ろについて四輪駆動車のほうに向かう。外はうだるような暑さだが、ドアを開けるなり今度は、うんざりするほど冷たい氷のような空気が吹き下ろしてくる。車の中にはグランデとアストリッド・フォン・ロエルが座っている。アストリッドが言う。

「お二人のために、もうシートヒーターをつけてあります」

「どうもありがとうね」ナデシュ・ハッケンブッシュが言った。「やっぱり頼りになるわ！」

グランデが顔の筋肉をすこし引きつらせ、説明を始める。「ここから遠くはありません。徒歩でも行けますが」

「それはそうだろうけど」ナデシュ・ハッケンブッシュが言う。「でも、天使には羽根がないとね。ところで、車の色はいったいいつ塗り替えるの？」

車は静かに動き出す。そのときようやくマリオンは、助手席にいるハンサムな黒人青年が、ナデシュ・ハッケンブッシュにあいさつをしようと努力しているのに気づく。でも、ナデシュは無視していた。その理由がマリオンには想像できた。ナデシュはおそらく、テレビ局が男性を見つけてきたことに不満なのだ。ナデシュは、女同士で仕事をするほうが好きだった。ナデシュはグランデのほうをちらっと見る。本来ならグランデが二人の間を仲介するべきだ。だが、グランデはスマートフォンに目を向けたきり、仲介の役目を放棄していた。マリオンは思う。おそらくこれは、スマートフォンが勝利した真の理由なのかもしれない。子どもならば、何かを見たくないときには目をつぶってしまえばいい。でも大人は、その何かに向き合わなくてはならなかった——これまでは。

そう考えると、ナデシュ・ハッケンブッシュが今、スマートフォンを脇において、まるで子どものように窓の外を見ているのは驚きに近い。グランデもそのようすに気づいて、額に皺を寄せながらナデシュを見る。まさかとは思うけれど、この大スター様はほんとうにこの二日間、一歩もドアの外に出ずに過ごしていたのかしら?

キャンプの中の道路には、変化がまるでない。自分がどこにいるのか、どの界隈にいるのか、あるいはこの一〇分間、同じところをぐるぐる回っているだけなのかを見極めるのは、とても難しい。車は、いくつかのコンテナを組み合わせたような建物の前で止まった。建物のまわりにはたくさんのテントがある。たくさんの人々がそこに立っている。子どもを連れた母親がたくさんおり、子どもを連れた大きな子どももいる。おそらく建物の前のこのスペースには、待っている人々のために屋根をつけるはずだったのだろう。だが、待合人が増えるいっぽうなので、つぎはぎの屋根をさらに延ばすことは断念されたようだ。長い列をつくる人々が地面に、汲み取り式便所にしゃがむような不恰好な姿勢でしゃがみこんでいる。マリオンは、以前ナデシュがテレビで紹介していた難民キャンプのようすから、人々が廊下やその他の、Wi-Fiが通じているいたるところにこうしてしゃがんでいることは知っていた。それにしてもいまだに解せないのは、どうしてあんな恰好で何分もいられるのかということだ。ふつうなら、一分もしないでどちらかの足が痺れて感覚がなくなってしまうだろうに。

車が止まり、若い男が外に出る。車は方向を転換し、ナデシュ・ハッケンブッシュがその建物の入り口の、カメラが待ち構えているあたりで直接車を降りられるようにした。マリオンは、外で待ち構えているカメラクルーに目をやる。クルーのそばには、さっきナデシュから無視された青年が立っている。足には麻製のスニーカーを履いている。リラックスしたようすのその青年は、マリオンがナデシュ・ハッケンブッシュと一緒に選んだシャツを着ている。アフリカの人たちが好んで着るような派手な色づかいの服ではなく、落ち着いた青のシャツだ。あまりウェストを絞った形ではない。むろん彼はそんな服でも難なく着こなせそうな、人もうらやむすばらしい体形をしているのだが。マリオンは自分も車を降りたいと思う。ナデシュがどんなふうにさっきの助手席君をあしらうのか、興味があったからだ。だが、カメラが回っているのに映り込むのはまずい。アストリッド・フォン・ロエルが反対側から車を降り、グランデもそれに続いた。マリオンは車に残った。

建物の下見はしてあるので、仮設のメークアップ・ステーションをつくるような場所がないのはわかっている。マリオンは車の床から化粧セットを取りあげ、蓋を開け、作業場を広げた。脱脂綿、タオル、ケープ。経験からいって、遅くとも一時間後にはナデシュ・ハッケンブッシュに最初の化粧直しをしなければならないだろう。この暑さではもっと早まるかもしれないと、マリオンは計算する。

開いたドアからマリオンは、ナデシュが助手席君に近づくのを見る。彼はナデシュにさりげなく、親切そうに手を差し出す。まるでバラク・オバマのもとでレッスンを受けてきたようなしぐさだ。後ろから見ているマリオンに、ナデシュの反応はわからないが、彼がどんなふうに体を動かしているかは見える。それはまさに、持って生まれたものなのだろう。水のボトルの栓をねじって開けているだけで、まわりはその動きにうっとりと見惚れてしまうかもしれない。マリオンは椅子の背に寄り掛かり、Ｅメールをやり始める。マリオンの運営するメークについての小さなブログには、今日、つねにないほど多くの質問が届いている。それらに回答をし終えた後、マリオンは、ナデシュがまだ戻ってきていないことに気づいた。

マリオンは時計を見る。もう一時間以上たっている。とても珍しいことだ。マリオンは窓ガラス越しに、あらゆる方向を見渡す。見えるのは、難民と埃と太陽だけだ。運転手に聞こうかと思ったが、運転手は携帯電話にかかりきりになっている。病院の建物の前はWi-Fiが通じているので、病院への列に並んでいない難民もたくさん集まっている。マリオンは車を降りる。体を伸ばし、両手をジーンズのポケットに押し込み、こわばった足で車のまわりを歩く。

病院には電気も通じている。充電器のまわりに携帯電話が集められ、まるで針金でできた植物のようにもつれあったケーブルが地面に伸びている。だれかが自分の携帯を回収すると、待っていただれかが空いた充電器にぱっと飛びつく。まるで、新種の水飲み場のようだとマリオンは思う。小さな女の子が二人、マリオンのほうにやってくる。女の子らは笑顔を浮かべながらマリオンのズボンのすそをつまむ。だがこの二日間でマリオンは学んでいた。助けの手を差し伸べるときには、時間と場所を見定めること。さもないと、困った人々からいつでもどこでも助けを求められるようになる。それを学ぶのはたやすいことだった。マリオンは犬を飼っているからだ。

マリオンは車に戻り、ドアを開けて日焼け止めクリームを取り出す。今日は、日焼け止めクリームを塗りなおす羽目になるとは思っていなかった。でもマリオンは、冷え切った車の中にそれ以上のんびり座っていることはできなかった。

女の子たちはなかなかあきらめず、あたりでぐずぐずしている。マリオンはかがみこみ、手を叩きながら「アーラムサムサム」と、女の子たちの前で数え歌を歌った。二人が喜んだので、今度は「ミューラーさんちが燃えちゃった」を歌った。二人の女の子が「モエチャッタ・チャッタ・チャッタ」と驚くほど上手に歌えるようになっても、まだナデシュは戻ってこなかった。マリオンは立ち上がる。女の子たちはもういくつかの替え歌を考え出し、「ウリウリウリウリ」という印象的な二声の、奇妙なメロディを甲高い声で歌っている。マリオンは診療所の入り口へ歩いていき、中を覗き込んだ。騒ぎのようなものが起きている気配はまるでない。患者たちはロバのように我慢強く順番を待っている。

心配したほうがいいのかしら？

カメラクルーとドイツのスター・キャスターが音もなく襲われた？

あるいは誘拐？

まさかね――。ナデシュに電話をすることもできるが、撮影のあいだ、彼女の携帯は電源が切られているはずだ。マリオンは診療所のまわりをぐるっと歩いてみることにした。診療所は思っていたよりも大きかった。窓はひとつもないので、中を覗き見ることはできない。でも、暴動が起きているようすはまったくない。だれも大声を上げたりせず、中での仕事は淡々と行われているようだ。人々が外に出ていき、何かを運び入れ、どこかにもっていく。人々が運んでいる荷物はいつも同じだ。粉や穀物の入った袋。水の入ったタンク。何の飾りもない杖の束。袋、タンク、杖、袋、タンク、杖、ヤギが一頭。袋、タンク、杖。マリオンはふたたび車に戻った。もうナデシュからは二時間半も連絡がない。マリオンはグランデに電話をかけた。留守番電話になっている。ほかのだれに相談すればいい？　自分がどこかに行くわけにはいかない。化粧直しが必要なときにマリオンがそばにいなかったら、大騒ぎが起きるに決まっているのだ。マリオンは途方に暮れたまま、ふたたび車の中に戻る。そして何かを飲もうと、窓を閉めた。小分けに包装された清浄な水を飲んでいるところを、ここの子どもらに見せるわけにはいかない。マリオンは化粧道具をいくつか分類しなおし、また元通りにする。空調はばっちり効いている。それからシートヒーターも。この車には、冷蔵庫並みに大きなバッテリーが搭載されているにちがいない。ほんとうに、なんて快適なんだろう。

マリオンはがばっと飛び起きた。どのくらい眠っていたのだろう？　何が起きたのだろう？　どこかで金切り声がする。マリオンは車のドアを押し開け、ぼんやりした頭でよろめきながらまぶしい光の中に出る。子どもたちが診療所からいっせいに走り出てくる。カメラ・アシスタントのひとりが足早に出てくる。アシスタントは後ろ向きに歩いているカメラマンを引っ張り、注意が必要な障害物があるときは小声でささやきながら、テントの柱のそばを通り抜けさせている。それから、ナデシュ・ハッケンブッシュが助手席君を伴って出てきた。シャツの袖はまくりあげられ、シャツのボタンが開いている。その下にあるTシャツに染みがついている。汗。汚れ。もしかしたら、血かもしれないが、いずれにしろたいした量ではない。その顔は、悲しそうには見えないが、とくに熱狂しているようでもない。あえて表現するとしたら、ふだんとはちがう「まじめな顔つき」としか言いようがない。まるで、何かの使命を抱えた人のような。あるいは手帳に予定がぎっしり詰まった政治家のような――それも、政党に属する政治家ではなく、海外の開発援助に従事している人間のような。その髪には、先ほどの手入れの痕跡はほとんどない。ナデシュの後ろで、グランデが息を切らしているのにマリオンは気づく。ナデシュはグランデのほうを振り返って、何かを言う。言いながら腕で、何かのジェスチュアをする。マリオンはナデシュの視線を受け止め、問いかけるような動作をしながら、マリオンとその化粧直しの能力が必要かどうかをたずねる。ナデシュは手まねで「いらない」と伝えてくる。そして地べたに腰を下ろす。助手席君もそれにならう。

子どもたちの群れの中にナデシュがほぼ完全に隠れてしまったので、何が起きているのかマリオンにはもう見えない。だが、カメラマンからはそれが見えているはずで、状況はどうやら深刻なものではなさそうだった。カメラマンは何とかナデシュをカメラにおさめようと四苦八苦している。アシスタントがカメラマンのために、良いアングルを確保する。マリオンは何が起きているのか見定めようと、その場に近づく。アストリッド・フォン・ロエルもいつのまにかそばに来ている。アストリッドはスマートフォンで写真を撮り、小さなメモ用紙に何かを走り書きしている。

ナデシュ・ハッケンブッシュは砂埃の上に高級ジーンズで腰を下ろしていた。ナデシュの左の足先は助手席君の腿の上にのっている。ナデシュが笑い、子どもたちが笑う。助手席君はナイフを手にし、ナデシュのスニーカーについているラインストーンを一個一個外していく。外した石を男はナデシュにさしだし、ナデシュは可能な限り公平にそれを分け始めた。

ひとりに、ひとつずつ。

男は注意深く作業していたが、それでも、ナデシュのスニーカーにはあっというまに穴があいた。ナデシュは平気な顔をしている。男が問いかけるように見つめると、ナデシュは「そのまま続けて」と身振りで示した。そのあいだ、ナデシュはもう片方の手でひとりの子どもを抱えて、その子どもの口からラインストーンを取り出していた。マリオンはその女の子の顔を知っていた。女の子は笑って、「ミューラーさんちが燃えちゃった」を歌う。女の子はもう一度、笑いながらラインストーンを口に入れようとしたが、ナデシュがそれをやめさせた。

穴の開いた靴をナデシュが脱いで放り投げると、騒ぎはようやく終わった。子どもたちは、キャッキャッと笑いながら靴を追いかける。助手席君が立ち上がる。彼はナデシュ・ハッケンブッシュに手を差し出し、ナデシュはその手につかまって立ち上がる。ナデシュはお尻についた埃を払い、続いて靴下を脱いだ。一瞬、マリオンの目には、ナデシュが彼を抱きしめるかに見えた。けれどナデシュは手を差し出しただけで、そのまま素足で車のほうに行こうとした。そのとき、ひとりの女がナデシュに近づいてくるのが見えた。ナデシュが振り向くと、女は安っぽいビーチサンダルを一足、ナデシュの手に押しつけた。ナデシュは、お金を払うという――いや、正しくはお金を払えないという――動作をする。彼女は洋服をぱんぱんとはたき、「お金をもっていないの。あるのは靴下だけよ」と伝える。女は靴下を受けとらず、ビーチサンダルをプレゼントした。そしてナデシュを抱擁した。

それから、ナデシュ・ハッケンブッシュは車に戻ってきた。アストリッド・フォン・ロエルも合流し、グランデもやってきたので、みながふたたび車中に揃った。グランデはひどくぐったりした顔をしている。アストリッド・フォン・ロエルは例によって、自分の人生がそこにかかっているかのようにカリカリと何かを書いている。ナデシュは、もう二度と立ち上がりたくないというように座席に深く沈みこんでいる。そして目をつむる。

マリオンがたずねる。「何があったの?」

だれも答えなかった。

グランデが息を吸い込む。でも、言葉は出てこない。ナデシュ・ハッケンブッシュは目を瞑ったまま、こう言った。「戻ったら一〇分間休憩して、ミーティングをしましょう。数日ぶんのスケジュールを計画するから」

グランデが言う。「私はもうすでにいくつか……」

ナデシュは立ち上がる。そして目を見開くと、マリオンがこれまで一度も聞いたことのないきっぱりとした口調で言った。「じゃあ、**みんなで**スケジュールをいくつか計画しましょう。それから、**彼**もそこに加えること。彼にはぜひ、そばにいてほしいのよ！」

グランデはまだ何かを言いたそうに深く息を吸ったが、結局、その言葉をのみこみ、首を縦に振る。それから車内はしんと静まった。聞こえるのは車のエンジン音とアストリッド・フォン・ロエルがカリカリと文字を書く音だけで、そこに時おり、メモ用紙をすばやくめくるシャッという音が加わった。まるで一秒ごとに貴重な言葉が失われてしまうかのように、アストリッド・フォン・ロエルは急いでメモをめくった。

ナデシュはふたたび椅子にぱたんと腰を下ろし、目を閉じる。「ねえマリオン」彼女は言う。「私の化粧を落としてくれるかしら？」

ナデシュ・ハッケンブッシュ：その最大の悪夢

惨めさ。貧しさ。暴力――暗黒大陸の真ん中で無私の仕事に励むドイツのスーパースターが、己の悲劇的な過去への対決を迫られている。

アストリッド・フォン・ロエル

女性は、より強い性だとしばしば言われる。女は男に比べて、痛みに勇敢に耐える。でも、ひとりの女性がいったいどれだけの苦しみに耐えられるのだろう？　どんな人間も痛みに無限に耐えることはできない。それはナデシュ・ハッケンブッシュも同じだ。勇気ある、まだ十分に若いこの女性はこの数日間、文字通り地獄のような苦しみを味わっている。

ナデシュがアフリカの地を踏んで数週間になる。彼女は毎日時間のあるかぎり、自身の番組『苦界に天使』の細部のために奔走している。それは、これまで世間から隠されてきたナデシュ・ハッケンブッシュの知られざれる姿だ。富める者や美しい者で構成された輝かしい世界の裏でのみ知ることができる、ナデシュの新しい姿だ。今の彼女は、一日二四時間かそれ以上しゃかりきに働いてそれでもけっして不満を言わない、規律正しいビジネスウーマンだ。「女はいつも、男より少し上手に何かを行わなくてはだめなのよ」彼女は以前『イヴァンジェリーネ』誌に語った。だが、その言葉に不機嫌な響きはない。そこには、何かに挑戦する楽しげな気持ちがにじみ出ている。それこそが、ナデシュ・ハッケンブッシュだ。**彼女は人間的で、人々の憧れの的であり、それと同時に女だ。**しかしこの数日間、その彼女も、人間が耐えうるものごとには限度があると認めざるをえなくなっている。このアフリカの真ん中で彼女は突然、自身の巨大な、このうえなく黒い悪夢に直面させられたのだ。

　時間を少し巻き戻そう。その日の朝、とりたて て変わったことは何もなかった。いつもと同じように、アフリカの太陽は万人に等しく降り注いでいた。新しいガイドであるハンサムな青年、ライオネルは地域の診療所にナデシュを案内した。天使の訪問を受け、キャンプ全体が喜びに沸いていた。天使、ナデシュ・ハッケンブッシュはいたるところで倦むことなく助けの手を差し伸べている。《月の》裏側に住んでいるわけではないこの地の人々は、スマートフォンやインターネットを通じてナデシュ・ハッケンブッシュと彼女のドイツでの活躍について、ほぼすべてを知っている。簡素な砂色のズボンに飾り気のないTシャツ、腕をまくり上げたブラウスという気どらない姿のナデシュがその場にあらわれたとき、人々は仰天した。「この服、ニコライのをくすねてきたのよ」ナデシュはリラックスしたようすで語った。「突然テレビにこれが映ったら、彼、びっくりするわね」

　遠いドイツから来た天使に黒人の医師があいさつをし、手を差し出した。人間と人間は、こんなに簡単に近い存在になれるのだ。「**政治家も、あなたがたのようであればいいのに**」医師が感謝を込めて冗談を言うと、ナデシュはにっこり微笑んだ。医師は診療所の部屋を案内した。つつましい人々が往々にしてそうであるように、みすぼらしくはあるが、清潔な部屋だった。だが、不足はいたるところに感じられた。「少なすぎる」「少なすぎる」と医師はしばしば口にした。「少なすぎる」そう言って彼は窓の外を指さし、助けを求めて並ぶ人々の長い列を示した。ドイツの天使、ナデシュ・ハッケンブッシュは持ち前のてきぱきとした態度で、即座に「大急ぎで撮影をしますから、どうぞ急いで患者さんのところに戻ってあげてください!」と言った。

アフリカにおいても、彼女が普通の人々に話しかける魅力あふれるようすは、人々をとりこにした。この診療所はドイツの病院とは比較にならない。ベッドは満杯で、大人は二人でひとつのベッドを、子どもは、ときには三人でひとつの古ぼけたベッドを分けあっている。白いシーツや、壁を飾る絵や、読書用のランプなどは、どこをさがしてもない。電気はときどきふっと止まる。それでも、ナデシュ・ハッケンブッシュはここを、二流の診療所だと見下したりしない。「ここの人々は精いっぱい働いている」彼女は語る。「彼らは彼らなりに、とてもすばらしい仕事をしている。つつましい水準の医療ではあるけれど、でも乳児の死亡率は、五人にひとりよりは低い」彼女は即座にイニシアチブをとり、計画をつくり、プロジェクトを立ち上げた。灰色の日常に打ち勝つため、子ども病棟の壁をカラフルに塗り替え、さらに工作クラスを設けることも提案している。「ドイツでは工作用品のチェーンがそういう企画に協力してくれていたから、きっと今度も手を貸してくれると思うわ」ナデシュのきわめて実際的かつ新鮮な目の付けどころには、いつもながら驚かされる。

「**私たちは、ドイツでの生活がどんなに恵まれているかを往々にしてまるで知らずにいるわ**」ナデシュは微笑む。「でもここに来れば、瞬時に現実を突きつけられる」そしてしばしば真実を——。子ども病棟を見たすぐあと、ナデシュ・ハッケンブッシュは若い娘たちの部屋を見つける。これは運命だったのだろうか?

その部屋には、数日前にイスラム過激派組織、ボコ・ハラムのもとから逃げてきた娘たちが収容されていた。多くの娘は無言だ。ひとことも口をきかない娘も数人いる。いっぽう、やけに陽気で場違いなほど上機嫌な娘も二人ほどいた。奇妙に思えるかもしれないが、彼女らの目の輝きや笑顔は絶望と紙一重に見える。それは、とても不思議な瞬間だった。黙りこくっている娘のひとりのそばにナデシュ・ハッケンブッシュが座り、カメラを回すのをやめるようにとクルーに頼んだ。娘が口を開こうとしないので、ナデシュも何も言わず、ただ隣に座っていた。ライオネルはカメラクルーと一緒にその場を去ろうとしたが、ナデシュは彼に、通訳としてその場に残ってほしいと懇願した。彼は床にしゃがみこんだ。ナデシュのあまりそばではないが、二人の会話を聞きとれる程度の距離に彼は座った。

ナデシュは娘の体に触れることなく、まるで姉妹のようにすぐそばに座り続けていた。何分間そうしていただろうか。ナデシュはラインストーンのついたスニーカーでこつんと娘の足を突いた。一度、二度、三度。四度目に娘はこつんと足を突き返した。娘は小さな声で何かを言った。あまりに小さな声だったので、ライオネルはそれを聞きとれず、二人にもっと近づいた。ライオネルは柔らかい声で何かを短く問いかけた。娘は笑顔を浮かべ、ライオネルを指さし、そしてナデシュを指さした。ライオネルが娘の言葉を通訳した。「きれいな靴。二人ともきれいな靴を履いている」

「体の具合はどう?」ナデシュがたずねた。

「良いです」娘は言った。「今は」

人はときに、特別な人間に出会う。そしてライオネルはそうした特別な人間のひとりだった。娘が語ったのは、姉妹のあいだで打ち明けられるような類のことだった。ライオネルはその言葉を、まるで自身はその場にいないかのように、みごとに通訳した。誘拐されたこと。恐怖を味わったこと。監禁されたこと。男たちが来たこと。ときにはひとり。ときには二人。そして事後に立ち去ってくれる男は、ことが終わった後も「アラーが二人を結びつけた」とかなんとか言って一晩中居座る男よりは、まだましだと思うようになったこと。

そういう男は翌朝、自分の弱さを恥じ、「おまえが魔法をかけたせいだ」と言って殴ってきたりする。心のある人間ならこの瞬間、ある問いがきっと胸に浮かぶはずだ。

ナデシュ・ハッケンブッシュの心中は、いかばかりだろうか？

このアフリカには――虎とマラブーの国では――ナデシュほど、こうした不幸に全力で、心の底から共感できる女性はほとんどいないのだ。

ナデシュは動揺を隠しながら娘の肩に腕を回した。きっと彼女は、自身の恐ろしい夏のことを思い出していたのだろう。一見幸せだったルブレツェルとの日々。恐ろしかった夜。長い裁判の日々。メディアの論争に巻き込まれたこと。非情な理由によって裁判所に己の不幸を無視されたときは、まるでセカンドレイプを受けたように感じた。「ノー」ははっきり口にしたときだけ本当に「ノー」の意味になるとは、いったいどういうことだろう？　さらにナデシュは、いかに正当に見えても、相手への非難をこれ以上発表してはならないと宣告された。従わなければ、五〇万ユーロの罰金を科されるという――。自信にあふれた強く美しい女性、ナデシュ・ハッケンブッシュは己のそうした過去を思い出し、辛く、苦しく、耐えがたい思いに苛まれた。そして、彼女を支えようとさしのべられた手を握った。それは、ライオネルという特別な男性の手だ。暗黒大陸の真ん中で、ひとりの若い女性の苦い過去が、二人の人間の心を一瞬結びつけたのを私たちははっきりと感じた。それぞれ過去に大きな試練を乗り越え、そして今、大きな何かに立ち向かおうとしている二人の心を――。

第10章

一週間もしないうちに難民は、これではカネが足りないと悟った。

薄暗い電灯に照らされたミキのバーでビールを買い、自分の住まいに戻る。仕切りにぐったりともたれかかり、星の輝く巨大な夜空を眺める。そして、まずまず冷たいビール瓶を額に押し当てる。こんなはずはないのに、と彼は思う。給料は良い。とても良い。それにたくさん働いている。それなのに、目標はなんだかどんどん遠ざかっていくように感じられる。目をごしごしと擦る。べたべたして、瞼がちゃんと開く気もちゃんと閉じる気もしない。ドイツ人は朝早くから仕事を始め、一日中、働いている。今日は彼らと一緒にたきぎ集めをした。それというのも、マライカがただ美しいだけの女ではないからだ。

最初は、ただの美しい女だと思っていた。そしてそんな美しい女がこんな惨めなキャンプに何をしに来たのだろうと訝っていた。だから最初に、診療所に連れていったのだ。あそこなら、彼の助けなどなくてもたぶん道はわかる。だが、こんなに美しい天使を連れていっても大丈夫な程度に清潔だと思える場所は、診療所以外に思い当たらなかった。天使が乗るからには、車は十分に清潔なだけではだめだ。天使は白い車を望むはずだと、彼は理解していた。

思い返してみるとなんだかあの日は、ひとりの中に棲む二人の天使に会ったような気がする。天使と一緒に天使の車に乗って診療所に行ったことを、彼はもう一度思い出す。天使は光る小石のついた銀白色の電話に向かってたえず何かを喋ったりトントンと画面を叩いたりして、天使の世界と交信していた。車が診療所の前まで来たとき、ようやく天使は何か、会話の終わりのような言葉を口にした。それから彼は車を降りたが、天使はもう一度すべてをやり直さなくてはならないと言った。反対側の扉から外に出たほうが、見場が良いからだという。そして突然天使は、とても不安そうな表情を顔に浮かべた。まるで、診療所が全焼したと、だれかに告げなければならないように。

天使の別の顔があらわれたのはその後だった。天使は診療所の中で、どこかから逃げてきた娘の隣にとても穏やかなようすで座った。そして娘の語る、天使が聞くべきでないような話にじっと耳を傾けた。

そして天使は診療所から出た。

天使はひとつの文章を口にしたきり、口をつぐんだ。天使は最初のころいつも、何か文章を口にすると必ずそれをドイツ語で復唱していた。天使はくるりと彼のほうを向き、手を彼の前腕に置く。そしてもうちっとも天使らしくない声で、英語のような言葉でこう言った。

「これ・ほかの人・やるべき・よ。ぜったい。誓うわ」

それから一週間になる。天使は以来、一度も建物を訪れていない。彼女は人々にくっついて何かをしたがる。一緒に水を運んだり、ここの人々のやり方で料理をしたがったりする。ムニラと一緒にたきぎ集めにも行った。その行動は、ドイツ人にとってもとても突飛なものであるらしい。見ていれば、天使と一緒に働いている人間がだんだんいらいらしてくるのがよくわかる。彼らのもくろみでは、一〇分間歩いたらあとは、例の縞模様の清潔な車にみなで乗り込むはずだったようだ。ここはもともとろくに植物が育たない土地で、しかも二〇〇万人を超える人間が毎日のようにたきぎを集めているから、キャンプの柵から一〇分歩いた程度では一本も木は見つからないのだ。でも、天使は車に乗るのを拒む。ムニラと一緒に行きたいと言う。そしてムニラがたきぎを見つけるまでに二時間か三時間歩かなければならないのなら、自分も二時間か三時間歩くと言うのだ。

「彼女・三時間・行くの？」天使は彼にもう一度たずねる。「事実？」

「ほんとうです。マライカ」彼は答える。

天使の助手たちは反対した。

すると天使の口からは、天の怒りが雷のごとく轟いた。

だれかが声の力だけで五人の人間をぺしゃんこにするのを、難民は初めて見た。しかも、それをしているのが女だなんて。だが、それは現に目の前で起きていた。天使は車から別の快適そうな靴を出させ、その瞬間から、全員が目的地まで歩くことがはっきりした。それをだれよりも残念がっていたのは、天使の車で運んでもらえると思っていたムニラだろう。

だが天使は、難民がドイツの天使として思い描いていた通り、ただ善良なだけではなく、徹底的に善良な天使だった。カメラ用にほんのわずかなたきぎを運ぶのではなく、ムニラと同じだけのたきぎを天使は運んだ。一〇〇歩も進んだら音《ね》を上げるだろうと思っていたのに、天使はまるで十字架を背負ったキリストのようにずるずると必死にたきぎを引きずり続けた。疲労のあまり二度ほど土埃の中に吐いたが、それでも投げ出さなかった。

そして、カネについてもドイツ人は同じくらい徹底していた。

難民はビールを一口飲む。小さな女の子がこっちに近寄ってくる。名前はザーバという。「ムトゥ？」とザーバはもの問いたげに言う。「ムトゥ」というのは、ここの子どもたちが彼につけた名だ。このところ、いろんな人が彼に名前をつける。ドイツ人は「ライオネル」と彼を呼ぶ。その理由をたずねるつもりはない。面倒なことはごめんなのだ。子どもらが彼を「ムトゥ」と呼ぶのは、「ムトゥ・クワ・マライカ（天使のそばにいる男）」から来ている。ザーバはとっておきの笑顔でこっちを見たが、もしここで負けたら、たちまちキャンプじゅうの子どもらにまとわりつかれることになる。彼はザーバを追い払おうとする。疲れ果て、親しげではあるが、断固とした表情で彼はザーバに、おまえの母さんを少し助けてやったよと話し、ザーバを追い払う。今は休息がほしかったし、考えなければならないこともあった。ひとりで――。世の中には、だれにも相談できないものごとがある。マッハムードにも話せないことが。

あの徹底したドイツ人たちのこと。

彼らはたしかに、驚くほど高い金額を提示した。だが、カネを巻きあげさせはしなかった。みんなに「グランデ」と呼ばれている中年の女が、毎日彼に給料を支払った。待たされることもなかったし、ごまかされることもなく、仕事をした日の終わりに決まった金額の現金を手渡される。でも、前払いは駄目だと言われた。そしてそれが困りものなのだ。もしも一度に給金をもらえれば、斡旋人に支払うのになんとか足りるかもしれない。だが、日々支払われるカネを貯めておくのは実際的に不可能だった。

カネは問題ではない――もしもキャンプの人間がみな、同じくらい少ししかそれを持っていないのなら。そして、どこかにカネを隠しておけるのなら、みんなより多くのカネを持っていても問題にはならない。でも、それをどこにも隠しておくことができない「ムトゥ・クワ・マライカ」のような人間は、みんなにそのカネを分配するしかないのだ。なぜなら、彼はキャンプとそこに住む人々の生活をカネに換えているのだから。もしカネを分配しなかったら、彼らの協力は望めなくなる。

だから難民はミキのところでみんなのビール代を支払った。マッハムードやほかの数人に小さな仕事——たとえば、何かの話のタネを探してくるとかの——を振ったりした。子どもにさえ何がしかを手渡した。青のモージョーにも分け前を渡した。いや、渡そうとした。でも、モージョーは驚いてそれを拒否した。カネは自分でとっておけ、そのうち良い解決方法が見つかるだろうからと言って。だが、カネがそれまでとどまっている見込みは薄い。

もちろん、ほかの難民から——天使を連れてきてやると言って——カネを集めることもできた。でももし見つかったら、ドイツ人からお払い箱にされるかもしれない。それに、よしんば見つからず、うまく稼ぎを増やすことができたとしても、今度はモージョーが黙っていまい。そうしたらモージョーの手下から身を守るために、自分のギャング団をつくらなければいけなくなるかもしれない。それには時間もカネもかかる。それに、ギャングのボスに自分はなりたくない。なったとしても、何の意味もない。青のモージョーは子どものころからの生粋のギャングだ。ギャングのボスになったおれの首が、ある朝仮設トイレに転がっているのをだれかが見つけるまでに、おそらく二日もかからない。

いずれにせよ、その手でカネを稼げる期間は限られている。遅かれ早かれ青のモージョーは首を突っ込んでくるはずだ。モージョーは今、現場で起きていることをドイツ人がどれだけ管理できるかを見極めようとしている。でも、すべてを確認し終えたら、やつはライオネルを人目のつかないところににこやかに連れていき、この先人々を天使に会わせるときは必ずカネを取れ、そしてもちろんモージョーに許可を請えと言うだろう。そうしたら、天使の引き合わせでどれだけ儲かったかをやつに言わなければならなくなる。もっと正確に言えば、モージョーにどれくらいカネを送り届けるかを言わなければならないということだ。

そして、これが明るみに出たら、彼はドイツ人の仕事を失う。

あるいはモージョーの申し出を断ったら？　そうしたらモージョーが彼の首をとる。

すばらしい。

彼は人差し指の先を、ビール瓶の口に押し込み、静かに引き抜く。ポンと音がする。現実なんてこんなものだ。キャンプの中でいちばん稼ぎの良い仕事にありついたのに、懐具合は前とちっとも変わりやしない。

ポン。

それに天使はまたいつか、いなくなる。そして自分はここで年をとり、死んでいく。天使が自分をどこかに連れていってくれないかぎりは――。でもそんな可能性は、あのグランデという金庫番のガミガミ女によって最初から断たれている。

「これでドイツ行きのチケットを手にしたなんて思わないでね。わかった？」

だけど。もしかしたら天使が彼を連れていってくれるかもしれないじゃないか。

おそらくは、友情から。

だが、その可能性は限りなく低い。ネットの中にも、アフリカに来たドイツのテレビクルーが取材相手をドイツに連れ帰るという話はけっしてたくさんあるわけではない。そして該当者はせいぜい、健康に問題のある人間だけだ。たとえば病気を患っている者。いちばん確率が高いのは、病気にかかっている小さい女の子だ。ドイツでしか手術を受けられない子どもだ。

だが自分は、残念なことに完全な健康体だ。

少なくとも、何か同じくらい切実な理由がなくてはならない。たとえば……命を狙われているとか。

だれから……もちろんあいつだ。青のモージョーだ。

いけるかもしれないな、これは。この筋書きはまじでいいかもしれない。だいたいなぜ、おれはこんな状況に置かれることになったのか？　それは、ドイツ人と天使がここに来たからだ。やつらがおれに、面倒を背負い込ませたからだ。やつらがおれをこの、カネと暴力とモージョーのはざまという微妙な立場に置いたんだ。ならば今、彼らはおれに手を差しのべてくれるべきじゃないか。おれと、それからおそらくマッハムードにも。

この筋書きの危険な点は、うっかりすると、眠っている犬を起こすかもしれないことだ。キャンプの中でそんな取引が行われていると万一マライカの耳に入ったら、彼女はきっと、おれがこれまでずっとモージョーのもとで働いていたのではないかと疑うだろう。だが、このリスクは冒してみるだけの価値がある。ただ、彼女にあまり早くに話をするのはまずい。

「ムトゥ！」そう言ってザーバは、すぐ隣の地べたに座る。この年で、どうすればより自分を可愛らしく見せられるかを知っているのは、まったくたいしたものだ。もともとかわいらしい顔つきをしているザーバは、まだすべての弾を撃ち尽くしてはいない。そして、いくらでも補充できる。こんなに頭の切れる子は、ここにはいない。こんな子には、手を貸してやるべきなのだろうか？

「おれのビールをやるよ」

「ほんとう？」

「ああ。でも瓶をだよ。飲み終わったらな」

ザーバは手まねで拒絶を示す。「空っぽの瓶を、いったいどうしろって言うの？」

難民は最後の一口を飲むと、空になった瓶をザーバの前に置く。

「そいつをドイツ人のところにもっていくんだ」

「それで？」

「そうしたら、たぶんおカネをもらえるよ。聞いたことがあるんだ。ドイツ人は瓶をもってきたやつに必ずカネを払うんだって」

「空っぽの瓶のために、おカネを出すの？」

「そういうふうに聞いたよ」

男はザーバの顔を見た。この馬鹿げた話に疑念を抱いていることがありありとわかる。

「いくら？」

「さあね」

「教えてよ！」

「知らないんだ。たぶん少しだよ。ビールそのものより安いのは、たしかだね。じゃないとみんな、やつらのところに栓を抜いていないビールをもっていく」

ザーバは瓶を高く掲げる。「空っぽの瓶をもっていくの？　それであの人たちはおカネをくれるの？　そんなわけないよ」

「ためしてごらんよ」男はやさしく言う。「いちかばちかだ」

「瓶で何をするの？」ザーバはしつこくたずねる。「あの人たち、瓶で何をするんだろう？」

「知らないよ。ドイツ人のことだもの。ただ単に、新しいビールをそこに入れるんじゃないかな。ありうることだろう？　ドイツ人はたくさんビールを飲むから、きっと瓶が足りないんだよ」

ザーバは懐疑的な目をする。

「瓶は大きな船に積み込まれて、ドイツに帰る。そうしたら、ドイツ人はみんな大喜びというわけさ」男はさらに続ける。「そして彼らはドイツのダンスを踊る」

「ドイツのダンスって、どんなの？」

男は立ち上がり、自分の太ももをぱんぱん叩きながら、あたりをすこし飛び跳ねてみる。なんだか、象がアオサギをまねて歩こうとしているような動きだ。「こうやって踊るんだ。オクトーバーフェストのときに」

「変なダンス」

「まあね」男はそう言って、ザーバの隣にどさっと座る。「でも、自分のところの踊りは選ぶことができないよ。みんな、自分の両親が踊ってきた踊りを、踊らなくてはならない。世界中どこでも。親のダンスは、子どもの足の行き先を決める。君だって、自分の親と同じように踊っているはずだよ」

ザーバは、納得したような顔をする。

「でもなんで、今までだれも空の瓶をドイツ人のところにもっていかなかったの？　みんな瓶を捨てているよ。ばかみたいじゃん！」

「ここの人間はドイツ人のことをよく知らないからね。これはチャンスだ、それだけだよ。うまくいくかどうか、君に保証はできない。自分でやってみな」

ザーバは、瓶を手にして立ち上がる。「わかったよぉぉ……」彼女はためらうようにそう言うと、親指を瓶の口に突っ込む。そして、ポンと音をさせた。

「それからオマケに、私のダンスも踊ってあげようかな」

ザーバが瓶を持ってドイツ人のところに行き、ダンスを踊るようすを難民は思い浮かべる。そして言う。

「あのさ、さっきのドイツのダンスを踊るといいよ。それから、ドイツ語で何か言ってみてごらん。ドイツ語は知っている？」

「モエチャッタ・チャッタ・チャッタ」

「何だい、それ？」

「ドイツの歌。みんな歌ってるよ」

「ふーん。でもみんなが歌っているなら、君は何かちがうことを言わなくちゃ」

「わかんない……」

「でも、目立ちたいんだろ？　じゃあ、こう言ってごらん。オクトーバーフェスト」

「オットバフェス？」

「そう。やってごらん！」

ザーバはアオサギの足がはえた小象のように、あたりを不器用に飛び跳ねながら、足をぱんぱん適当に叩く。そして最後に瓶を差し出し、「オットバフェス」と言う。彼は頷く。たぶん、それほどヘンではないだろう。

ドイツ人はこれを、かわいいと思ってくれるかもしれない。

第11章

清潔な机。清潔な家。ヨーゼフ・ロイベルは何でもきちんと片づいているのが好きだ。そういうのを退屈だと考える人もいるだろう。だがロイベルは、初めて自分の部屋を与えられた昔から、もう五七年もそうして暮らしてきた。四人の兄弟と一緒に育ったロイベルは、豚小屋みたいに汚い部屋というのがじっさいにどういうものなのか、よく知っている。そして、自分はそういうのはごめんだということも。だから事務所から帰る前には、机をきちんと片づける。そして帰宅したら家の中は、またそこで片づけを始めなければならないようなありさまであってほしくはない。

ロイベルはリムジンから降り、運転手にごくろうさんと言う。運転手は翌朝、またロイベルを迎えに来る。ロイベルは、庭の芝生に置かれた深紅色の板石《いたいし》の上を歩き、家に向かう。ロイベルはこの板石が好きだ。苔に薄く覆われているところも、夏に小さな赤いテントウ虫が石の上を這いまわるところも好きだ。石を見ていると、両親の家を思い出す。両親の家は兄弟たちと一緒に売ってしまった。そのあと、石だけ特別にベルリンにもってきたのだ。石を見ていると、日に照らされていたスプリンクラーを思い出す。草いきれの匂いや、熱く湿った石を踏んだときの感触を思い出す。ロイベルはこの石を、昔の記憶のとおりに芝生に埋めた。石の角は足の指をぶつける心配がないように、草で覆われていなくてはならない。そうでないと、芝生の上を走り回ることはできない。子どもが芝生の上を走れなくなる。ロイベルの二人の娘はさんざんそこを走り回ったものだ。楽しい思い出だ。今彼の知っている子どもたちは、ポケモンという餌を町の中に置いてやらなければ、家の外に一歩も出ようとしない。

ロイベルは家に入り、家の匂いを味わう。家の中にいると気づかない、でも家の外にいると懐かしくなる匂いを。

「帰ったぞ!」ロイベルは廊下で叫ぶ。

リムジンのエンジンがどんどん消音化され、家の窓ガラスの防音機能が向上して以来、帰宅時にこうして玄関で叫ぶのは必須になっている。それが習慣づくまではたびたび、妻を死ぬほどびっくりさせてしまったものだ。玄関の外套かけに上着をかけ、さらに想像の中でだけ、帽子をフックにかける。帽子をかぶるのは、三〇年以上前からもうやめている。なのに今でもまだ、家に帰るとつい帽子をとらなければならない気がしてしまう。染みひとつない靴を脱ぎ、靴型を中に入れ、下駄箱にしまう。フェルトのスリッパをはき、タイル張りのフロアへ、そしてキッチンへと歩いていく。妻が冷蔵庫のところでカチャカチャ音を立てているのが聞こえる。

ロイベルは妻の頬にキスをする。

「今日は何かあったか?」

「いつも通りよ。噴水が壊れているから、業者に電話をしておいたわ。でも、来るのは来週になりそう」

「そうか」

キッチンはセパレート型だ。ロイベルは、すべての居住領域がひと続きになっている最近の流行が好きでない。キッチンがいつのまにか居間になるのも、居間がいつのまにかガラスのバルコニーに、そして庭へとつながっていくのも好きではない。子ども部屋は寝室の中にあるべきではないし、物置はガレージの中にあるべきではない。たとえガレージにもう、一台も車が置かれていなくても。公用車を使えるようになってから、車は必要なくなったのだ。

ロイベルはビールを取りに冷蔵庫に行く。ピルスや白ビールは苦手だ。軽いビールは嫌いだが、あまりごたいそうなビールも好きではない。田舎のビール醸造所で作られ、手押し車で運ばれてきたようなビールもごめんだ。クラフトビールももってのほかだ。ロイベルは、新種のビールをことごとく嫌っている。最初の一口は何かが焦げたような苦みがあるのに、そのあと突然マンゴーの味やミカンの味がしてくるビールなど、ゴミビールも同然だ。彼が好きなのは、自分の父親が畑から帰ってきたときに飲んでいたようなビールだ。

ロイベルはラガービールを飲む。

瓶の栓を抜き、ビアグラスに注ぐ。グラスを手に、居間にニュースを見に行こうとしたとき、妻が言う。「ところで、ビーネが来ているのよ」

ロイベルはそれについて何も言わない。だが内心、ありがたくないと思う。

秩序のある生活が、自分は好きなのだ。ロイベルは身構えながら、居間に向かう。部屋は無人だった。ロイベルは、タイル張りのソファテーブルにグラスを置き、ソファに身を沈めた。ロイベルは安堵していた。あとわずか数分間でも、この貴重な時間を居間でひとりきりで過ごせる。ロイベルは、ほかの大臣に比べればたくさんの自由を享受しているほうではあるが、それでも、こんなふうにのんびりした夏の夜はそう多くあるものではない。いわば《中途編入組》なので、政党的基盤は現在にも過去にもない。それでも彼が入閣待機リストを飛び越えたのは、ロイベルが必要とされているからだ。そして政党的基盤を持たない者は、だれかの面倒を見る必要もない。いずれにせよロイベルは、だれかを世話しようという試みをとうの昔にやめている。それはきっと、必要ではあるが解明する価値のないものごとだ。ゴミ出しは、だれかがやらなければならない。もしどこかの嘘つきが、だれもそんな役目を負わずにすむ方法があるはずだと吹聴し、それが本当かどうかを知りたいという人間がいるのなら、どうぞ夏の夕べに議論すればいい。ただし、自分はごめんこうむる。もう七五歳だ。無駄に使える時間はそれほど多く残されていない。

二本の細い足が階段を下りてくるのが見える。それからショートパンツに包まれた小さな腰があらわれ、二つの胸があらわれる。二か月ほど前にはまだ存在していなかったふくらみだ。

「ハイ！　おじいちゃん！」

「こら、ビンヒェン！」

「なに？」

大臣は机を指の節で強く叩き、不機嫌そうにビーネをにらむ。

「ごめんなさい」

ビーネは耳からイヤホンを引き抜く。そしてコードをスマートフォンに巻きつけ、これみよがしに高くもちあげ、本棚の上に置く。大臣は怒りをのみこんだ顔でうなずいた。

「元気か？」

「そっちこそ」

ビーネは、さっきロイベルがしたのとまったく同じようにソファに身を沈める。奇妙なくらい、ぴったり同じ動きだ。だが年齢が違うせいなのか、ロイベルの動きからは彼がぐったりしていることが、ビーネのからは彼女がふてくされていることが伝わってくる。

「休みは楽しみか？」

「まさか」

「ママと何かもめたか？」

「二週間も世界の果てに行くんだよ？　ネットもなしに？　いったい何をしろっていうのよ、タイクツ村で？」

「おまえも知っていると思うが、私はそのタイクツ村で生まれたんだ。おばあちゃんは、二つ隣の村で生まれた」

「私が知っているのは、二人が今はそこに住んでいないということだけ」

「私は向こうに住んだっていいんだ。ベルリンにいろと言われなければな」

「ふーん」

ビーネははだしの足をスリッパから抜き、足の指でソファテーブルの端をつかむ。だが、ロイベルの視線に気づくと、足の指はさっとテーブルから離れた。タイルの床に足の裏がぶつかり、ピチャッという気の抜けた音を立てる。「内務大臣なんだから、おじいちゃんがそうしたければ、インターネットくらいどこでも引いてもらえるんじゃないの？」

「そんなふうに言うものじゃない。おまえのママがたぶん、できるだけたくさんの時間、一緒にいてくれるだろうよ」

「うんざり」

「おまえが思っているような話ではないんだ。ママにはわかっているんだ。この先あまりたくさんの休暇を一緒に過ごせないことが」

「ふーん――で、なぜ？　病気ってわけじゃないのに」

ロイベルの目つきは変わらなかった。

「ごめんなさい」

「こういうことは、冗談にしちゃいかん」

「わかってる」

「私が言いたいのは、ママにも、今のおまえと同じ年頃だったときがあるということだよ」

「だから？」

「ママは覚えているはずだ。ママが、私たちと一緒に休暇に旅行するのを初めて拒絶したのは一六歳のときだ。私たちと一緒に来てくれたのは、一五歳で最後だったよ」

「やれやれですよ！」盆を持って部屋に入ってきたロイベルの妻が言う。

「あのな、おばあちゃんは、今は平気な顔をしているけど、そんときはわんわん泣き喚いたものだよ！」

みなが腰を上げ、食卓につく。ロイベルはビールをそのまま持ってテーブルの上座に座り、ビーネはその向かいに、ロイベルの妻はその間に座る。妻が皿を配り、バター、パンの籠、トマト、ソーセージ、野菜のペースト、そしてグラスを机に置いた。ビーネはそのひとつを手にとって、じろじろ批判的に眺めた。

「私がこんなことを言っても、きっとだれも信じてくれないよ。連邦政府の内務大臣が、家では、粒マスタードの入っていた古ぼけたグラスでビールを飲んでいるなんて」

「別にいいじゃないの」ロイベルの妻はそう言いながら、トマトを四つ切りにし、胡椒をかける。

「だって、ミッキーマウスの古い絵までついているんだよ。超ダサいよ」

「ちょうどいいじゃないか、だったら」ロイベルはそう言いながら、パンにバターを塗り、サラミソーセージをのせた。「すべての大臣の中で内務大臣は、いつだっていちばんダサいんだ」

「ほんと？　どうして？」

「警察への権限をもっているからさ」ロイベルはパンにかぶりついた。「内務大臣は、ドイツという家の管理人《ハウスマイスター》みたいなものだ」

ロイベルは孫娘を見つめる。ビーネは野菜ペーストの瓶から灰茶色のモルタルのようなものをそぎとり、スライスしたパンの表面をそれで覆っている。まるでモルタル職人のような手つきだ。ロイベルはフォークを使ってサラダ菜を一枚、ビーネに渡す。

「ほら、壁紙代わりだ」

「ヨーゼフ！」

「私だっておじいちゃんの、ぐちゃぐちゃソーセージに文句を言ったりしないよ」

ロイベルはサラダ菜をサラミブロートの上に置く。

「ソーセージ殺人については、誠意をもって償おうじゃないか」

「そう。じゃあ、おじいちゃんところの無能な交通とデジタルインフラの大臣に命令して、タイクツ村までインターネットをちゃちゃっと引いてちょうだいな」

ロイベルは笑う。ビーネには言わないがロイベルは、ビーネの母親がインターネット馬鹿や携帯依存にならなかったことをとても嬉しく思っている。それからこれも言ってはいないが、あのあたりのインターネットの受信状況は壊滅的に悪い。さらに言えば件のデジタルインフラ大臣は、ロイベルが掛け値なしで一〇〇パーセント無能だと考えている唯一の大臣なのだ。

「おまえが一緒に来てくれれば、嬉しいよ。私ももちろん」

「おじいちゃんもおばあちゃんもでしょ」

「まあ見てごらん。そんなに悪いところじゃないよ。私は子どものころ、あそこで過ごしたんだ」

「知ってる。おじいちゃんたちも若いころはたいへんだったんでしょ？　ママから何度も聞かされた」

「あそこには、たくさん動物がいますよ」元気づけるように妻が言う。

夕食はその後は、おだやかに進んだ。ロイベルと妻は結局、休暇の行き先を決めなかった。妻が立ち上がり、机の片づけを始める。ロイベルはビールの残りをもって、ソファに戻った。時刻は八時ちょうどだ。ニュース番組はロイベルにとって、最後の砦だ。

「何かほかのを見ちゃだめ？」

「ニュース番組には、まったく興味がないのか？」

「ぜんぶ知ってるもの。アプリがあるから」

「私にはないし、おばあちゃんにもないんだ」ロイベルはちらりと怒った目つきをする。

アナウンサーのイエンス・リーヴァが画面にあらわれた。今日は、あまり似合わない青い服を着ている。そのせいでときどき、背景を横切る青い帯の中に紛れてしまいそうに見える。

「ほーら」ビーネが言う。「来るよ、暗殺のニュースが」

ロイベルはたしなめるような目でビーネを見たが、なぜビーネがすべてを知っているのか不思議でもあった。じっさいビーネは、その日のニュースのほとんどすべてを、正しく予告することができた。彼女にとってはどうみても退屈だろうと思われるいくつかのニュースまで、ビーネはちゃんと知っていた。

「新しい選挙法が提案されたんでしょ」これもビーネは知っていた。「一六歳からだって。そうしたら私はもう来年には選挙ができるね」

「そうしたら、どこに投票するの?」ロイベルの妻がたずねる。

「AfD《アーエフデー》〔二〇一三年結党の極右政党「ドイツのための選択肢」の略称〕」

一瞬、その場に沈黙が走る。ロイベルは何ごともなかったようなふりをして、ビーネのほうを見ずにたずねる。「それは、ママのせいか?」

「そうだよ。ママはきっとゲキドして、阿鼻叫喚ってやつになる。ビイイイネエエエ。いったいなぜ、そんなことができるの?」

「私の党は?」

「ごめん、忘れて。おじいちゃんの党はクソ度が足りない」

「それは、ほめ言葉ととっていいのか?」

「ううん。クソって意味ではどっちも同じ」

ロイベルは考える。自分がビーネくらいの年齢だったころは、まだこれほど「クソ」を連呼することは許されなかった。でも、心はまるでかき乱されない。それは現在について、何を意味するのだろう?

それは、時間の猶予が自分にはもうないということだ――。ニュース番組が天気予報にさしかかろうとするやいなや、ビーネはテレビのリモコンに手をのばす。それについてロイベルはもう文句を言うのをやめている。妻が孫娘の味方をするのはわかっている。そしてもうひとつロイベルには、ビーネが自分たちと一緒にテレビを見てくれるのはとてつもない僥倖であることもわかっている。ビーネはいつも、テレビ番組はすべてコンピュータを使ってオンデマンドで見ているのだ。

「それで、何を見るんだ？」

「ナデシュ・ハッケンブッシュ」ビーネが言う。「おじいちゃんたちにも関係があるでしょ」

「ハッケンブッシュって、あの……」ロイベルはそう言って、胸を示すしぐさをした。

「ちがうよ。難民のところの！」

ロイベルはそれから目にしたものに、文字通り腰を抜かした。あの安っぽいモデルのことはもちろん知っている。ほかの安っぽい尻軽女と区別のつかないような女だ。その尻軽モデル女がこのたび、世界でいちばん人々の関心を集めている場所のひとつ——世界最大の難民キャンプに送り込まれたのだ。テレビでよく見る、カビの生えたおんぼろの小屋に辛気臭そうな家族が暮らしているみじめな光景とは段違いの、ほんとうに悲惨な場所だ。そしてロイベルが仰天しながら見つめる前で尻軽モデルは、見かけのとても良い難民男をひとり付き従えて、あれこれ馬鹿げたことをしたり、ときにはかろうじてまともなことをしゃべったりしている。妻とビーネは次第にロイベルの視界の背後に沈み、声さえ聞こえなくなった。尻軽モデルが昨日から番組に出ていることを、ロイベルは知る。そして明日も彼女は登場することを、そして来週と再来週は毎日この《苦界》から映像が届けられることを——。画面を見つめるうち、徐々に心がざわついてきた。ロイベルは立ち上がり、電話を取りあげると、そらで覚えている秘書の電話番号を押す。

第12章

　給料日のことだった。

「ゼンゼンブリンクですが」

「ケースウォークです。『南ドイツ新聞』の。ちょっとお時間をいただけますかね」

「長くかからなければ」ゼンゼンブリンクはそう言いながら、机の下でベッカー選手のように拳を固めた。ケースウォークはトップファイブだ。いや、トップスリーと言っていいかもしれない。メディアに記事を載せてもらえるなら、南ドイツ新聞。フランクフルター・アルゲマイネ紙とその日曜版。ヴェルト紙。あとはどこだ？　シュピーゲルか？　でも究極的には、それだけの値打ちがあるのは南ドイツ新聞とフランクフルター・アルゲマイネだけだ。そしてケースウォークが電話をしてきたということは、少なくともページの半分は割いてもらえると見込んでいい。いや。きっともっとたくさん、三分の二くらいかもしれない。しかもそれだけの紙面を、ほんの二か月前には歯牙にもかけていなかったナデシュ・ハッケンブッシュの連日のドキュメントに与えようというのだ。

「もうすぐ会議なんですよ。でもご用件は何でしょうか?」

「もちろん『苦界に天使』のことですよ。クカテン。あの番組はもうおたくではそう呼ばれているって聞きましたよ。ちがいますか?」

「だれが口外したんですか?」

「視聴者数一〇〇〇万人とは、なかなか弾けた記録ですな。視聴率はなお上昇中。人気の刑事ドラマ『事件現場《タートオルト》』ミュンスター編と同じほどの視聴率を、しかも毎回、たたき出している。この成功にはそちらもびっくりしているのではないですか?」

「いやいや、クカテンは以前から成功をおさめていますよ」

「でも、これほどの規模ではなかったでしょう?」

「それはまあ。でも、その差はわずかなものですよ。世の中のシリーズ物には、本編が成功したおかげで、不釣り合いなほど大きく膨らむやつがあるでしょう? スピンオフや何かが生まれたりして。でも正直に言えばそういうのは単に、元と同じスープを大量の水で薄めたようなものだったりする。うちのクカテンは、そうじゃありません」

「そうは見ない批評家も、最初のころはいましたがね。うちの新聞でも」

「しかし結局、正しかったのはだれでしょうか? 私はこの仕事をずいぶん長くやっていますし、自分自身がいちばんよく知っています。どんなときに水増しをし、どんなときにしないか……」

「水増しをしたのは、どの番組ですか?」

ゼンゼンブリンクがワハハと笑い、ケースウォークも笑う。あつかましい質問をあえて投げかける昔ながらのトリックだ。にもかかわらずゼンゼンブリンクはこのとき突然、熱い戦慄を覚えた。ゼンゼンブリンクにこのトリックをしかけているのは、あの『南ドイツ新聞』だ。『南ドイツ新聞』のケースウォークが半分のページをやると言っているのだ。ゼンゼンブリンクは思わずつばを飲み込む。だれかに求愛されたような気分だった。ゼンゼンブリンクは頭を振る。自分で自分に驚いたが、そのときの気持ちはそれ以外に表現しようがなく、ゼンゼンブリンクはそれを堪能した。どこかの新聞社がこのおれに最後に電話してきたのはいつか？　そして今始まろうとしているのは、取材だ。おれは注目されて、すべてが始まろうとしているんだ。ゼンゼンブリンクはその気持ちを楽しみながら、背もたれに寄りかかった。

「クカテンは、いずれにしろちがいますよ。比喩による表現をもう少し続けるなら、クカテンについては水を加えていないだけでなく、むしろ、素材を追加したのです」

「いったい何を？」

正しい質問だ。ようやく来た。いくつかの売上額を聞き出しに来たとか、局としての見解をもらいに来たとか、そういうこととはわけがちがう。このおれの意見を聞きに来たのだ。なぜならこのゼンゼンブリンクこそが、『苦界に天使』の創造者だからだ。ゴミ番組『苦界に天使』ではなく、驚くほど優良な番組『苦界に天使』の創造者だ。番組の成功は偶然ではなく、ナデシュ・ハッケンブッシュのおかげでもなく、ゼンゼンブリンクのおかげなのだと、このインタビューは言おうとしている。これは、ゼンゼンブリンクのインタビューなのだ。

今日はゼンゼンブリンクの給料日だ。

「増やしたのは、野菜、油、そして肉といったところでしょうか」ゼンゼンブリンクは手足をのばしながら言う。「ですが、『ジャガイモの角切りを今、一五パーセント増量しろ』というようなモットーに従ってはいません。視聴者との距離が著しく縮まっていますからね。クカテンはもとは収録番組で、週に一回の放送でした。その場合、視聴者はもちろん要求を引き下げます。三〇年以上民間の放送のありかたを見てきた視聴者は、こうしたフォーマットは放送用に最適化されるだろうということを――いや、されなければならないことを――知っています」

「つまり、争いごとをふくらませたり、問題を誇大化したり、わざとドラマを……」

「立証はしませんが、これだけは申し上げます。クカテン特別版ほどの番組を日々制作するにあたって、そういうことは不可能です。われわれは視聴者の要望に従い生《なま》のままの現実を、真実を送り届けます。視聴者もそれをわかっています」

「視聴者はそういうのに慣れっこになっていませんかね？『ジャングルキャンプ』みたいな番組は毎日のように制作されているわけですし……」

「ええ、しかしそういうジャングル番組においては、それが完全に人工的な状況であることを視聴者はちゃんと理解しています。そういう番組に出る二流芸人は、カネのためならどこにでも足をのばします。番組は、すべてをより刺激的に見せるために、わざと試練を作りあげたりする。でも出演者たちは必要に迫られれば、いつでも現場を離れられます。何人かは、最低限の時間がたてば現場を立ち去れるのだと、最初から知っているのです。クカテンに関しては、そうしたことはいっさいありません」

「ナデシュ・ハッケンブッシュはちがうでしょう」

「ですがそれは、報道についても言えるでしょう。ふつうレポーターはいつでも国に帰ることはできる。彼らが帰国したからといって、彼らの報道している戦争が、危険でなくなるわけではない。そして、ナデシュ・ハッケンブッシュが報じている人々には別の選択肢がいっさいいない。彼らは昨日もキャンプにいたし、今日も明日もその次もまだ、ずっとキャンプにいる」

「レポーターが現地で情事を引き起こすことはありえませんよ」

そらきた。ここからが、本題なのだ。ケースウォークがそれをたずねてきたのは、番組の背後に光をあてられるとやつの上司に告げるためにちがいない。けっしてゼンゼンブリンクにすばらしい舞台を提供するためだけではない。手練れのプロフェッショナルであるゼンゼンブリンクたるもの、ふさわしい対応がわからないはずがない。必要なのはちょっとした騒動だ。そうすればケースウォークは大喜びする。ゼンゼンブリンクはソファの背に静かに寄りかかり、両足をテーブルにのせる。アメリカのケーブルテレビ局HBOのだれかがインタビューでそうしているのを見たことがあったからだ。

「よろしいでしょう。ではお聞きしますが、あなたがたはハッケンブッシュが何をすると想定しているのですか?」

「想定など何も」

「ならば、別の質問をすればよかったでしょう」

「じゃあ言いましょう。クカテン特別版には、ハッケンブッシュ氏とその案内役の関係が職業的なものにとどまらないように解釈できるシーンがいくつかあるんですよ」

「どのシーンのことを言っているのですか?」

「あの《月末》という回ですよ。文字通り、何も持っていない家族が出てきて……」

「……そして、何も手に入れられなかった話ですね。あれはあそこのキャンプではふつうのことです。配給に頼って生きるかぎり、あれが現実です。サイクルはこんなふうです。最初の五日間は全員に食べるものがある。次の五日間になると、人々は食事どきに友人のところを訪れて、タダ飯を食おうとする。

そしてさらに次の五日間は全員が腹を空かせることになる。ハッケンブッシュ氏はそんな事情をまるで知らなかったし、チームも知らなかった。この私も知らなかった。しかしそれをじっさいに間近に見れば、心を痛めずにはいられない。そんなとき、たとえハッケンブッシュ氏のように強い人物でも、だれかについ寄りかかりたくなるのは、ごく当然だと私には思えますが」

「カメラクルーに寄りかかったっていいじゃないですか。でもハッケンブッシュはライオネルを選んだ」

「ハッケンブッシュ氏がいつだれに寄りかかったかを、今ここで議論する意義がありますか？　これが何かを示しているとしたら、それは彼らのプロ根性ではないですか。カメラマンにはむろん、映像をぼかすことは許されていないという」

「あるいは、ほら、汚い水の回とか……あるいは、熱で死んじゃった男の子の回とか」

「あなたの言いたいことは、わかりますよ。ハッケンブッシュ氏があの若造の手を握ったり、肩をさわったりした、ちょっとした場面のことでしょう？　局の側からはっきり言わせていただきますが、ああいうシーンはわれわれにとっても値千金です。われわれだけではなく、すべての局にとってそうでしょう。それでもわれわれはあの場面を、要求や申し合わせで撮ってはいない。いっぽうでもうひとつ、はっきりしているのは、もし私があの映像を手に入れたら、それをカットしてしまうほど愚かではないということです」

「それが、スープに追加する肉だからですか？」

「ええもちろん。そうしたら、視聴者をより引きつけられる。そして、先ほどあなたがおっしゃったように、これは両者の関係にも通じることです。ハッケンブッシュ氏とライオネルのあいだで起きていることを、私からあなたに告げることはできない。それはあなたが、二人に直接聞くべきことです。しかし、あそこで起きていることは生の事実だ。私たちは何も筋書きをつくっていない。彼らの心で何が起きているのかは、私たち自身にもわからないのです」

「ご自身の局のショーで、何が流れるか知らないということですか？」

「ええ。そして、このサスペンス的な状況をうまく扱う責任は、私が喜んで引き受けます。もちろんこうしたことは、ナデシュ・ハッケンブッシュだからこそ可能になるのです。あなたのさきほどの質問からも、それは垣間見えます」

「どういうことですか？」

「ハッケンブッシュ以外のだれかなら、おそらくあなたはそんな質問をしなかっただろうということです。たとえば、『ガイス・ファミリー』や『ヴォルニー・ファミリー』や『カッツェンベルガー・ファミリー』については、放送の中で起きているのが事実かどうか、興味をもたれないでしょう。でも、ナデシュについてはそうではない。彼女はテレビでいろいろやってはいるが、まだ私生活を商品化するところまでは行っていない。あるいはあなたは、ハッケンブッシュ氏が国全体に対して芝居を打っているとでもお考えですか？　二人の子持ちの、既婚女性が？」

「それはまあ、想像しにくいですな……」

「そうでしょう」

「ライオネル青年は、番組の成功にどのくらい重要なのですか？」

ゼンゼンブリンクは、体の力が抜けるのを感じた。椅子の背もたれ沿いに背中がズルズルと滑り落ちてきている。もしこのインタビューに、氷上から連れ出さなければいけない牛〔解決しなければいけない難題」がいるとしたら、その牛はまだとりあえず安全だ。だがそれでも、少し嫌な気分がしてきた。

「あなたの質問が示しているように、とても大事な存在です」

「彼のことはあなたが見つけたそうですが」

「そのとおりです」

一瞬ののちにゼンゼンブリンクは、なぜそれを聞かれたのかを理解した。またろくでもない質問が来るということだ。

「彼についても、何も筋書きはないということですか？」

「もちろん」

「それから、あの『夜には太陽は別のところで輝く』という文や『サルがなぜ体を掻くのかは、だれも知らない』という文章も？」

「信じがたいですか？　これは、あの若造の口から出た言葉そのままですよ。私どものウェブサイトで今いちばん多くクリックを集めているのは、彼の文章のついたクリップです。子どもたちはそこからミームをつくっています。昨日私は、若いカップルの男のほうが『ライオンが欠伸をすれば、ヌーが寝床に入る』と書かれたTシャツを、そして女のほうが『心臓は気づかれないように鼓動を打つ』というTシャツを着ているのを初めて見ました」

「『心臓は気づかれないように鼓動を打つ』、『夜には太陽は別のところで輝く』――どういう意味か、あなたはご存じなのですか？」

「いやそれは。しかしこの青年の、強さと思慮深さの絶妙なミキシングは、ナデシュ・ハッケンブッシュのような女性にはまったくぴったりで、理想的な組み合わせだ。ほら、ハッケンブッシュは今のところ——私がわざわざ言うまでもないでしょうが——思慮深さではそれほど知られているわけではないですから。それに合う人材を抜擢しようと狙いを定めても、なかなかうまくいくものじゃない。一〇〇人のうち九九人は外れだ。ライオネルはすべての制作者にとって、信じられないほどの当たりくじなのです」

お世辞があり、いくつかの質問があった。ゼンゼンブリンクのほうでも狙っていたことがすべて言えるように、巧妙に配置された質問だった。それらは、インタビューの山場がもう過ぎたというサインでもあった。ゼンゼンブリンクはふと、別れの悲しみのようなものに襲われる。とてつもなく重要な人物になった気分や、大きな注目を集めているという高揚はもう弱まっていた。もちろん明日になれば記事は刷られ、たくさんの人の目にふれる。ゼンゼンブリンク本人とケースウォークを除くほぼすべての人は、明日初めてそれを目にすることになる。彼らはゼンゼンブリンクに電話をかけたりメールを送ったりしてくるだろう。「『南ドイツ新聞』に、スーパーインタビュー！」とか言って。それなのにどうしてだろう。まるで、長い休暇が終わりに近づき、学校が始まる日が目前に迫ったような気分がする。

「番組は、どんなふうに終わらせるつもりですか？」ケースウォークが、まるで人の考えを読めるかのようにたずねる。「最終回だけは、即興というわけにはいきませんよね。最後だけは、何か計画しなくてはいけないんじゃないですか？」

ゼンゼンブリンクは、非論理的な憤りが自分の中に湧き上がってくるのを感じた。なぜケースウォークにそんな気持ちを感じるのだろう。その原因を理解するまでに、ほんのわずかに時間がかかった。あまりにもくだらない原因だったからだ。ゼンゼンブリンクはケースウォークをうらやんでいた。ケースウォークにとっては明日もまだ《休暇》が終わりにならないことに、自分は憤りを感じていたのだ。ケースウォークはこれからまた、別のだれかにインタビューをするだろう。この先、何度も何度も。ケースウォークはこれからも、ずっと『南ドイツ新聞』に載るのだから。

「それは教えられませんよ」ゼンゼンブリンクは言った。「もちろんわれわれは、このフォーマットにおさまりをつけるよう努力しますが、しかしここでは、いくらか譲歩が必要になるでしょうな。難民キャンプは休暇用の別荘とはちがう。別荘とはちがい、休暇が終わって家に帰る前にすべてをきちんと片づけることはできない。真実の生活を撮影するというのは、そういうものでしょう。ですが、視聴者がいささか不満足な状態で取り残される恐れはあります。いや、不満足と言うより、『苦界に天使』新シリーズに期待を抱かせたまま、と言うべきでしょうかな。新シリーズは一一月にスタート！　とか」

「いい締めじゃないですか」ケースウォークが言った。

「ですかね？」

二人は別れの言葉を交わし、電話を切った。今のところはOKだと、ゼンゼンブリンクは自分をなぐさめる。今のところは。ともかく、正しい方向に少しずつでも足を踏み出していこう。そうしたら、どこで終わらせられるのか、だれかがわかるかもしれない。

第13章

事務次官は家の地下駐車場に車を停めた。彼の帰りをトミーが上で待っているのは知っている。喜ぶべきなのだろう。週末の休暇に金曜日を含めることができたのだ。省では今日、特別な会議が開かれたが、なんとかすべてをうまくこなした。特別な会議があったのに、ふだんと同じくらいに仕事を切り上げることもできた。嬉しく思うべきなのだろう。幸せに思うべきなのだろう。車から元気に飛び出していくべきなのだろう。部屋に向かう途中でネクタイを外し、ごつごつした腕時計も外し、貴重な時間を一分一秒でも多く楽しむべきなのだろう。にもかかわらず事務次官は、車の中に座ったままでいた。エンジンを切り、ぼんやりしたままウィンカーを点滅させる。左、右、左。

右。

今日の会議について、不満を言うことはできない。てきぱきした進行で、目標もきちんと認識されていた。これが当然のことではないのだと、彼は経験から知っている。ロームから、ろくでもない会議の話はよく聞かされる。たいへんな準備をしたのに、なにも結果の出ない不毛な会議。情報を外に渡すことにだれかが不安を抱き、決断を下すことにだれかが不安を抱き、そのいっぽうで、何の意見ももたず、それゆえ自分の口を開くことに何の不安ももたず、自分が話すのを果てしなく耳にするのに何の不安も抱かない輩がいる会議。そうした場で作り出されているのは、底知れぬほど愚かな騒音にほかならない。ロイベルの省ではそういう会議はまずない。

左。

今日の会議では、公安、連邦警察、国際問題、移民、危機管理の各部署を招集した。難民と公安に関連する部署をすべて集めた恰好だ。事務次官は大臣の苛立ちを彼らに伝えた。一同を叱責し、ロイベルの右腕は自分以外にいないとはっきり示したとも言える。

ここに座って、ハンドルを拳できつく握っている理由など、どこにもないはずなのに。

右。

「事態を見据えることが必要です」彼は言った。「きちんと見据えなければならない事態が起きているのだと、まずみなさんに把握していただきたい」

「それはそうですが、あまり大げさにするのはいかがなものかと。やらなければならないことはほかにもたくさんあるのですし」

発言したのはもちろん連邦警察のゲーデケだ。役割はおのずと分かれる。たとえナイフで切れるほど濃密な怒りが部屋に立ち込めていても、連邦警察に限っては、自身の限定された権力に守られて、たやすく危険を冒すことができるのだ。

「われわれが注意を怠らなければ、さらなる仕事が生まれることはまずないでしょう。何かが起こるにちがいないとは言いません。でも起きる可能性はある。そしてあっというまにもっと大きな、われわれが今取り組んでいるような仕事になる可能性もある。重ねて強調したいのは、われわれが注意を怠らなければ、という点です。私は今、意図的にある疑問を呈さずにいます。それは、なぜこれまでだれひとり、このテーマを俎上に載せなかったかということです」

「なぜならあれが、クソテレビ番組だからですよ。クソテレビ局の、クソ番組だ」

さっそく餌に食いつく輩がいた。公安局長のベルトホルト博士、六四歳だ。ふだんは控えめで信頼できる人物だが、定年を間近に控えて三〇代半ばの若造に指図されるつもりはさらさらないらしい。

「たしかに。クソ放送局のクソ番組です。だからといって、無害といえるでしょうか?」

「そんなことはわからんよ。だからといって危険だとでも? 私は自分の同僚らのために言っているわけではない。だが、ここにいる面々の中で『もう少し平静になるほうがいい』と考えているのは私だけではないはずだ。いったいあそこで何が起きるというのだね?」

「たとえば、いちばんくだらないあたりでは、難民から募ったモデルの中で見場の良いひとりをドイツに連れてこようとするかもしれない――とかですかね」

「それは忘れていいのでは」ベルトホルトの心は騒がなかったらしい。そして移民担当のカルプがいかにも専門家らしく頷きながら、「放送局も庇護法を無視はできまい」と続けた。どうやら楽勝だ、と事務次官は思う。刀を抜いて見せれば、おそらくそれで片がつく。

左。右。

「たしかに」事務次官は言った。「つまり、われわれは今、法律的には窮地から遠いところにいるわけです。しかし、テレビを見ている一〇〇万人の視聴者が万一そのモデルに共感したら、どうでしょう。それが数週にわたったら? それでも大臣は前に立って、法律的には何も状況は変わらないと言えるでしょうか？」

ベルトホルトは小さな声で何かをつぶやいた。「そりゃそうだが」と言ったように聞こえた。そのとき突然、その場にいるすべての人間が事態の重さを認識した。

「みなさん。あそこに行っているのは報道チームなどではありません」事務次官は狙いすましたように言った。「ジャーナリストではないのです。ある程度中立的な報道をするすべや、無用な干渉を避けるすべを彼らは知りません。愚か者の集まりだ。ろくでもないドキュソープ〔ドキュメンタリースタイルのリアリティ番組〕ばかり制作している、能無し集団だ」

このとき、初めて事務次官は一同の顔に不安の表情を認めた。彼はさらに続けた。

「あの馬鹿集団は、テレビ番組『ジャングルキャンプ』のためにつくられたコンセント付きのプレハブ原生林にいるわけではありません。現実の世界の中にいるのです」

人々がきな臭さに気づいていくようすは、なかなか見ものだった。口を切ったのはゲーデケだった。

「だれかが人質に取られることを、心配しているのですか？」

「ほらね。もう『危険がない』ようにはちっとも聞こえないでしょう？　ですがこれはひとつの可能性にすぎません。いちばんの問題は、あそこで何が起ころうとしているかをだれも知らないということです。当のテレビ局の人間すら、それをわかっていない。彼らはあれを、テレビのジャングルで起きているようなものだと思っている。そして事態をコントロールしていると思っています。だが、もうずっと前からコントロールはできなくなっている。現実の生活のただなかにいる人間には、どんなことでも起こりうるからです。そして視聴者がそれに、視聴率という形で応えたが最後……」

「……今度は三〇人の難民のモデルとその家族と友人を……」危機管理局長のカスパースが口をはさみ、

がばっと立ち上がった。

「そして二〇〇万、いや三〇〇万の視聴者がさらにそれを後押ししたら……」

「そのとおりです。私はテレビ業界の人間を数人知っていますが、彼らはみな本当にこんなふうに考えているのです。たとえ何が起ころうが、いざというときはボブ博士の保護ゴーグルがあるさ、と」

ここからは会議は、勝手に進行した。事務次官は全体を回収さえすればよかった。

「みなさん、現実にようこそ。状況については、もう全員に認識していただけましたが、前向きな面についてもお伝えしましょう。良いニュース。それは、事態が問題にならずに終わる可能性もあることです」事務次官は和やかに言った。「しかし、あっというまに問題が表面化する可能性もなきにしもあらずです」

左。

不平など、言えるわけがない。会議のあいだ自分は一度も大臣のことを引き合いに出さずにすんだ。「ロイベル大臣の意向は……」などと言わずにすんだ。自分はただ指示を与えただけだ。

「今、なによりも重要なのは、情報の獲得です。あのチームについて、できるかぎり多くの情報を収集しなくてはなりません。そうすることで、少なくとも何かに備えることは可能になります」

右。

「次に、だれに接近すべきかを決定します。そしてそのボスに渡りをつける。われわれのところからひとり、外務省からひとり。目立たないように、ひっそりと行うこと」

「やつらを敏感にさせて、馬鹿げた状況を引き起こさせないようにする」

「ドイツ国民としての責任を思い出させる。そうすればやつらは、検閲がどうだのと吠えたりしないだろう」

「そのとおりだ。それはやつらのためにもなる」

「いちばん注意がいるのは、あのハッケンブッシュだ。あの強烈な阿呆女ときたら」ベルトホルトが毒づいた。「さらっとこんなことを言うんだ。『みなさん、ぜひ私たちのところを訪れてくださいね。シュタルンベルク湖にすてきなゲストハウスがあるんです』」ベルトホルトはそう言いながら、ハッケンブッシュの頭の動かし方をまねた。なかなか上手だった。ベルトホルトにそんな才能があるとは驚きだ。

「全般的なラインはこうです。連中がことを荒立てなければ、何も心配はいらない。だが自身の利益のためにもやつらには、すみやかに現地を去るようにしてもらいましょう」

こうして事務次官は会議をお開きにし、ロイベルの事務室に向かった。

左。

右。

左。

事務次官はロイベルに短く報告をした。ロイベルは読書用メガネをかけたまま、話に耳を傾けていた。

「よかろう」ロイベルが言った。「よかろう。おそらくわれわれはまた、事態をコントロールできる」

そしてロイベルは肘かけ椅子に座ったまま、上体を起こした。

「なぜこんなことになった？　君がいながら、なぜ？」

右。

「私は……私が、気づかずにいたからです」

ロイベルは読書用メガネを外した。「気づかずにいたわけはあるまいよ。私が教えるより早く君は、あの番組のことを知っていた。君が認識していなかったのはただ、あの番組がどう化けるかということだ。だが、なぜ気づかなかった？」

「なぜ？　ご質問の意味がわかりませんが……私がうかつだったからでしょうか」

左。

「難民。テレビ。スター。これだけの材料をぶちこめば、大惨事はすぐそこだ。なぜ君はその危険を見越せなかった？」

右左右。

ロイベルは正しい。なぜ自分はそれを見越せなかった？

左右左。

「おそらく私の注意がよそを向いていたからです」

「そのとおり。君の注意はよそを向いていた。それは君がゲイだからだ」

「失礼？」

彼の指は、今度はパッシングライトのレバーを引く。ガレージの壁がパッとまぶしく輝く。

「こういうことではなかったか？　だれかが君にあの番組について話した。そして君はこう思った。そのだれかが君にそれを話したのは、あのハッケンブッシュという女が同性愛の理解者だからだ。それで君は、ことを終わりにした」

指が、パッシングライトのレバーを何度も引く。そうすれば、壁に光線で穴をあけられでもするかのように。

「ですが……」

「わかっているだろうが、私は君がゲイであること自体を非難しているわけではない。それは、文字通りに受けとめてほしい。君がゲイだからこんな事態が起きたとは言えない。君が酒飲みだったから、それが起きた可能性もあるし、博打打ちだったからかもしれない。コカインを吸っていたからかもしれない。浮気をしていたからかもしれない。ともかく、何か特定のものごとが通常よりも君に近づいてきたら、いつでもそれは起きる可能性がある。そうしたものごとが視界をふさいで、現実に起きていることを見えなくさせるからだ」

「以後、気をつけます」

「以後気をつけるでは、話にならん。これは、君が決断しなければならないというサインだ」

事務次官は問いかけるようにロイベルを見た。相手がロイベルでなかったら事務次官は、自分は今、同性愛をやめるよう求められているのだと受けとめたにちがいない。あるいは、ポストをあきらめろと。でもロイベルに限って、そんなことを言うとは思えなかった。

「君はいつも、だれかが同性愛者だろうとなかろうと、どうでもいいというふうにふるまってきた。とりわけ、君自身が同性愛者であることも。だがそれは、君にとってどうでもいいことではない」

「どうでもよいわけがありません」

ロイベルは頷いた。「もちろんそうだろうよ。党の中で、そういうことは君の役に立つ。君がそれをどう扱うかを、みなが見る。みなは怒ったり、喜んだりするかもしれない。それは君をより人間的な政治家にするだろう。だがそれは、君をろくでもない大臣にするかもしれない。自分の党や選挙区に加えて、自分の不安や弱みや、それらを隠したりうまく使ったりするすべを考えなければいけない大臣は、あまりに多くのことに注意を向けているせいで、ろくでもない大臣になるだろう。良い大臣とは大臣であって、それ以外の何ものでもない」

　ロイベルは次の書類挟みに手を伸ばした。話は終わったということだ。

「どんな大臣になりたいかは、君自身が決めることだ」

　事務次官はパッシングライトのレバーから手を放し、肘で車のドアを押し開けた。車から降り、ドアをパタンと閉じる。そしてエレベータに乗り込み、家に向かう。家の鍵を開ける。部屋の中は真っ暗で、床に置かれた小さなキャンドルの光だけがまたたいている。

　鍵をフックにかけ、中へと足を踏み出す。二つ目のキャンドルが見える。三つ目が見え、さらに四つ目が見える。それらは寝室へとつながっている。

　何もしたくなかった。まるで試合に負けたような気持ちがした。それも、決勝戦で敗北したような気分だ。自分はほかのやつらのようなミスはしなかった。でも、自分のつとめはチームを率いることだったのだ。自分のふるまい方はリーダーというより、追随者のようであったかもしれない。ロイベルの言うとおりだ。自分にとって、それはどうでもいいことではない。まわりよりも優秀でなければいけない人間は存在する。黒人だったり女性だったり障がいがあったりゲイだったりしたら。では、もし並の人間よりすぐれていなかったら、ゲイであることを自分に許してはいけないのか？

　事務次官は思い出す。ロイベルの執務室を出ようと、ドアノブに手をかけた瞬間、自分はもう一度ふり返り、こう言ったのだ。

「ロイベル大臣？」

　ロイベルは事務次官を見つめ、問いかけるように眉を上げた。

「なんだね？」

「あなたには、そういうことが起きたことがありますか？」

ロイベルはふたたび、のんびりしたようすで書類に視線を戻した。

「いや。私は同性愛者ではないよ」

一瞬ののち、ロイベルは読書用の眼鏡越しに目を上げた。何の悪意もないまなざしだった。

「そうだな。私は、良き大臣であることが自分にとってなにより大事であるべきだと、自分で決めたんだ」

「あなたにも、そんなときがあったのですか」

「ああ。だれにでもあるさ。だが、答えを出すまでに、私の結婚生活はあやうく壊れるところだった。だから君も、ぐずぐずしていてはいけない」

事務次官は、寝室へとつながるキャンドルを見る。

そしてふたたび鍵をフックからはずし、家を出た。

第14章

何かが起きている。あるいはまもなく起きる。ナデシュが彼を、彼がナデシュを見る視線に気づいた瞬間から、もう自分にはわかっていた。このアストリッド・フォン・ロエルの目をあざむくことなど、だれにもできはしない。なんにせよ、ネタができたのはありがたい。このところ、無理難題を押しつけられて困っているのだ。この先ずっとやっていけるのか、ときどき自信がなくなる。今日だって、また何かを書かなくてはならない。編集部はいったい何を考えているのかと、アストリッドはつい自問したくなる。

「ねえ、緑茶を飲みたくない？」アストリッドは、片方の耳にイヤホンを突っ込んだ見習い社員に言う。見習いはアストリッドの隣の席でコンピュータの画面を見ながら、ここ数日間の素材の中から何かを探している。

「何ですか？」

見習いとアストリッドはコンテナハウスの中で、同じ机に座っている。弱い光の三つの蛍光管とチカチカ点滅するひとつの蛍光管が、その部屋に多少心安い雰囲気を与えてはいるが、さびれた地下道のようにに見えなくもない。二つの扇風機が、熱気と使い古された空気を均等にかき回している。気流のもとに近づくと、まるで老婆に咳を吹きかけられたような気がする。机は三人で共有している。ひとりが部屋を出ると、空いた席にすぐ、あぶれていたひとりが座るという具合だ。

「どうやって緑茶が飲めるって言うのよ！」アストリッド・フォン・ロエルは立ち上がり、小さな電気ポットのところまで行くと、その古ぼけたポットを取りあげ、容器から水を注ぐ。その容器の水を、アストリッドは今もなお懐疑の目でしか見ることができない。

その水は、水道管から来ているのではない。

何日も同じタンクの中に入っている水なのだ。

もちろん清潔ではある。それはたしかだろう。少なくとも、すべての難民が水を手に入れられる公式な水飲み場と同じくらいには。ともかく、非公式な給水所の水よりはあきらかに清潔だ。比較にもならない。アストリッドは見たことがあるが、だれかに話してもにわかに信じてもらえないような光景だった。その給水所では、ある日は濁った水がわき、別の日には赤茶色の水がわき、ときには小水のような色をした液体が出てくる。いったいこの水を何に使うと言うのだろう？　飲むのは論外だし、洗濯ものだろうと人間そのものだろうと、こんな水で洗ったらよけいに汚くなってしまう。それなのに人々はこの給水所の前に長い列をつくり、何時間も順番を待ち続けるのだ。

水はまた、生ぬるくなっている。アストリッドは水を流し続けた。そうひどい水には、たしかに見えない。一日中あの巨大な鋼鉄の入れ物に入っていたのだと、あまり考えすぎなければいいのだ。でも、小さな埃や塵がきっとたくさん混じっているはずだ。

苦情を言うべきではないのだろう。でも、この生ぬるい水をずっと飲まなければならないと思うと、じわじわ腹が立ってくる。冷たいものが飲みたければ、冷蔵庫からコーラを出せばいい。でもあれはコカ・コーラ・ライトではなく、たっぷり砂糖の入っているやつだ。それに冷蔵庫から何かを取り出せば、ほかのみんなに見られてしまう。新しいのを補充したかどうかを見られ、あっというまに飲んだかどうかを見られる。そして、なぜそもそも冷たい飲み物がほしいのかと首を傾げられる。あるいは、なぜ今はあのすばらしい水を飲もうとしているのかと……。

「ああもう！　どうせ冷たくなりやしないわよ！」またグランデだ。このウォーターキーパーおばさんの、腹立たしいことといったら！　アストリッド・フォン・ロエルはあさってのほうを向き、視線を上に向けながら、敬虔なしぐさで栓を閉めた。

「ねえ、もう少ししっかり見張っていてちょうだいよ！」グランデが見習いに毒づく。

「すみません。ちょうど考えごとをしていたものですから」

「しょっちゅうじゃないの！　水は、局のお金で配達されているのよ。予算を際限なく超えるのは見過ごせません。しかも、フォン・ロエルさんに十分冷たい水を提供するためだけになんて」

よく言うわ。二週間前は、そんなことは口にしなかったくせに。『イヴァンジェリーネ』と手を組めて、ご満悦だったくせに。飲むものくらい好きな温度にさせてくれたってバチは当たらないわよ。あのころはまだ緑茶もあったし、プラスチックボトルの水を移し替えて使っても、だれも目くじらを立てなかった。でも番組が大ヒットして、雑誌や新聞やSNSなどあちこちで取りあげられたおかげで、わざわざここに来られる輩が続々とこのコンテナハウスに詰めかけてきた。メディアの世界には、そういうことのできる人間が驚くほどたくさんいるのだ。そんなわけで今、アストリッド・フォン・ロエルは、そうした輩の中に埋もれないように必死になっている。『シュテルン』紙も記者をここによこしたし、『ビルト』ももちろんだ。今は『フランクフルター・アルゲマイネ』の日曜版が来ている。この日曜発行の『FAS』では、一般人も興味を持ちそうなものごとをあえて取りあげるのだ。そしてこんな状況の中、突然、本社の阿呆どもがまた例によって愚かなアイデアを思いついた。毎日放送が行われているのだから、おまえももっと記事を書けないかというのだ。オンラインへの参入だ。おそらく陰謀好きなルー・グラントの差し金だ。会議の席で、あの男が椅子に寄りかかりながら、鼻にかかった声でこう言うのが目に浮かぶようだ。「ぜひもっと頻繁に記事を読みたいですな」賭けてもいいが、やつは『イヴァンジェリーネ』のウェブサイトを訪れたことなどほとんどない。ほかの人々と同じように。

副編集長はこの栄えある知らせを携帯電話で伝えてきた。

アストリッドも最初は、きわめて友好的に話していた。「そんなスペースがあるかどうか、私にはわかりませんが」

「何のことだ?」間抜けな副編が言った。

「ここはほんとうに狭いんです。ジビレやゾーニャにはともかく話をしてみましょう。二人には、どこか別のところで寝てもらわなければなりませんが」

「ベッセマーさんとライエンフェルトさんに話を?」

「だって、だれに書かせるつもりなんですか?」

副編は一瞬、答えに詰まった。そして彼は、愚かの極みというべき発言をした。「うーん、困ったな。いや待ってくれ、君は?」

「え? こう言っては何ですが、私は撮影と調べもので手一杯です。それに……」

「だってほら、二〇〇万人も住んでいるキャンプなら、放っておいても毎日何か新しいことが起きるだろう？　それについて一〇〇行くらいでさっと書けないかな」

「ああ、はい。わかりました。私、毎日かと思って」

副編はそのときやっと、ありえない要求をしていたことに気づいたのだろう。だが、たいていの男は、過ちを犯してもそれを認めることができない。思いちがいに気づいても、そのまま苦い結末へと頑固に突き進まずにいられない。副編がアストリッドの問いへの答えを見つけるまでに、少なくともたっぷり一分はかかった。そしてその答えは前と同じほど、いや前よりもさらに馬鹿げたものだった。

「ああ、もちろん毎日頼むよ！」

「私は物書きマシンではありません！」

「君はジャーナリストだろう？　日刊新聞くらい見たことがないのか？　あそこには毎日記事が載っているだろう！」

そう言われてアストリッド・フォン・ロエルは一瞬、言葉に詰まった。そして敵はもちろん即座に、さらなる説得にかかった。男というのはこういうことに、なによりも強いのだ。やつらは、たとえ八〇〇〇キロ離れたところにいようと電話ごしだろうと、相手の弱みを嗅ぎつけるのに長けている。彼は言った。「会社中を駆け回って、みんなに告げろと言うのか？『イヴァンジェリーネ』の最強執筆陣のひとりは、そのへんのゴミクソ編集局がやっていることができないのだと」

なんて恥知らずな！　大バカ間抜け野郎が！

それに「最強執筆陣のひとり」とはよく言ったものだ。もちろんアストリッドは「最強執筆陣のひとり」だ。そこに疑問の余地はない。だが『イヴァンジェリーネ』の問題は、アストリッドを除いてはロクデナシばかりが働いていることだ。ゾーニャとジビレはたしかに気立ても良いし、日々の仕事のためにぜひ必要な社員だ。でも編集部は総体的に見れば、読み書き能力に問題のある給料泥棒の寄せ集めのようなものだ。

自分はああいう、日がな不平を述べたてている連中とはちがう。定時だからと仕事を切りあげたりせず、ほかの人よりしばしば長時間働いてきたのに。雑誌全体でいちばん記事を読まれているレポーターのひとりでもあるのに。大騒ぎしたくはないけれど、会社から仕事用の携帯電話を支給されるのが、自分よりずっと社に貢献していない同僚より遅かったのに。そしてこうしたもろもろにもかかわらず、今回の特別な件で編集長にもう一度直接問い合わせをしたのに。なぜならそれは、自分にとって重要なことだからだ。

「それで、問題は質なのよ」

「失礼？」見習いが言った。「ちょっと考えごとをしていました。何の質のことですか？」

「質も大事だと言ったのよ、私は」アストリッド・フォン・ロエルは強調しながら繰り返す。

「コーヒーに何か問題がありましたか？」

「ちがうわよ！　ジャーナリズムの話をしているの！　ジャーナリズムの質のことよ！」

お湯が沸いた。アストリッドはそれを、ぞっとするほど不味いインスタントコーヒーの粉に注ぎかける。本社の編集部には高機能なエスプレッソマシンがあって、カプチーノだろうとラテ・マキアートだろうと、なんでもほしいものをその場で淹れることができた。悲しいかな、ここにそのマシンはない。でもほんとうならすべてが、戸口の目の前にあってもおかしくないのだ。だって、コーヒー豆はアフリカで育つではないか。それにだれかが言っていたけれど、容器に使うアルミニウムだってここでとれるのだ。だから、輸送費はまるまる節約できるはずだ。でもここは紛争地域だ。すべてが豊富にあっても、それを使って何かを始めることはできない。古代ギリシャの物語にもあったではないか。果物の木の下に立っているのに、ただ指をくわえているしかない何かの話が。えーと、シフォノスだっけ？

「ひとりで毎日毎日一〇〇行の記事を書くなんて、無茶よ。一〇〇行よ！　できっこないわ」

「そうなんですか？」見習いが言った。「私、携帯でブログを二つ購読していますが、その人たちはなんとかやっていますよ」

「当然よ、ブログだもの。《私的な複製》をしているんでしょ」

「そういえば、シュピーゲル・オンラインもなにか考えているって聞きましたよ。あとはまあ、『ジャングルキャンプ』のブログくらいですかね」

アストリッド・フォン・ロエルは手にカップを持ったまま、ドスンと椅子に腰を下ろす。シュピーゲル・オンライン。あいつらはのんびりクカテンを見て、中身を適当にこき下ろすだけだ。記事をすべて読めはしないけれど、たぶんそうだ。

「あなた、自分ではまだ何も書いたことがないでしょう？」アストリッドが冷たく言う。

「ちょこっと何かには……」

「それじゃぜんぜん話にならないわ」アストリッド・フォン・ロエルはさらに、あきらかに親し気な声で付け足す。「でもまだ若いものね。良いジャーナリズムには時間がかかるの。そういうものなのよ。あの『ヴォーグ』のコンデナスト社なんかがうちの設備を見たら、笑うにきまってるわ。良いジャーナリズムにはそれなりにお金がかかることを知っているから。彼らならきっとカメラマンを二人と、調べものをする人間を四人か五人、それから文章を書く人間を二人送り込んでくるでしょうね。それが、どうよ、うちは？」

編集長はもちろんすぐに折れた。アストリッドにではなく、副編に。あの玉無し野郎め。ナデシュなら、絶対そんなことはさせなかっただろう。ナデシュならきっとこう言っていた。『それは無理だ』なんてありえません！」自分とナデシュはもしかしたらいいコンビになるかもしれない。ナデシュ・ハッケンブッシュとアストリッド・フォン・ロエル。二人は、プレミアム大通りを突き進む女性初のツートップになるのだ。

「うちの編集部は幸運なのよ。私が少なくとも、調べものと書くのの**両方を**やってあげられるのだから！」

見習いは頷く。メディアの現実と裏事情を教えてもらった感謝で、その瞳は輝いている。でも彼女はあっというまにまた、パソコンの画面に視線を戻す。アストリッドの感覚からすると、いささか早すぎるタイミングだ。もしかしたらもうさっそく、両耳にイヤホンを突っ込んでいるかもしれないかもしれないではなかった。このあばずれ女が。

それもこれもあの若造のせいだ。でも、彼が逸材だということは、アストリッドもすぐに気づいた。発掘の経緯もなかなか驚きだった。けっして美男というわけではない。少なくともぱっと見たかぎりでは。でも何かを話すとき、彼には独特な雰囲気があった。そして女性と接するときのしぐさがまた……とても風変わりなのだ。彼の、女性に対する態度には尊敬があふれていた。けっして卑屈な感じはなく、でも、よくあるフェミニスト野郎ともちがっている。

アストリッドは以前、まだテレビが彼をガードしていなかった当初、三〇分くらいその青年をつかまえて話をしたことがあった。彼の英語に慣れるのに結構時間はかかったが、その話にアストリッドは驚くほど感銘を受けた。むろん時間がかかったのは、アストリッド本人の英語が少々錆びついていたせいでもある。英語を、しゃべるほうで使うのはじつは初めてだったのだ。でも、青年の話はすべてきちんと理解できた。

人間は、心の耳を傾ければちゃんと相手の話が聞き取れるのだ。

青年は町の出身だった。どこの町かはさして重要ではない。あとで問い合わせればいい。両親は英語の教師で、それはもちろん彼にとっておおいに幸運だった。そして内戦が起きた。あるいは部族間の抗争だったかもしれない。編集部がもう一度最後に確認するだろう。ともかく両親は内戦だか抗争だかで命を落とした。殺されたのではなかったらしい。たぶん、ともかく。それから逃げて、逃げている最中だかあとだかに疲労困憊し、ホームシックになった。そして心を打ちのめされた。それから車に関する何かをした。それから、大学に入って（でもここに大学なんてものがあるのだろうか？）車だか機械だかの勉強をしたいと思った。あるいは入って勉強を始めた。でも騒乱はあいかわらず続いていて、兵隊に行かなければならなくなった。総体的に見ればたくさんの難民の運命のひとつだ。こういう話をやたらと引き延ばしてはいけない。アマチュアのブロガーならいざしらず、プロの書き手なら、もっと本質的なことに集中するのが仕事のはずだ。つまり、ナデシュ・ハッケンブッシュとの仕事は、これまでどんなふうで、今はどんなふうであるのか――。

「オー」彼はすぐに笑顔を浮かべる。「マライカ！」

アストリッド・フォン・ロエルは深く息を吸い込む。一〇〇行にようやくなんとか到達しそうだ。でも読む人にはこの文章がどんな程度の質か、すぐわかってしまうだろう。自分はこの先、さまざまなクソについて文章を書くだろう。たとえば、お天気だとかなんとかについて。あまりうまく書きすぎるのも問題だ。この先もずっと書けと言われてしまうかもしれないから。でも、文章が紙の本にまとめられたら、読者はきっと最初とのちがいにすぐ気づくはずだ。紙媒体になるときには、文章をすばらしく練り上げてみせる。コンデナストが彼女をスカウトに来るのではと、編集部に心配させるほどに。

第15章

「素材はじつにいい」ゼンゼンブリンクは言う。「これほどとは思っていなかった。君はどうだ？」

ゼンゼンブリンクは編集室に座り、前日の映像を見ている。正確に言えば前日の映像をいくらか短くまとめたものを見ている。アフリカからは文字通り途方もない量の映像素材が送られてくるのだ。

「いいえ、私も驚かされていいます。良い意味で」ベアテ・カールストライターが言う。

映像には、ナデシュ・ハッケンブッシュと例のライオン男がどこかの一家を訪れて一緒に夕食をつくるところが映っている。途方もなく陳腐だが、それでも目を引く映像だ。その原因は、実質的にはそこに、見るべきものが何もないことにある。台所はなく、家の前に炉があるだけ。薬物野菜もなければ果物もない。何もない。調理できるようなものがない以上、料理らしい料理がつくれるわけはない。そこにある材料は難民として手に入るもの——つまり豆と油と砂糖と塩、そして水だけだ。キャンプに他の調味料は存在しない。だから、そこに住む二〇〇万余の人々は料理に変化をつける努力を何年も前から放棄している。みすぼらしいと同時にどこか親しさを感じさせる映像。ＡＲＤの『世界を映す鏡』でさえ二度とは放送しないだろうが、ナデシュ・ハッケンブッシュとライオン男はその場面をなかなか効果的に見せていた。

それでは、とライオン男が、年齢不詳の難民女の言葉を英語に翻訳する。これから女は、秘密の料理のレシピを明かすのだという。つかみとしては悪くない。ナデシュ・ハッケンブッシュも視聴者も、どれだけ頑張ってもそこにある材料から、ろくでもない味のマッシュ以上のものはつくれないはずだ。ナデシュの瞳に懐疑が浮かぶ。それは、ドキュソープで母親をとりかえっこした貧困層の子どもが、中産階級の母親から「魚をお食べなさい」と言われたときの表情とよく似ている。だが、貧困層の子どもが浮かべるシナリオ通りの懐疑とはちがい、ナデシュ・ハッケンブッシュは、「とても信じられない」という行儀のよい懐疑の表情を浮かべようとしている。その表情には、まぎれもない期待も見てとれる。それはナデシュがほかの人々と同じように、テレビのドラマチックな技法を信じていたからだ。番組の最後の数秒で文具商が登場して子どもらにクレヨンを配るという『苦界に天使』シリーズ得意の作法でいくなら、迫りくる悲劇は魔法の手段と魔法の材料によってハッピーエンドに転換されるはずだ。難民の女が何かを言う。目を閉じ、手をリズミカルに動かし、また目を開け、意味ありげな目つきをしながら鍋の中に砂糖を少し入れる。ナデシュ・ハッケンブッシュは興味深げにそれを見つめている。何か特別なことが起こるのを彼女が期待していたことが、そしてそれが叶わなかったことが、その表情からははっきり見てとれる。ナデシュの視線がライオン男のほうにさまよう。

「彼女は何をしているの？」

ナデシュ・ハッケンブッシュの唇の動きに注目していた人は、彼女が英語で「ホワット・ドゥー・シー？」と言ったのがわかったはずだ。だが、編集作業によってナデシュの英語の上にはドイツ語の音声がかぶせられている。チームは当初は字幕スーパーを使うつもりでいたが、そのとき彼らはまだ、ナデシュ・ハッケンブッシュの英語のレベルをよくわかっていなかった。そして、会話のスピードが速すぎるせいで音声をかぶせているのだと見せかけるために、ナデシュ本人が話したやくざな英語は、ほとんど聞こえないくらいに音量を絞られている。

「彼女は歌っている」

「魔法の歌？」

ライオン男が笑う。親しげで、友好的で、しかも特別な何かを感じさせる笑い声だ。隣にいるカールストライターが思わず息をのむのをゼンゼンブリンクは耳ざとく聞きつける。ライオン男がしゃべるときは、かぶせられた音声だけでなく本人の声も聞こえるようになっている。チームは最初、ナデシュの声と同じくらい、ライオン男の声も絞るつもりだった。それに反対したのは、ほかならぬゼンゼンブリンクだ。

「ちがう、魔法の歌ではなく子どもの歌。詩の最初の節をほぼ全部歌わなければならないと、彼女は言っている」

「それで？」

「そうしたら、砂糖を加えるのにちょうど良い時になる」

「それで、レシピは？」

「これがレシピ」

ナデシュ・ハッケンブッシュはぽかんとした目をする。

「でも……こんなのはレシピとは言わないわ！　お湯を沸かしてヌードルを入れるだけでは、レシピとは言わないもの。もう一度、彼女に聞いてみてちょうだい」ゼンゼンブリンクの耳には、ナデシュが「クェスチョン・ハー・プリーズ・アゲイン」と言うのが聞こえたような気がした。

ライオン男は何か言いたそうなそぶりをしたが、結局それをのみこむ。彼は手で「了解」という動作をすると、女に何かを問いかける。女は誇らしげにも見える顔で男に返答し、ライオン男は、自分の理解は最初から正しかったのだという表情をした。

「マライカ、見て！」ライオン男はそう言って、ナデシュ・ハッケンブッシュの手をとった。ゼンゼンブリンクは目を丸くする。あの仕切り屋のハッケンブッシュがライオン男に言われるまま、すなおに従ったのだ。ライオン男はナデシュを材料のほうに少し引き寄せ、謎の食用油の入ったプラスチック瓶と厳重に封をされた豆の箱を順に示す。そして言う。「マライカ！　ここにあるこれが、すべての材料だ」

「それはわかっているわ。それで、レシピは？」

「レシピをどうしたいの？」

ライオン男はそろそろと難民女に近づき、女の手から申し訳なさそうに木のスプーンを取りあげ、鍋の中をかき回し、手を止める。

「新しいレシピがほしいんだね？　それなら僕がやってみせる」

男はさっきとは逆の方向に鍋をかき回し始めた。

「こいつは、金の卵だったな」ゼンゼンブリンクはつぶやき、ベアテ・カールストライターのほうを向く。彼女はちょうど、眼鏡をかけ直したところだった。「おれは君たちに言っていただろう？　あの男がハッケンブッシュをどう扱っているか、見たか？　ハッケンブッシュはやつの手玉に取られているじゃないか」

カールストライターは咳払いをし、首を縦に振る。

「向こうからは今も、こんなにたくさん素材が送られてきているのか？」ゼンゼンブリンクがたずねる。

「はい、でもそれは問題ありません。幹部のオフィスから先ほどもう一度電話がありました。番組を一五分、拡大する計画だそうです」

「おいおい。国民啓蒙週間でもやっているのか？」

「いいえ。でも、そうしないとコマーシャルがもう入らないそうです。彼らは番組が、難民の映像をところどころに散りばめたインフォマーシャル（情報コマーシャル）のように見えるのを望んでいないそうです。正直私も、とても驚いています。彼らはふだん、そんなことに気をつかったりしませんから」

ゼンゼンブリンクは膝のあいだで手を組み合わせ、何かを考えるように、親指の先をコンコンと打ちあわせる。「そいつは驚きだな。今、番組では実質的には何も起きていないのに。集団パニックのエピソードを別にすればな」

「ええ、だからこそ私は向こうに、『それほどカメラを回さなくていい』と言えないのです。そういうものを撮るには、カメラをノンストップで回していなければだめですから」

「あのちびっこい娘を柵の下からよこしたのも、例のライオン男だっていうじゃないか」ゼンゼンブリンクは頭を振りながら言う。「そういうことまでまさか、シナリオに書いていたんじゃないだろうな？」

「ラブレターももう何通か、来ています」

「なんだって？」

「まあ、洗濯籠いっぱいというわけではないですが、一日に一、二通はすでに」

「ほんものの手紙？」

ベアテ・カールストライターは目を大きく見開き、うなずく。ゼンゼンブリンクは感心したような視線を画面に投げかけ、こう言う。「きょうび、そんなものを書く人間がいるなんて、知らなかった」

「私たちも、驚いています。現代の娘が、切手がどういうものか知っているとは正直思えなかったので。すべてはあの、ライオネルへの手紙です」

「ライオネル？」

「彼はそう呼ばれていますが」

「ちがうだろう」ゼンゼンブリンクは訂正した。「われわれがこの前、やつのことをそう呼んだだけだ。やつにも本当の名前はあるだろう」

「そうですか。でも、ナデシュもそう呼んでいますし、本人も何も不平を言っていませんよ」

「たまたまじゃないか？」ゼンゼンブリンクがいぶかしげに言う。

「ラブレターだけではないんです。寄付の申し出も何人かから来ています」

ゼンゼンブリンクはいきなり冷や水を浴びせられた気分になった。「ちょっと待て。そんなことに精力を注ぐわけにはいかない。うちは《国境なき医師団》とかではないのだから。寄付金の口座とかは、そうだ、そういうことに関わりたいどこかの組織に任せればいい。《世界にパンを》だかなんだかの組織が組んでくれれば、それでうまくいくさ。だが、ナデシュ・ハッケンブッシュがそのカネをあっちでどう分けるかというのは、われわれがさしあたり考えることではないだろう」

「ですが、やはり問題でしょう」カールストライターは回転椅子をくるりと回す。おかげでゼンゼンブリンクは彼女と正面から向き合うことになった。「このままいくと、こうした厄介ごとはどんどん増えていきますよ」

「厄介ごとがどこに？　カネはどこかの援助団体に送ってしまえばそれで終わりだ。いや、もっといい方法がある。最初からそこのアドレスだけを表示すれば、われわれは何のかかわりももたずにすむ」

「問題は、視聴者だけではないのです」カールストライターが意味ありげな口調で言う。

「ほかに何があると？」

「われらの天使のことを、きちんと見ているのですか？　私は不安なんです。彼女が単にテレビ番組をやっているつもりなのかどうかが」

「もちろん彼女は、それ以上のことをしている。すばらしいじゃないか！　あんなことができるなんて、おれは予想もしていなかった」

「ええ、ですが……」

「なんだっていうんだ？　あれはクソだと言わんばかりの顔でおれを見るじゃないか。あれは、テレビ界の金の卵だ。自分のやっていることを信じている司会者さ！」

「狂信の域にまでいかなければ」

「なあ、これはいわゆる女ならではの話なのか？」

　ベアテ・カールストライターが相手なら、こんなセリフを吐いても大丈夫だ。あちらもゼンゼンブリンクのことを《性欲中心主義》と呼んでいるのだ。もちろん言いがかりだ。

「馬鹿なことを」ベアテはぴしゃりと言う。「私が言いたいのはただ、プロとして健全な距離をとるのはぜんぜん悪いことではないということです。ナデシュはなんだか突然、ものすごい使命感に燃えているように見える。そして私たちが必要としている以上に、彼女がシュライネマーカーズになってしまう危険はないとは言えないでしょう」

ゼンゼンブリンクは顔をしかめる。「さっぱりわからないな。シュライネマーカーズ、大いに結構じゃないか。シュライネマーカーズなら、予期せぬ大当《ジャックポット》たりだ。君はそうは思っていないのか？」

「そんなことは……」

「それとも、おれが知らない何かを、君は知っているのか？」

「私はただ、気がかりなだけです……」

「その気がかりは、君のではないのだろう？　ちがうか？」

カールストライターはわずかに目をそらす。だが、それが肯定と同じであることを、彼女はわかっていた。「たしかに。本質的には《私の》気がかりではありません。でも、簡単に突っぱねることはできないのです」

「よかろう。ではその、われわれの気がかりはどこから来ている？　法務部か？　人事部か？」

「内務省です」

「なんだって？」

「内務省の職員が、私に電話をしてきたんです」

「いたずら電話じゃないのか？」

「いいえ、本物です。正しい番号でした」

「それで、やつらがうちの番組にケチをつけてきたっていうのか？　頭がどうかしているのじゃないか、そいつは？」

「いいえ。とても礼儀正しい人でした。けっして介入だと思わないでほしいと言って……」

「そういうものを介入というんだろうが！」

「ええ。ただ私も、彼らは本当に心配しているのだと思うんです」

「何をだ？」

「私の理解によればですが、彼らが心配しているのは、ハッケンブッシュが――そして現地のチームが――どこかでとち狂って、カメラを回しながら、大勢の難民を本国に引っ張ってこないかということです。その難民に対して内務省は何も特別扱いはできません。もうひとつ気がかりなのは、ようやくおさまっていた難民騒ぎが、このせいでまたぶり返すかもしれないことです」

「だがそれは、こっちが心配するべきことじゃないだろう？　内務省が自分の宿題をまだやっていなかろうが、できなかろうが、おれの知ったこっちゃない。うちらにとって重要なのは、テレビなのだから」

「彼らは私たちの、市民としての責任に訴えているのでは……」

ゼンゼンブリンクは怒りにまかせて足を強く蹴る。反動で椅子は二メートルほど後ろに転がり、ゼンゼンブリンクは後頭部を棚にしたたかに打つ。だが彼は、その痛みすら感じていなかった。

「裏口からの検閲じゃないか、それは。なんにせよ、いずれおれに話しに来てもらわなくてはな。うちは公共のバイエルン放送じゃないんだからな！」

「そうはいっても、すべてをはねつけるのは……」カールストライターがとりなすように言う。

「おれは耳がどうかしたのか？　おれはそいつらを知らない。そいつらが何をもくろんでいるのかも、なぜそうしたいのかも、皆目わからない。連中は責任なんて言っているが、でもひそかに行っているのは党利党略だ。ロイベル大臣の田舎の村の人間はだれも、外国人に来てほしくなんかないからさ。だが奇遇にも、おれがしっかり理解しているものごとも二、三はある。ひとつはこのおれに、部署や職員や仕事や会社に対する責任があるということだ。二つ目もわかっている。それはうちらがいわばドル箱を、つまりカネを刷るライセンスを手にしていることだ。それは政治的にも正しい、申し分のない許可だ。だれもが――難民までもが――得をするというめったにない許可だ。もうひとつある。われわれはまったく新しい、比類のないフォーマットを手にしているんだ。インフォテイメントというやつだ。そのキモは文字通り、情報を明らかにしていくことだ。何が起きるのか？　なぜ起きるのか？　それにはっきり言うがおれは、市民の責任ってやつをものすごく広い規模で果たしているつもりもある。何千万という人々に、ものごとのつながりをじっくり見るように仕向けてやったんだ。どっかの芸人があちこちで巨大なカツレツにかぶりつく食レポなんぞを見ているよりは、ずっとましだろうよ」

「私も、お知らせするべきだとは思って……」

「ああ、だがなぜ君はすぐにそれを伝えなかった？　なぜおれは、こうして根掘り葉掘り聞き出すようにして、おれの右腕が内務省から吹き込まれたことを知らなくちゃならないんだ？　むろん、内務省の人間からの話ならばな」

「その話は筋が通っていると思ったから。そしてあなたに、無視するのではなくちゃんと耳を傾けてほしかったからです。そういう電話が来たと知ったら、機嫌を損ねるだろうと思ったし」

ゼンゼンブリンクはいまいましげに立ち上がる。ホエザルのような扱いを受けるのは心外だ。これではまるで、正しい瞬間に正しい口調で言い聞かせなければ、望ましい措置に――バナナに――おれが手を届かせられないとでも言わんばかりじゃないか。

「そうだな、やつらがそういうふうに考えたのも、わからないではない」ゼンゼンブリンクはドアノブに手をかけながら言う。「だからやつらは直接おれにではなく、ほかの社員越しに連絡をしてきたのかもな。だが、出所《でどころ》が隠されているかぎり、それは情報とは呼べない。そういうのは、操作と呼ぶんだ。それが、ほんとうに内務省の人間からの話ならばな。もしかしたら連邦情報局や連邦憲法擁護庁の人間かもしれない。アメリカ人かもしれない。おれにはどっちでもいいさ。ともかくやつらがまた電話をしてきたら、丁重にこう言ってやってくれ。やつらに事態をコントロールさせるつもりはないとな」

ゼンゼンブリンクは荒々しく部屋を出ると、後ろ手でドアをバタンと閉めた。

ベアテ・カールストライターは深いため息をつき、立ち上がる。そして電灯を消し、自分も部屋を後にした。ドアをそっと閉める直前、彼女は暗闇に向かってこうつぶやく。まるでそう声に出すことが、自分にとって重要であるかのように。「コントロールをまだうちが手にしていればよね」

第16章

「ハッケンブッシュさん、ハッケンブッシュさん。いや、お見それした。そちらから来た映像だが、じつにまったくすばらしい」ゼンゼンブリンクは電話口で歌うように言う。「君自身、わかっているだろう?　特番であてるのは簡単じゃない。だが、われわれはそれをやってのけた。視聴率は通常版をまださらに上回っている」

ナデシュ・ハッケンブッシュは、コンテナの中で横になっている。靴を脱ぎ、ビニールシートを敷いた上に体を伸ばす。診療所を訪れた日のあと、ナデシュはまず、コンテナに用意されていたロルフベンツの家具を外に出した。五五〇万人の視聴者は、彼女がそのソファを診療所まで引きずっていくのを見たはずだ。そういう椅子をいちばん必要としているのは、診療所の人々なのだ。それからナデシュは難民がテントの中でそうしているように、床の上で薄い毛布を一枚だけかけて眠ろうと決意した。残念ながら、コンテナの床にはあまりに多くの生き物がうごめいていた。だから彼女はビニールシートのそばに、虫よけスプレーの半分入ったボール箱を置いている。コンテナの中は暑いが、空調は切った。テントで暮らす人々には、空調などないのだから。

腰が痛む。今日はトラックの荷台から豆の袋を人々に手渡す作業を手伝ったのだ。豆のようなつまらないものを人々が列になって待つのを一日じゅう見ているうち、ナデシュはふと、ある光景を思い出した。H&Mがラガーフェルトとのコラボの限定コレクションを販売したとき、列に並んで待っていた娘たちの顔だ。在庫が自分の前で切れてしまったらという不安な表情は、豆を待つ人々のそれと似ている。だが、豆を待つ列には女よりも男のほうが多いせいか、その表情は不安よりもむしろ殺気を感じさせた。組織は最初、豆を確実に手渡すために、配布場所に入れる人数を制限しようとした。入り口をコントロールすれば、人々に注意喚起ができるだろうと彼らは言った。だが豆を目にしたとたん、人々の耳にはもう何も入らなくなった。ナデシュも最初は、人々のところに豆を運んでやろうとした。だがライオネルですら、「マライカがあなたたちに豆をもってくるから」と、たった一家族にさえ信じさせることができなかった。こうしてナデシュはやむなく、豆を手渡す仕事についた。一袋の豆は二五キロの重さがあった。最初、ナデシュは二五キロがこんなに重いなんて、信じられなかった。ひとりのドイツ人ボランティアが、二五キロはビールのケース二つ分ですよと教えてくれた。

もう、文字通りくたくただ。

「ハッケンブッシュさん。まさに脱帽のひとことだ！」ゼンゼンブリンクが鼓舞するような口調で言っている。「今私に言えるのは、いや、言わなくてはならないのは、次のことです。われわれ局は喜びと誇りをもって、あなたがたにこう申しあげる。どうぞお帰りください！　ミッション・コンプリートだ」

「何を混ぜた《ミッシェン》ですって？」

「ミッション・コン……いや、あなたのつとめは終わりましたということです。私に言わせれば、あなたがたをレーマーでお迎えしたいくらいだ」

「レーマー？」

「レーマー広場ですよ、フランクフルトの。ほら、サッカーのナショナルチームやオリンピックの選手団の凱旋をやる」

「ああ、そうね」ナデシュは気のない返答をした。「まあともかく。それは帰るときにちゃんと話せばいいわ。いつ帰れるか、今はわからないし」

「あまりのんびりしてはいられないのだが。ともかく考えてみてほしい。手短に頼みますよ。いずれにせよ空港でのようすは撮影しよう。ファンが集まってきっと大騒ぎになる。一週間後には、すばらしい締めをしますよ。こちらはみんな、ものすごく興奮していて……」

「締め？」

ナデシュはがばっと体を起こした。

「われわれが君たちをひそやかに凱旋させるとでも、まさか思っていた？　もちろん特番は華々しく締めて……」

「わかったわ。こちらが終わったらね」

「ハッケンブッシュさん――むろん、そちらの人間は壁掛けカレンダーなんぞ持っていないのだろうが――いや失礼、あなたがたはもちろん、持っていますな。とにかくあなたたちがそちらに行って三週間になる。特番はもう終わりにしましょう」

ゼンゼンブリンクは受話器の向こうに何かの物音を聞いた。

不気味な音だった。まるで番組全体が、不気味な何かを受けとめてしまったような気がゼンゼンブリンクはした。たしかに番組は成功をおさめた。比類のない、記録破りの番組になった。だが、あまりにも比類のないものになってしまったのではないか？　あまりにも——なんと言えばいいのだろう？

あまりにも、まじめな。

「ハッケンブッシュさん？」

さらに沈黙があった。

まじめになり過ぎた番組の問題は、まさにこれだ。そういう番組は、「ドイツは○○を探している」みたいな番組のように扱うことができない。「ドイツは○○を」はそういう意味ではまさしくパラダイスだ。審査員をひとり入れ替え、方式を変え、タイトルやリードを変え、昨日緑だったものを明日は青に変えても、だれも目くじらを立てない。それはひとえに娯楽番組だからだ。娯楽番組は、おもしろくなくなればいつでもやめることができる。だがこの、ナデシュ・ハッケンブッシュがぶち当たったものはもはや娯楽番組ではなく、マジな番組だ。だれかがそれを気に入らないからといって、簡単に打ち切ることはできない。そういう番組は、ずっとまじめであり続けるからだ。

（やれやれ）ゼンゼンブリンクは思った。（これで何とか片づきそうだ）

「ハッケンブッシュさん？　もしもし？」

「こちらのことは」アフリカから氷のような冷たい声が返ってきた。「私たちの仕事が終わらないと、こちらのことは終わりにならないの」

ナデシュは薄い毛布のそばで、直立していた。もっと厚い毛布も何枚かあるから使っていいのだと、まわりからは言われていた。だが、そういう毛布をふつうの難民も使えるという話を、そのまま信じることができなかった。毛布の菱形の模様を見ていると、心に疑念が湧きあがってきた。彼女の考えによれば、難民が使う本物の毛布はこういうものであるわけがなかった。それは、牢獄で使われているような暗い灰色のものであるはずだ。

「あなたがただって、ほんのあと一歩外に踏み出せば、ここではまだなにもけりがついていないことがわかるはずよ」

「ああ。しかし――それはだれも期待していない」ゼンゼンブリンクは、なだめるように言う。「世界の大きな問題は、それは……その……われわれは小さな放送局にすぎないのだし、それを考えればわれわれは、もっと誇りにしてよいのでは……」

「われわれ？」

「あなたのことですよ、もちろん。失礼しました。**あなたには**誇っていい理由が十分に……ときに、最近の『シュピーゲル』は読んだかな？　いや、ちょっと待って。いま読んで聞かせよう。フラウ・シュライネマーカーズ。そうお呼びしてもかまいませんかね？」

「『シュピーゲル』なんて、どうでもいいわ。私たちはここで仕事をしているのよ。ここで！」

「ああ――それは……もちろんあなたの邪魔立てをしたいわけではないのだが、あなたにも考えてほしい。いや、おそらく考えていただかなくてはならない。素材をもう、放送することができないのだと！」

「これまでは、そんなことなかったじゃない！」ナデシュ・ハッケンブッシュは機械的に虫よけスプレーを箱から取り出し、缶を振る。親指で蓋を開け、人差し指ですばやく確実にボタンを押す。噴霧された薬の中で、手のひらほどのムカデが身をよじっている。

「ハッケンブッシュさん。私もこの業界に長くいるプロですから、信頼してほしい。番組表はもうできている。広告枠も売れた。来週にはもうリュドミラが……」

「あのビッチのショーが始まるの？　私の番組のかわりに？」

「あれはあれでまじめなドキュソープですがね。東ヨーロッパの売春宿の状況をおもしろおかしく、しかも感動的に告発していて……」

「クソ番組よ。ひどい整形をしたウクライナ娘らのおっぱいを見せているだけじゃない！」

「まあ、あの番組の形式が、『苦界に天使』のレベルほどでないことは認めますがね。正直だれも予想していなかったのですから、特番がこれほど……」

「人々は私たちを必要としているのよ！　人々は！」

「ハッケンブッシュさん……」

「人の命がかかっているのよ！」

「ハッケンブッシュさん！」

「運命にかかわることなの。シナリオがあるものなんかとは、ぜんぜん話がちがうのよ！　わかっているの、あなた？　ここでは、生でそれが起きているの！　ここには飢えている人がいて、そして、何の未来ももたずにいるのよ！　無数の人々が」

「無臭？」

「無数の人々よ！　何千人、何万人、いいえ、何十万人もの人々よ！」

「わかりますよ。そして断言しますが、私はだれにも負けないほどそれについて、胸を痛めている——しかし、私たちは企業です。われわれはコンツェルンに対して共同責任があるし、職場に対しても、社員たちに対しても、責任がある！　あなたの仕事の重要性を、この私ほど確信している人間はいない。ハッケンブッシュさん、でもどうか見てほしい。私は両手を縛られているんです！」

「そうなの？」

ゼンゼンブリンクは、自分の話をナデシュが理解していないのか、慣用句を知らないのか、確信がもてなかった。ナデシュ・ハッケンブッシュにかぎらず、こういうことはよくあるものだ。でもそういうとき慣用句の意味を説明してやると、馬鹿のように扱われたと思って相手はもっと怒り出すのが常だ。ゼンゼンブリンクはそういう経験から学んでいた。

「私には何もできることがないからです、ハッケンブッシュさん。広告がほんの一分の枠でも埋まらなければ、番組は放送できない。リュドミラの番組にはすでに広告が決まっており、代金も支払われている。なのに、それを窓から放り出すわけにはいかない。そんなことができるわけはない！」

「そんなことはできない、なんてありえない」

「この場合は、無理です」ゼンゼンブリンクは豪語した。「どんなに私が力を尽くしても」

「いったいどういう意味よ？」

最初の杭はともかく打った。ゼンゼンブリンクは安堵のため息を漏らさないように注意した。今、阻止しなければならないのは、ナデシュが彼に対して――あるいは局に対して――悪い感情を抱くことだ。彼女には、他の局も似たり寄ったりの働き方をしているのだという印象をもってもらわなくてはならない。

「あなたにはもちろん、何の意味ももたないだろうが。ただ、私はあなたがたがそちらの滞在を引き延ばすのを、邪魔だてしたいわけではなく……」

「そちらの滞在？　何よ、その言い方！」ナデシュは片方のスリッパで、ムカデの死骸を戸口のほうに払った。

「ああ、それは無神経でした。失礼しました。ですがなんにせよ、一週間後にはチームを本国に戻らせなくてはならない。チケットはもう予約してあるし、それに関して私はどうすることもできないのです」

「それでは、ここの人々に何と言えばいいの？　お世話になりました。どうもありがとう。それではまた。マイＴＶはみなさんのこの先の人生のご多幸をお祈りします、とでも？」

ゼンゼンブリンクは咳払いをした。「失礼、ハッケンブッシュさん。すばらしい業績をあげたあなたに対して恐れながら、しかしはっきり言っておきます。この先は、政治の問題だ。われわれはあちらで起きている不幸に人々の関心を集めることはできるが、解決することはできない。それは、最初からわかっていたことだ！」

「何ですって？　もう電話を切るわよ。ボスから私に直接電話をちょうだい」

「それは――私のことを信頼してくれませんか。委員会でもう話し合ったことだ。そしてこの件に関して、ボスは完ぺきに私を支持している」

「ボスから私に電話をちょうだい」

ナデシュは電話を切った。そしてボスは本当に、三〇分もしないうちに電話をかけてきた。

だが、ボスは折れなかった。

ナデシュは長年にわたるパートナーシップについて何かを語ったが、ボスは折れなかった。「長年にわたる友情」に訴えても、やはりボスは折れなかった。最近プロジーベン局から働きかけがあって、これまで自分の身に一度も起きたことがないことが起きたのだとナデシュは話したが、それでもボスは折れなかった。チャーミングな軟弱者のボスはどっこい、なかなか折れなかった。二人はたがいに友好的に別れの言葉を告げ、早急にまた二人で会う必要があると言い、行きつけの「セルジオ」でまた会おうと言い、そして電話を切った。ナデシュは暗くなった画面を呆けたように眺めたあと、怒りの叫び声をあげながらボール箱を思い切り蹴とばした。箱に入っていた虫よけスプレーが、紙吹雪のように宙を舞った。

第17章

「マライカ」ライオネルは言いかけた。「話があるんだけど……」

だが、言い終わらないうちにもう、今は良いタイミングではないとわかった。マライカはコンテナハウスの中に立っている。ライオネルが入ってきたときは、ちょうど動いている最中だった。まるで病気のキリンのように、部屋中をふらふら歩き回っている。入り口でライオネルとぶつかったマライカは、彼を文字通り中に引きずり入れた。

「来てくるて・よかった！　グッドグッドグッドグッド。あなた・信じないわ。どんなクソを・彼らがするか！」

マライカと二人になると、ライオネルはいつも不安になる。マライカの英語は、ほかのドイツ人の英語とずいぶんちがっているからだ。マリオンやグランデや物書きのアストリッドの話す英語ともちがうし、これまでに聞いたそのほかの英語ともぜんぜんちがう。ライオネルは一度、年増女のグランデにそのことをたずねて、こう説明された。マライカの英語はちゃんとしている。本場イギリスの多くの人々が話す英語よりもはるかにまともだ。だが、非常に独特な訛りがある。ドイツのある地域の訛りで、その地域を出身とする人はあまりたくさんいないのだ、と。なんだかおかしな話だ。だれもが知っているように、今のドイツはどこもかしこも人だらけで、そんなに空っぽな地域などぜんぜんないはずなのに。でも、グランデの口調はマライカの英語を羨ましがっているようには聞こえない。むしろ、言語的孤児同然のマライカの運命を気の毒がっているように聞こえる。

「あなた・そこに・座る」マライカは大きな声で言った。「それ・必須・あなた・聞く！」

ライオネルは座り、手をとって彼女を落ち着かせようとする。ライオネルは、マライカがキャンプの多くのものごとを恐ろしく感じているのを知っていた。そしてそれゆえにこそ、ここの人間が彼女を愛していることも。彼ら自身はもう長いあいだこうした環境で暮らしており、自分に似つかわしい人生とはこんなものなのだと信じ始めていた。だがマライカの反応から彼らは、自分たちはもっと別の、もっと良い生活を送るべきなのだと感じとった。そしてマライカは見たものに心を打ちのめされるたび、ライオネルの手を強く握った。そして彼が用心深くその手を握り返すと、「ありがとう」というようにライオネルを見つめ、さっきまでよりももっと怒った声でカメラマンに、今何を撮影すべきかを指示し、そしてカメラマンたちが十分に速く指示を理解してくれないと、カメラマンに詰め寄り、惨状をいちばん良い角度から撮れるところまで押し出した。そういうときたいてい、マライカはライオネルの手を離すのを忘れている。彼女はライオネルをそのまま引っ張ってきて、ふと我に返って手を放し、すまなそうに彼の腕を撫でた。だが今回、マライカはライオネルの手を必要としなかった。彼女はライオネルの手を振りほどいた。ひどく興奮したようすだった。

「ゼンゼンブリンク、あの・バカ！」マライカは叫んだ。「ボスだって・同じクソ野郎！　ここにいる人間なんか・クソどうでもいいみたいに！　みんな人間！　可愛そうな人間！」

　ライオネルは問いかけるようにマライカを見た。そして途方に暮れたように、無言で手のひらを上に向けた。彼女の言葉をさえぎろうとしても無駄なのは、わかっていたからだ。マライカは突然立ち止まり、大きく息を吸った。そして袖口で目の端をこすった。

「イエスイエス」彼女は言う。「あなた・それ・わかる・わけない」

　マライカはライオネルのそばにしゃがみ、訴えかけるように彼のことを見る。そして英語とドイツ語のごちゃまぜで言う。「彼らは・あのブロードカスト・終わらせたい。ヤー、そんな目で見るナイン！」そしてすぐ、なだめるように続けた。「ソーリー。私いつも・あなたの・エングリッシュ・あまり良くないこと・フェルゲッセ《忘却》する。フィニッシュ。わかった・あなた？　ドイツのテレビ・フィニッシュ・したい。私たち・あと・一週間だけ。一週間。私・彼ら・言う。三日間・私たち・すべての人・救えない。アンポッシーブル。そして・彼らも。私たち・何も・そこで・つくれない！」

　マライカは突然立ち上がる。「私・おこてるの！」そして叫んだ。「やること・こんなに・たくさん・ある。シンプルに・ホームゴー・できない」

　マライカの話についていくのは簡単ではなかったが、意味はなんとなくわかった。ドイツ人はどうやら番組をやめたいと言っている。番組の人気はすばらしいと、いつもみんなが言っているのに――。彼は表には出さなかったが、無言で事態を呪った。あまりに長いあいだ自分は、番組の成功を頼みにしていた。仕事はまだ七日間ある。七日間のあいだは、マライカに説得を試みることができる。おれをドイツに連れていくようにと。それを聞いてもらうために、マライカを落ち着かせなければならない。今のままでは、頭に何も入ってこないにちがいない。まずは落ち着かせ、そして落ち着きを取り戻したら、おれの問題が何なのか説明しよう。彼女がそれに興味をもってくれれば。ライオネルは立ち上がる。ほかの女だったら今この瞬間、腕に抱いていただろう。でも、ドイツから来た天使についてはだめだ。ナデシュ・ハッケンブッシュは、こっちの真意に気づくだろう。

「あなた・私・私・わかてくれる」マライカは悲しげに言う。「良いこと。でも・ひとつだけ・セイフなこと。私・あなたに・誓う。私たちでは・ない！　私たちの・仕事・だけ・考える。無駄になる・かも・しれない！　ここのすべての・人間の・ところに来て・テレビのブロードカスト・つくって・それでまた・ホームに・帰る・できない。そして・ここ・ぜんぶ・前と・同じ・なる！　だめ・今！　ここで・初めて・すべてのドイツ人・ほんとに・この世界のクソ・見ている。馬鹿げて・いる。とても・非人間的！」

腕に引き寄せたわけではない。でも、気がつけば彼女は腕の中にいた。

言葉と言葉のあいだに、いつかたがいの体は引き寄せられていたのだろう。ライオネルはまだ本当のこととは思えなかった。でも美しい天使はたしかに自分の腕の中におり、天使の頭はライオネルの胸に押し当てられている。人間の胸に――天使とともに苦界を通った人間の胸に押しつけられていた。もちろんライオネルは天使を抱き返す。注意深く、こわごわと。天使はとても良い手触りだ。でも、ぜったいにこれ以上のことはだめだ。よく考えろ、とライオネルは自分をいさめる。考えろ、よく考えろ。ひとつでも正しくない動きをしたら、天使はおまえをけっしてドイツには連れていってくれない。手は天使の肩に置け。天使の肩に置け。二度目か三度目に「肩に」と思ったとき、手がすでに肩甲骨のあいだに深く食い込んでいるのをライオネルは感じる。

自分の手ではなく、天使の手だ。

これは、良いことではない。良いことではない。
こんな
ことをして
いいわけが
ない——。ライオネルは下を見て、天使の肩に回した自分の腕をほどこうとする。彼は天使に言おうとする。さっきのボスだのゼンゼンだのについてのことは、じきに全部解決するはずだと。だが、何も言うことはできなかった。彼の口は彼女の唇でふさがれていたから。天使の、世界でいちばん美しい女の唇でふさがれていたから。まるで、天国から口づけをされているような気持ちだった。これまでライオネルは女からこんなふうにキスをされたことがなかった。こんなふうにとは……その……
あまりにドイツ的に。
マライカは、おずおずとキスをしたりしなかった。きっとドイツの女はみなそうなのだろうが、彼女はじっくりとキスをした。それは、ライオネルにはとても風変わりに感じられたが、いずれにしろ気持ちが良かった。そして、天国から口づけをされたのだから、こちらも口づけを返さなければならない。そうしなければ、きっと罪になる。ライオネルは自分の体をマライカに押しつけた。そのとき彼はふと、マライカが自分にふれたとき、同じように気持ちよく感じてくれるのだろうかと自問する。だが——もう彼女は彼にふれ、自分の体を彼に押しつけてきていた。夢などではなかった。異国から来た女と彼とのあいだで起きた、おかしな誤解でもなかった。そうではなくこれは、この世に生きる人間と人間のあいだで起きる最大の、なによりも大きな合意だった。
いつもはみなに、あれやこれやとエネルギッシュに指示を出す小さな柔らかい手がライオネルの体じゅうをはい回り、彼は今にも自分で自分のシャツを引き裂いてしまいそうな気がした。だがマライカの指はまるでサスライアリのように動いてたちまちすべてのボタンを外し、肩章のボタンまで外した。彼が彼女のボタンをそこまで速く外せずにいるうち、彼女は彼のズボンを落とした。靴があまりに素早く足から外されたとき、彼はふと「まるで略奪のようだ」と考える。その間に彼女の衣類は木の葉が木から落ちるようにはらはらと落ち、彼の体はふたたびくずれ、彼女の指が彼の体をはいまわり、顔を撫で、両足のあいだに正確に導き、彼女はため息をつきながら彼の上に体を沈めた。とても深く。そしてすぐに、ドイツ風の正確でリズミカルなやり方で上下に動き、驚くほど速く息を吐き、うめき声を上げながら彼の上に倒れ、ぐったりしながら彼に顔を押しつけた。おかげで彼は今、少し落ち着いて事態に取り組むことができた。彼女はすてきなさわり心地がする。彼はこのほうが好きだ。これを少しだけああして、あれを少しだけこうするほうが。そして彼がこれを、もっとゆっくり行うべきなのかと思案しているうちに――何といってもこれは、天使を愛するようにもたらされた瞬間なのだから――マライカは体を起こし、顔を輝かせて彼を見つめ、自分がリードをとり、容赦のないリズムをふたたび取り戻した。それは普通とちがっていたが、それでも気持ちがよかった。注意をしなければならないのは、何かを考えようとしないことだけだ。それは彼に何かを思い出させた。でも何なのか、すぐにはつかめなかった。舌先まで出かかっているのに。だが、美しい胸が彼にそれを忘れさせる。そして彼は初めて、本物のドイツ人のように女と絶頂に達した。

「とても・よかった」彼女は彼の耳にささやいた。「とても・よかった、とても・よかった、とても・よかった。あなたは・とても・すばらしい。あなたは・私の天使」

「マライカ」彼は言った。「これは……」

「これは・愛」マライカは確信したように言った。「でも。それだけ・じゃない。これは・ぜったい・運命」彼女は肘をついて頭を支えながら、まじめな顔でライオネルの目をのぞきこむ。「同じ・目標。同じ・愛。こんな気持ち・私・いままで・ない。そして・私・わかてた。あなたのこと・初めて見た・瞬間から。これ・一〇〇年に・一度しか・おこらない」

ライオネルはマライカを見つめる。彼は汗にまみれ、混乱し、そしてうっとりしていた。さまざまな気持ちが渦巻き、今起きていることがまだ、信じられなかった。もしもこれが本当なら——つまりマライカが、このすばらしい天使が、そして世界でいちばんきれいな胸をもつこの女が本当に自分を愛してくれるのなら、七日もあれば余裕で、自分を一緒にドイツに連れていってくれるよう説得できるのではないか？　そんなことがあるだろうか？　まるでマッハムードの冗談みたいな話だ。もしかしたらやつがおれを引っかけようとしてこれを仕組んだのか？　でも、ただの冗談のために天使は、さっき彼としたようなことをけっしてしないはずだ。

キャンプには、カネのためにそういうことをする娘が何人かいる。それから、そういうことをしておいて、あとでマッハムードと一緒に彼のことをからかいかねない娘たちもいる。「これが愛だなんて思ったの？　ばっかじゃない？」でも、マライカは？

それに、もしジョークだったら、もうそろそろ種明かしがなくてはおかしい。マッハムードが突然あらわれて笑い出し、天使も起き上がり、笑い出すはずだ。でも、天使は笑わなかった。天使は彼のかたわらに横になり、彼の胸に頭を寄せていた。天使の指は、彼の胸毛をもてあそんでいる。でも今、その指はとてもゆっくりとやさしく動き、天使の呼吸は深く穏やかになっていった。彼は天使の額に口づけをする。天使はけだるげな瞳で上を見あげ、彼に口づけを返すと、また体を押しつけてくる。「あなたみたいの・男の人・私・みつけたこと・ない・これまで」天使は彼の胸毛に顔をつけてささやく。「男性で・人間。私いつも・そのこと・考えてる。初めて・ほんとに・意義あること・した気持ち。そして・ほんとによい男性・初めて・愛した。私・それを・感じる。より良い世界のための・より良い愛！」

きっと彼女は正しいのだとライオネルは思う。これは冗談ではないという気が徐々にしてくる。彼女はとても真剣で、確信に満ちているのだ。だけど、おれはそもそも人生に何を求めていた？　よりよい生活を送るために、ヨーロッパまでたどりつくことか？　そこでカネを稼ぐために？　これはアラーの計画なのか？　キリストの計画なのか？　いや、愛ゆえだ。人間は、良い人間を——良い女を——心から愛さずにはいられない。それが天使であるならなおさら。おれは自分のことをこれまで、特別な存在だと考えたことは一度もない。いっぽうで今思い返しても、自分はけっしてひどい人間ではない。青のモージョーのような真似はしたこともないし、マッハムードのように何も考えずにぶらぶら日々を送ってもいない。だからアラーやほかのだれかがマライカにふさわしい正しい人間を探したら——いいかえれば天使にふさわしい人間を探したら——世界中探してもおれよりすぐれた人材は見つけられないはずだ。神に異を唱えることのできる人間などいない。神はマライカを幸福にする人間を探している。そして、だれもこの愛を止めるべきではない。純粋な心でおれはこの愛に突き進み、自分のすべてを捧げる。神は正義と愛に報いる。そしてだからこそ、強欲や利己心ではなく神の意志が、おれをこの美しい女の胸へと押し流したのだ。

そしてはるかドイツにまで。

「あなたの言うとおり」彼はそう言って、マライカの肩の上で波打っている髪の毛を撫でた。「愛している。愛している。とても愛している。だから、あなたと一緒に行く。あなたはテレビのショーを終えなければいけない。でも、心配しないで。僕はあなたと一緒に行く」

きっとこれで大丈夫。天使はきっとおれを、天使の家に連れていってくれる。そうしたらおれはそこで家や庭やヤギの世話をすればいい。ほんとうは車のほうがよく知っているのだが、ドイツ人はみな車をもっている。そしてヤギをもっていない。マライカとおれは金持ちになる。すごい金持ちになる。マライカはもともと金持ちだったが、おれとおれの知識を通じて、もっと金持ちになる。そしておれは決して自分の出自を忘れず、そして天使はなんと言っても天使なのだから、二人はそれからも一緒に貧しい人々を助け続ける。テレビのために、テレビの中で——。そしておれと一緒に、純粋な心とたくさんの愛をもつ貧者がきっとドイツに来られる。いちばんにスカウトしたいのはマッハムードだ。やつはきっとおれの代わりに、ヤギを飼う事業を引き受けてくれる。おれたちの事業があまりにうまくいくので、ドイツ人はきっとびっくりするはずだ。マッハムードは誠実で頼りがいのあるやつだから、きっとおれたちは一緒に、有名なドイツ人のエンジニアの助けも借りて、ドイツを世界一のヤギの生産国に変えられる。おれたちは大きな車をもち、たくさんの子どもをつくり、そして彼らの村の人々はいつかこう言う。天使と、天使の天使はずいぶん大きく、立派になったことだと——。

「何?」

マライカはまるでミーアキャットのように、がばりと体を起こした。

「何を・あなた・言ったの?」

自分は何かまちがったことをしたのだろうか? 何か勘違いをしたのだろうか? 二人がたった今結

ばれたことを、いったいどう勘違いできるのだろう？　二人が今さっきしたことを、そして彼女が言ったことを？

「僕は、僕が言ったのはただ……」

「ノー！」マライカは強く言った。「ライオネル！　ノー！」

彼の瞳に当惑の色が浮かび、マライカは自分の手をライオネルの胸にあてた。小さくて、柔らかい手だ。「あなたは・とても・すてき。でも・あなた・自分を・知る。私たち・行けない。あなた・行けない。ここの人間・あなたを・必要なの。あなた・これまで・ここの人間・助けてきた。あなた・ここの人間・ぜんぶ・知ってる。ここの人間・ぜんぶ・あなた・愛してる。彼らは・あなたを・信頼している。そして・必要と・している。私・あなたを・連れていくこと・できない。これは・あなたの・人生。これは・あなたの・仕事。そして・私の・仕事。それは・つまり・私も・行かない。あなたの・ために。ずっと」

マライカがライオネルの首に抱きつく。彼女の腕は彼の肩に巻きつき、彼女は彼の体をまるで石臼のように下に引きずりおろした。彼の視線は部屋の中をさまよう。こんなことが、本当なわけはない。今起きていることは、現実ではないのかもしれない。彼は希望を求めて視線をさまよわせたが、目に入るのはそこらに散らばる虫よけスプレー缶だけだった。ほんの数秒前まで彼女は彼の天使だった。天使の翼は彼を、もっと良い暮らしへと運んでくれるはずだった。でも今、天使は彼をこの呪われた大地に縛りつけた。ここから逃れる大きなチャンスは、彼の前を通り過ぎてしまった。テレビ番組は終わり、もうカネは増えず、何も変わらない。何も。何も。何も。天使は彼のことを助けてくれない。逆に、彼が天使の世話をもっとしなくてはならない。彼はもっと良い国には行けない。天使はもっとひどい国に行く。人間が行くことのできる中で、もっとも愚かしい国に。人生は彼の前を通り過ぎてしまう。たとえ生きていても、このキャンプやあのキャンプにいるかぎりは。

彼が今行きたいなら、天使を一緒に連れていくしかない。

そして天使を連れていくためには、この善良な人々を、このとてつもなく善良な人々を、つまりキャンプ全体を連れていかなくてはならない。

彼はぴょんと飛び上がる。

第18章

「おまえ、頭がどうかしたか?」青のモージョーはそう言って笑った。

モージョーは巨大な肘掛椅子の背に——背もたれがひっくり返りそうになるまで——深く寄りかかっている。笑い声は自然ではなかったが、それをいうなら、机も自然ではない。とにかく巨大なのだ。長さはメルセデスの車ほどもある。向かい合って座った人間が握手をしようとしたら、机の上に腹ばいにならなければならないほど奥行きも深い。机の表面は真っ白で傷ひとつなく、ワニスが塗られている。周囲には象眼細工がほどこされている。金メッキの部分が華美に見えなくもないが、それは机を支えているやはり金メッキされた四本のライオン足とよく似合っている。机の上には、金メッキのペーパーナイフが置かれている。大型ナイフのかわりにも、あるいは小さな泉の上に架ける橋としても使えそうな代物だ。

モージョーの右側には箱に入ったままの iPad が置かれている。その下にはもうひとつ、箱に入った iPad があり、その下にはさらに三つ、箱に入った iPad がある。モージョーの左には金メッキのリモコンがあり、それで巨大なテレビの画面を操作する。向かいの壁は巨大な画面でほとんどが占められている。モージョーはそれらの真ん中に置かれた肘かけ椅子に腰かけている。白い革製の肘かけ椅子には、左右に豪華な頬もたれがついている。

一応はモルタルを塗られ、さらにペンキを塗られたバラックに据えられていると、こうした調度はそれなりに似つかわしく見える。だが、巨大な机の前にしばらく座っていると、ふと気づくことがある。この机を窓から部屋に運び込むことは、どうやってもできないはずだ。そして戸口から運び入れることも。つまりモージョーは、まずこの巨大な机を据え、それを囲むように壁を張り巡らせて〈オフィス〉のバラックを建てたということだ。さらにわかるのは、いくつもの iPad を手にしながら巨大な机の前で頬もたれつきの豪華な椅子に座るのがモージョーの巨大な願望だったということであり、そして、それを早く叶えるためなら壁の色のようなつまらないことはどうでもいいと思ったらしいことだ。

「アーハッハッハッハ！」モージョーは笑う。「アーハハハハ！　アーハッハッハッハ！」

ちっとも楽しそうな笑い声でない。何か面白いものを見つけて笑っているようには聞こえない。ものすごく大声ではある。でもそれは、まるで笑うこと自体が重労働であるかのような、こちらをぐったりさせる笑い方だ。そのわけは、モージョーがバラックの壁に掛けたテレビでたくさんのシリーズドラマを見ていることにある。そういうドラマには大物ギャングが登場し、ちょうど今モージョーが試みたのと同じようなやり方で笑う。だが、モージョーが狙っている物々しい印象は、彼の映画の趣味によって著しく損なわれている。モージョーは変わった映画を好まず、ふつうの人々と同じように『ザ・ワイヤー』や『ブレイキング・バッド』などのドラマを見る。そのせいでときどき、メキシコ風やコロンビア風に聞こえるアクセントで話してしまったりする。自分で考えた新しいジェスチュアを頻繁に試みてみたりもする。ひところは、圧縮空気瓶をいつも手もとに置いていた。去年は、この部屋でハムスターを飼っていた。そして、人と会っているときにケージからハムスターを一匹取り出し、テニスボールのようにぽんぽん上に放り投げたあと、手で握り殺していた。だが、その意味を理解する者は皆無だった。ハムスターが何を意味するのか、だれもわかっていなかったのだ。そして敵を怯えさせるという意味でも、ハムスターをその場に置いていることはあまり効果がなかった。ハムスターを握り殺すのはけっして難しいことではないからだ。それに部屋がいつもハムスター臭くなる。結局モージョーは動物たちを外に逃がしてやった。ミキのバーでマッハムードらはこの一件を、面白おかしく肴にしたものだ。

　だが、この〈オフィス〉に足を踏み入れ、モージョーと向き合った者は、ここにはテレビのギャングたちにはない何か不快なものがあるとすぐに感じとる。青のモージョーにはたしかにそれがある。

「おまえみたいなやつが、どうやってこんなクソアイデアを考えついたんだ？」

「前はあまり時間がなかったからさ。今もあまりないけどな」

「徒歩で行くって？」

「徒歩で行く」

「おまえ、マジで頭がおかしくなったのか？　アーハッハ――ハッハッ！」

　ライオネルは青のモージョーの笑いがおさまるのをじっと待つ。だがモージョーはさらに続けた。

「バンデーレ、おまえもこの歩き男を見てみろや、アーハッハッハッハ！」

　バンデーレは義務的に一緒に笑う。彼の笑い声は、主人のよりもそれらしく聞こえた。忠実な勤め人がみなそうであるように、主人よりも時間をかけて練習したのだろう。バンデーレがあまりに大きな声で腹の底から笑っていたので、モージョーは手で「もういい」というような動作をした。笑い声はスイッチを切ったようにぴたりと止んだ。

「おまえ、わかっているのか？　あれがどのくらい遠くなのか？」青のモージョーが言う。

「じゃあ、そっちはわかっているのか？　おれがここに来てどれくらいになるのか。もし一日にたったの一〇キロでも歩いていたら、おれは今ごろ……」

「ほうほう。一日に一度屁をこくのを一〇〇万年続ければ、その風できっとヨーロッパまで送ってもらえるだろうよ。だが、おれにとっちゃそんなのはどうでもいい。どっちみちおまえは行けっこない」

「行けっこない？」

「ないよ」

「なんでさ？」

「おまえは天使の天使だからだよ。それについてはおれに、いくぶん恩義があるはずだ。ここからいなくなったら、おまえはどうやっておれに借りを返すつもりなんだ？」

「第一に言うが、おれはあんたにいっさい借りはない。そして第二に、おれが良い目を見られた時間はもう終わりだ。テレビの人間は、ここからいなくなるからな」

「いなくなるって、どうしてだ？」

「店じまいだよ。天使の番組は、おしまいになる」

「なんだってそんな馬鹿なことを？　番組は絶好調だとみなが言っているのに。なあ、バンデーレ。番組は絶好調なんだよな？」

「天井破りの勢いです」バンデーレが言う。

「かもしれない」ライオネルが肩をすくめる。「でもともかく、やめになるそうだよ」

「いつだ？」

「五日後だよ。言っただろ？　おれにはあまり時間がないんだって」

「それでおれへの借りはどうするつもりだ？」

「おれはあんたに借りなんかない。それはそうと、あんたに提案したい仕事がある」

「おまえのオナラ行進のためのか？」

　ライオネルは頷く。

「豆は売らないぜ」モージョーは笑う。バンデーレも同調するように笑う。

「心配いらないよ。あんたからは別のものを買い取るつもりだ」

「何を？」

「道を知っている人間が必要なんだ。国境守りを買収できる人間が、そして軍を買収できる人間が必要になる」

「おまえが探しているのはクソ斡旋人てわけか。だがあいにくおれは、斡旋人じゃない」

「おれが探しているのは、ただの斡旋人じゃない。食べものの世話もしてくれるやつが必要なんだ。それから水の配給も」

「だが、歩くほうはおまえひとりでやれるのか？」

「やれる」

「おれにはそれは、クソ斡旋人と五十歩百歩にしか聞こえないね。クソ斡旋人に食堂車がひとつついただけだ。それならおまえ、どこかの斡旋人にカネを払えばいいじゃねえか」

「カネが十分ない」

「それでおれのところに来たってわけか?」

ライオネルはゆっくりうなずいた。このさきはいささか難しいことになるかもしれない。

「こっちを見ろや! おまえ、この建物についている『愚かな黒人のために割引』って看板を見たか?」

「見てない」

「おい、なんで見なかった?」

「さあな」ライオネルはそう言ったが、次に何が来るか彼にはわかっていた。ライオネルもその映画を知っていたからだ。

「なぜなら、看板がないからだよ!」

「ともかく問題は、おれが斡旋人に払える十分なカネを持っているかどうかじゃない。重要なのは、おれがあんたに仕事をもちかけられるってことだ。これは、ほかのよりずっともうかるぜ。ものすごくもうかる」

「どういうことだ?」

「なぜならおれには、テレビがついているから」

「そんならやつらに、おまえのために斡旋人の支払いをさせればいいじゃないか?」

「そうはいかない。やつらはおれを連れていく気はない。斡旋人のためにカネを払ってもくれない。そんなことより問題は、水を数本と小麦粉をいくらか用意するだけじゃ話にならないことだ。計画について話をしたい。斡旋人なんかに頼んでも、ほかの馬鹿どもと一緒にボートだかトラックだかに詰め込まれるのがおちだ。そんなのはくだらない。おれにはあんたの組織と、あんたのコネが必要なんだ。あん

るいはそれよりもっと──いけ

「おれはそれを知っている」ライオネルは真面目な声で言う。そしてモージョーの目をまっすぐに見る。「おれはそれを知っている。知っているから、あんたにこう言える。おれの申し出なら、それよりもっと──いけると」

モージョーは身を乗り出して、ライオネルをじっと見つめる。彼は無言で、何かを考えていた。そしてくるりとバンデーレのほうを向いて、手を振った。バンデーレは何のためらいもなく立ち上がり、部屋を出ていった。

「オーケー。ヨーロッパまでの道は、今のところ、一万五〇〇〇ドルかかる。あるいは交渉次第では一万二〇〇〇。だが、おまえはどうせそんなに持っていないんだろ?」

ライオネルは頷く。

「一万二〇〇〇ドルなら、おれは見たことがある。そんなにたいしたことはなかった」

ライオネルはまた頷く。

「だがおまえは、あのテレビのおかげでそれ以上のカネを引き出せるってわけか?」

ライオネルはまたしても頷いた。

「いくらなのか、ここで話せるか?　五万か?　一〇万か?」

「もっと」

ライオネルは椅子の背に寄りかかり、麻のスニーカーを履いた右足を机の飾りの部分に無造作にのせる。足で弾みをつけて椅子を、後ろ脚を軸に揺らしてみようかと思ったが。結局それはやめた。ぐらぐらしていないほうが、こっちの本気度は伝わるはずだ。

「五〇万？」

「一億ドルだ」

モージョーが頬もたれつきの肘掛椅子に、どすんと寄りかかる。

「冗談だろ」

ライオネルは机から足を離し、モージョーのほうに体を乗り出す。「それにボーナスもある」

「おまえ、アタマがいかれたか？」

「もう一度計算してみていいよ」

ライオネルはモージョーに具体的な数字を提示した。

モージョーは計算した。

そして承諾した。そこに何もまちがいを見つけられなかったからだ。

それにライオネルはこう言ったのだ。これはまだ序の口なのだ、と。

第19章

まったく、どうかしている。

国境警備兵は、ＡＫ47のベルトを片方の肩からはずし、反対の肩にかけ替える。四キログラムは四キログラムだ。そのことをまるで意識しない日もあるが、自分は散弾銃を持っているのだと意識する日もある。

いちばん簡単なのはもちろん、下に置いてしまうことなのだが。

どのみち、ここはだれも通りかからない。ともかく、いきなりは来ない。平らな大地。遠くまで見渡しても、見るべきものは何もない。いったい何がここにあるというのか？　ありていに言えば、国境警備兵がここにいる理由はただひとつだ。それは、ここから国境を越えて五〇〇メートルのところに、こちらと同じくらい存在意義のなさそうな警備兵が立っているからだ。だが、向こうに警備兵がいるからこそ、こっちも武器を携帯できる。そうすれば少なくともそれなりに見えるだろうし、自分でもそれなりのものだと思える。それから、立っていなくてはならないのは、単に座っていたらうまく銃を持てないからだ。それというのも、今日はマジで、どうかしているからだ。

国境警備兵は、自分で自分につぶやく。もちろん、軍隊に入ってあれこれ目にしたおかげで、人の好みが多様だということはよくわかった。好みはいろいろだからこそ、スマホに無料で画像を落とすときには、事前によく考えるほうがいい。それらをみなコピーして、また消すなんて、時間もカネも電気も無駄だ。貧乳にも巨乳にも欲情せず、あそこにぶら下がっているものに欲情するのだとわかれば、すべては無駄、単なる時間の浪費だ。でも――これは断じて、いかれているわけではない。

動物みたいだって？　一時しのぎの解決策として、人間だって男同士でやる。それを「いかれている」と呼ぶやつもいるが、国境警備兵はそうは思わない。女とできれば、わざわざ男とやろうとするやつはたしかにいないかもしれない。でも女がいなくて、そして後ろからちょっと注意深くやれば、たいした違いはないのだ。人にケチをつけられるような謂れはない。けっして、いかれたりはしていない。

でも、あれは……

警備兵は頭を振り、ろくでもない考えを振り払う。頭を振ったとき、雲が見えた。砂埃の雲だ。それ自体は別に異常ではないが、今日はそんな砂埃が巻き上がるような風は吹いていない。目をつむり、まばたきをして、向こうの警備兵を見る。そいつが不安そうかどうかを、はっきり見分けることはできない。でも、とにかくやつは持ち場に立っている。きっと、おれと同じようにいかれた空想をして……

またあれを思い出してしまった――。警備兵はいらいらしながら国境検問所に行き、双眼鏡を取り出す。あの動画！　おや、デンバがこっちに来る。やつはこれまで、良くないものを持ってきたことは一度もない。女の胸を撮るにも角度が重要だと教えてくれたのもやつだ。単に正面から撮るより、後ろから背中の横に回り、二の腕の脇から覗くように撮るほうがずっと美しい。デンバはそういうことに気をつかう。そして、理由はわからないが、そのほうがたしかに別物みたいに恰好よく見える。

期待で胸が高鳴る。

デンバが来る。とても興奮している。新しいのが手に入った、これまで見たことがないくらいすごいやつだ。デンバはこっそりそれを渡し、にんまり笑う。さっそく邪魔されない一画を探し、そのすばらしいブツの一部を拝む。

画面に車があらわれる。アスファルトの道路を走っている。だが、道路が広すぎる。いや、そうではなくて、車が小さすぎるのだ。プラスチックでできたおもちゃのような車だ。手のひらくらいの大きさの安っぽい車だ。次に、人間の足が見える。

ハイヒールを履いた女の足だ。その足が車を踏みつける。車は割れる。足の重みで車は真ん中から裂け、プラスチックがバリバリと音を立てて脇に落ちる。被害をさらに広げようとしてか、その足はまるでタバコの吸い殻を踏み消すように動く。だが車はもう押しつぶされているので、バラバラになった破片をあちこちで踏み散らしているだけだ。車輪が脇に転がる。一本の車軸に二つの車輪をくっつけたままで。

彼はぼんやりしたまま双眼鏡を目に押しあて、ふたたび外に行く。画面におもちゃの車がもう一台あらわれ、その上を女の足が器用に動く。これが初めてではないからか、女の足は、どこにどう登れば車がすぐ真っ二つにならないか、あちこちが無制御にバリッと音を立てたりしないか、きちんと心得ているようだ。車のボンネットに土踏まずを固定し、踵でゆっくりトランクに穴を穿ち始める。それを途中でやめて、今度は屋根を打ち抜き始める。ガシャンガシャンと音が聞こえる。土台の板から車体がバリッと剝がれる。足はいったん消え、今度は前に近づいてくる。女は、まだほぼ無傷のボンネットに足をかける。だが、効果はもうさほど大きくない。ボンネットはすぐに破壊されてしまう。同じことはもう一度、ゆっくりと繰り返される。

やっぱりどうかしている。そうだろう？

大きな雲から小さな雲がひとつ分かれる。もしかしてこれは煙なのかと彼は一瞬考えるが、砂塵であることは明らかだ。小さな雲は高速で近づいてくる。たぶん車か何かだろう。でも、あっちの検問所が視界を遮っているせいで、はっきりとはわからない。向こう側の警備兵が手を頭のほうにあげる。電話をしているのだろう。車はまだやつにもはっきり見えていないだろうが、指示を求めて上官に電話をしているのだろう。でも、もう遅すぎやしないだろうか。小さな雲は高速で近づいてきているのに。たとえ上司と電話がつながっても、小さい雲についてはもうたぶん手後れだ。でも、大きな雲のほうならまだ間に合うかもしれない。だから、電話をしているのだろう。

そうでなければ、いったい？　結局これは、向こう側の相棒とはかかわりのないことなのだろう。あそこに来るのは、国を去る連中だけだ。ならば、何の問題がある？

重要な人物が来たのだろうか？

有名な人物が？

よりによってここに？

ありえない。もしそんな特別な人物が来るなら、向こう側には上官らも来て、一緒に見物しているはずだ。でも今、見るべき価値のあるものといったら、あっちの検問所の向こうにあらわれた縞模様のジープくらいだ。

ピンク色の。

その車が道路を、まっすぐこちらに走ってくる。国境の一〇〇メートルほど手前で車は停まり、数人が降りる。みな白人だ。彼らは砂埃の中でいくつかの場所を指し示し、何かを検証している。それから向こうの国境検問所を指さし、さらにこちらの検問所を指さす。ひとりが両手を上げる。魔法の力で向こうの検問所に光線をあてるように。そいつはゆっくり上半身を回し、こっちの検問所に向かって同じ動作をする。さらにあちらへ、そしてこちらに。あちらに、そしてこちらに。

魔法使いのような男は車に戻り、後ろのドアを開ける。突然、魔法の手は意味を成す。車の中からカメラと三脚が出てくる。警備兵は携帯電話を握りしめ、大佐に電話をかける。

「何だ？」大佐が言う。

「何かが起きています。それで、上官にも見てもらうべきだと思いまして。あの……」

「おまえには何も関係ない」

普通ではない答えだ。

「こちらのことをご存じなのですか」

「何も知らん」

「ならば申し上げます。テレビです。テレビの人間がいます。白人の、テレビの人間です。それから雲が」

「おれにはほかに仕事がある。おまえも関わるな」

「何が起きているのか、知っているのですか？」

「われわれに関係することは、何も起きていない」

「では、上官の考えでは、あれはオーケーだということですね？」

「おれの考えでは何もオーケーではない。おれは何も知らん。なぜなら、あそこには何もないからだ」

「われわれは、同じものごとについて話しているのですか？　今、私に向かって何かがたくさん走ってくるのに、あれは何でもないと言うのですか！」

「黙れ、この馬鹿野郎。今は戦時中ではない。つまりだな、敵の軍とやらが走ってくるのをおまえが見たりしなければ、おれはおまえにこれ以上邪魔されずにすむんだ。おれにも仕事はたくさんある」

「私は、こちらに向かってくるものが何なのか、わかりません！」

「じゃあなんだと言うんだ？　そこに敵が来るなら、その前にテレビの人間があらわれたりするものか。そして敵でないなら、おれはいっさい関心がない」

「私は……」

「頼むから、面倒なことにおれを巻き込むな。グズグズもゴタゴタもお断りだ。むろん殺しもな。いいか、次におまえから電話がかかってきたら、そのときは少なくともおまえの目の前に戦車が一台いるはずだと思っているからな！」

　電話は切れた。やはりだれも、あそこで起きている何かを見に来たりしないということだ。彼は途方に暮れて、銃を肩からおろす。そしてそれを手に持ったまま、テレビクルーを眺める。カメラがゆっくりと動き、こっちを向く。彼は突然、武器を手にしたまま巨大な《何でもないもの》を見張っているのが馬鹿馬鹿しくなる。手にしていた銃を、ふたたび肩にかける。まるで、ちょっと重すぎたからそうしただけだというように、可能なかぎり平然とした表情で。

　雲が大きくなり、さらに近づいてくる。テレビクルーはこっちにカメラを向けたままだ。彼は、自分はすべてを掌握しているのだというふりを装う。そして、そうしながら向こうをうかがう。国境の向こう側の相棒は、何をしているのだろう？　相棒は肩にかけていた銃を手に持ち替え、引き金の近くに指を置いている。だが、始終向こうに目をやるくせ、持ち場から道に出てこようとはしない。だれかの前に立ちふさがったりもしない。彼は日陰にとどまっている。やつもこちらと同じくらい途方に暮れているのだろうか。

白人らは短い時間で十分な写真を撮ったようだ。彼らはもうカメラのところに立っていないが、まだカメラをしまいはしない。車の陰に座って、談笑している。何を話しているのかはわからない。みな、同じタイミングでしきりに首を横に振っている。もしもやつらがあそこにいなければ、国境の向こう側まで行って相棒に「いったい何が起きているのかおまえは知っているのか」とたずねてみたいところだ。でも、持ち場を離れるわけにはいかない。テレビクルーに見られたら、彼が興味津々であるのを知られてしまう。そうしたらやつらは、彼の興味津々ぶりを映像におさめ始めるかもしれない。それは、《面倒なこと》にあたるかもしれない。

雲が大きくなる。だが、相棒をちらりと見て警備兵は安心する。相棒は日陰に立ったまま、タバコを吸っている。もしかしたらこれはみんな、向こう側だけで起きていることなのかもしれない。テレビクルーがあそこにいるのも、単にあそこがいちばんいい絵が撮れる場所だからなのかもしれない。そして相棒は、ちょっとした脇役を演じているのかもしれない。

じゃあなぜやつらは、おれのことも撮ったのか？

それはもちろん、おれが向こうを見ているからだ。テレビのやつらはよくそういうことをするじゃないか。何かの映像を見せてから、そのあとにトカゲや犬の映像をつけたりする。何が起きているのかを退屈そうに観察しているトカゲや犬の映像を――。

「おまえには関係がない」奇妙な答えだ。

テレビクルーの中に動きが起こる。ひとりが電話に手をやる。そいつは立ち上がり、ピンクのゼブラ・カー越しに国境の向こうの警備兵を見る。それから身をかがめ、クルー仲間のひとりの肩を手の甲で軽く押す。押されたやつが別のやつの肩を突き、みなが立ち上がる。

国境の向こうで警備兵が動き始める。国境の遮断機のところに行き、それを高く上げる。テレビクルーは離れたところからそれを見て、首を横に振っている。そして彼らは、こっちを見る。まるで「おまえも首を振れよ」と言わぬばかりに。さっきから、いったいなんだと言うんだ？　いっそ目の前に戦車があらわれてくれたらいいのに。そうしたら電話で上官に、指示を仰ぐことができる。なぜおれはよりによって今日、勤務することになったんだ？　ほんとうは非番だったはずなのに。だれかの穴埋めでここに詰めているだけなのに。こんなわけのわからないことが起きるのなら、絶対に引き受けたりしなかったのに。

相棒が、日の光から目を守ろうとするように、額に手をかざす。風が砂埃をこちらに吹きつける。砂埃を舞い上がらせている何かよりも、砂埃は速く進んでくる。相棒は挨拶でもするかのように手を頭の近くに掲げたまま、ほぼ不動で立っていたが、ゆっくり体を動かし始める。その動きはまるで、巨大な何かの距離を見積もっているように見える。

いったい何がやってくるんだ？

「おまえには関係がない」

なんという答えだろう？

大佐はやはり来ない。そして警備兵は、なぜかはわからないが突然、もしかしたら大佐はすべてを知っているのではないかという静かな疑念を抱く。この場に来ないのが大佐にとって良いことならば、大佐がいようとしないこの場所にこうして立っているのは、おれにとって良いことであるわけがあるだろうか？


ここにやってくる何かを、おれは阻むことができるのか？

もしおれがそれを阻んだら、だれかが感謝してくれるのだろうか？

あるいはこういうことだろうか？　つまり、おれはそれを通過させるべきだと？

証明することはできない。だが突然、疑念は確信に変わる。そうだ、だからこそおれ以外はだれも、今日はここにいないんだ。だれも今日は、ここにいたくなかったんだ。そのとき彼の目は何かをとらえた。雲の向こうから何かがやってくる。


人間だ。

人間が、列をなしてやってくる。武装はしていない。いったい何人いるのだろう。前方の人間の後ろにも、たくさんの人間が歩いているらしい。子連れもいる。単身の者もいる。彼らはみなどこかに泊まりにでも行くかのように、くるくると丸めた毛布をもっている。走ってはいない。みな、ゆっくり歩いている。このペースなら歩き続けられると知っているかのように。たとえ国境があろうとも。彼らは向こう側の警備兵と議論するでもなく、開いた遮断機をぞろぞろとくぐりぬけていく。難民キャンプにいた人間らしい。彼らは難民なのだ。そして彼は今、はっきり理解する。向こうでやつが上官から何を言われていたのかを。

「連中が行きたいというなら、通してやれ」

だからやつはあそこにあんなにのんびり立って、人々が前を通り過ぎていくのをただ眺めているのだ。

警備兵は双眼鏡でそちらを見る。向こうの警備兵が振り返る。双眼鏡を目に押しあてて、こちらを見ている。二人の目が合う。向こうの警備兵は巨大なにやにや笑いを浮かべ、双眼鏡を目にあてたまま、こちらに向かって手を振る。人間の巨大な列が巻き起こす砂煙のせいで、相棒の姿はぼんやりかすんでいる。行列はテレビクルーのほうに、そして次に、こっちに向かってくる。行列の終わりはまだ見えない。

向こう側の警備兵が双眼鏡を目に押しあてたまま、人々を指さす。人数を数えようとするかのように指を一本立て、二本立て、三本立て、そして途方に暮れたポーズをする。いったいぜんぶで何人来るんだというように。向こう側でやつが笑う。やつはあたりを見回し、両手を広げる。大きく広げ、さらにもっと大きく広げる。その表情は「あぜんとした」とも呼べるかもしれない。だが、その「あぜんとした」表情はその上に覆いかぶさる安堵にかき消される。これらの人々がもう、自分たちの問題ではなくなったという安堵の表情だ。

警備兵は理解する。この何千何百とも知れない人々を引き留めるには、相当な人間が必要だ。こん棒や火器を持ったたくさんの人間がいなくてはだめだ。そして彼はさらに理解する。今日おれがここにひとりで立っているのは、偶然などではない。おれには重要なポジションの友人が足りなかった。このろくでもない事態からおれを遠ざけようと口をきいてくれる友人がいなかった。おれは、だれからも何も教えてもらえないクソみたいな人間なんだ。

ピンク色のゼブラ・カーもカメラも、もう見えない。あまりにも人間が多すぎる。そして、こちらに向かってくる人間どもはだれひとり、おれに目もくれようとしない。ふつうなら人々は、迷彩柄の服を着て銃を持った人物には敬意を払うはずなのに。この大勢の人間は、彼が何かを企むなどありえないと思っているのだろうか。

罵り声のようなものが聞こえる。なんと言っているのか、彼には理解できない。砂埃と人間に隔てられながら、彼は向こう側を見る。ピンク色のゼブラ・カーが見える。男がひとり、大声でなにかをわめいたり叫んだりしている。どうやら男は、大勢の人々を前にした国境警備兵の反応を映像におさめようとしているらしい。だが、土埃のせいでカメラは何もとらえられない。こちらからも、よくよく目を凝らさなければピンクのゼブラ・カーは見えないくらいだ。

いったい明日は何が起こるだろう？　これらの人々はみな、どこを目ざしているのだろう？　だれも彼らを熱狂的に迎えてはくれないのに。いずれ人々は質問するだろう。そしていずれ、国境でこの日だれが警備をしていたか知りたがるやつが、きっとどこかで出てくるはずだ。

いや、「だれが」ではなく「どこの馬鹿が」と言われるようになっているかもしれない。

彼は途方に暮れて、自分の前を通り過ぎていく人々がやってきた方向を見る。人々の流れはいったいどこで終わりになるのだろう？　年寄りの姿がほとんどないことに、今彼は気づく。人々はまるで荷物をまとめる暇がろくになかったかのように、わずかな荷物しか持っていない。

あるいはまるで行く先々で、多くの荷物を必要としていないかのように。

彼は肩から銃を下ろし、さりげなく道路に近づいていく。そして人々に明るく問いかける。「ねえ、どこに向かっているんだい？」

二人の子どもの手を引いた女性が返事をする。

「ドイツへ」

「歩きで？」

「私は旅の責任者ではないので。質問があるなら、あそこにいる背の高い人に聞いてちょうだい！」

彼は、人ごみの中にそののっぽを見つけようとする。女は前に進んでいく。女と手をつないだ小さな女の子が笑い、彼に手を振る。

「オットバフェス！」

一〇分から二〇分というところだろうと、彼は見積もる。ピンクのゼブラ・カーが人ごみを押し分けるようにしてこちら側に——彼の持ち場にまで来るには、そのくらいの時間がかかるはずだ。つまり、カメラが来るまでにまだ一〇分から二〇分あるということだ。彼は深く息をする。これから何が起こるかは、もうわかっている。

こっちの警備小屋に白人らが到着する。彼らはきっと、何かをわめきたてながら車から降りてくる。そして、時間がかかりすぎだとかなんとか言って、運転手に文句をつける。それからテレビクルーが何かを、あるいはだれかを探し始める。

でも彼らはだれも見つけられない。だれかがカメラマンに合図をし、カメラマンは仕方なく、そこに残されたものを撮る。たとえば椅子の上に置かれた制服。置き去りにされ、壁に立てかけられた銃。

そして銃身の上にかけられている制帽。

第20章

ゼンゼンブリンクの気分はいくらか良くなっていた。昨夜もおとといも爆睡したのだ。このところ、妻を何度も怒鳴りつけていた。神経を逆なですることを言われたからだ。妻はもちろん、ゼンゼンブリンクが飲んでいないと気づいていた。だから、何か困ったことがあるのではと思ったのだろう。そういうときいつもゼンゼンブリンクは、酒を飲むのをやめるからだ。そうしていると、ものごとをうまくコントロールできるような気になる。ばかげたことだと自分でもわかっている。どうせいつも、たいした量を飲んでいるわけではないのだ。

そうしたら妻は甘ったるい声で「何か困ったことがあるの?」と言ってきたのだ。その口調だけでもう、うんざりした。普段は妻とほとんど諍いをしない。でもこの思いやりに満ちた口調はカンに障った。まるで母親みたいな言い方なのだ。

きっとそのせいだ。母親のような口調で何かを言われると、男は、母親に対するのと同じような反応をしてしまう。自分の部屋に引きこもり、ドアをバタンと閉じ、タンスをドアの前に押してきて、扉が開かないようにする。でも人間は、公正であるべきだ。総合的に言えばもちろんすべてが、愚かなガチョウのせいであるわけはない。

そうではなく、まぬけな雌牛のせいなのだ。

足元で床が引っ張られているような気分だ。危険な感覚だ。そしてゼンゼンブリンクは危険を憎んでいる。彼は課長だ。まだ、課長だ。もし自分から危機に向かっていく気概があれば、今ごろ社長になっていたかもしれない。そしてあのイカレ雌牛はこのおれを、あと少しで幹部というところまでうまく押し出してくれていたのに。

あの、イカレ女！

すばらしい番組だった。どんどん人気も上がっていた。ガラクタでつくったような、最初はだれも価値を置いていなかったあの番組。最近は少し忘れられていたが、ああいう作品を作れることこそがおれの強みなのだ。おれには、型にはまらない何かへの第七のカンのようなものがある。おれは、メインストリームの後ろをいつまでも追いかけたりしない。何がうまくいくかの事例を、過去にいくつも見てきたからだ。だが、そのためにはそのへんのぽっと出の新人よりいくらか年を重ねていなくてはならない。たとえばグレッチェン・ドゥムシュルンツ＆Ｃｏ。やつらは、あのロリオがどのチャンネルで芸を磨いたかと聞かれたら、「ユーチューブ！」と答えるはずだ。

ラジオ・ブレーメンＴＶに決まっているだろうが！

あれはテレビだったんだよ！

それなのに、あのクカテンをドル箱に変えたのがこのおれだったのは、ただの偶然だというのか？

クカテンは最新のシリーズだけでおよそ一億五〇〇〇万ユーロを稼ぎ出した。しかも、広告収入だけでだ。マーチャンダイジングによる利益は含まれていない。それから会社の株価の上昇分も。ボスはストックオプションだけで、なかなかの金額を追加で稼ぎ出したはずだ。すべては、このまま順調に進んでいたかもしれなかった。来年には遅くとも、やつらはこのゼンゼンブリンクに執行部の席を提供せざるをえなくなっただろう。きわめて単純な、絶対確実な事柄だった。あの低能女はそれを、どうするつもりだ？　自殺行為もいいところだ！

これがどこで終わるかなんて、だれにもわかるもんか！

いや、わからなくない。はっきりとわかる。あれは破滅に終わる。破滅以外で終わりようがない。ルーレットの前に座り、自分の数字が出たら——しかも一度ではなく二度続けて出たら、もう一度すべてを賭けるバカはいない。人はそこで立ち上がり「みなさん、どうもありがとう、以上です！」と言うものだ。だが、あのイカレ女は有り金全部をまたテーブルの上に押し出した。目にもとまらぬ速さで。

パン、パン！　スタートの号砲が鳴り、もうあの女は一五万人のイカレ野郎と一緒に、国境を通り抜けている。あのときこのおれに、これを「世紀の物語」としてボスに売りつける以外の道があったのか？　じゃあおれは、あのとき何と言えばよかったのか？「ハッケンブッシュはもう私の手に負えません。もう彼女をコントロールできません。クカテンはすぐにでも打ち切りにするべきです」

もちろんカメラクルーの撤退は可能ではあったのだ。スターがとち狂ったなどとは言わず、苦界はもうこれで十分だとだけ言えば！　でもそうしたらボスは、「ナデシュ・ハッケンブッシュは一五万人の難民と一緒に徒歩でヨーロッパをめざしている。それに密着しないのか？」と言っただろう。あるいは「われわれはもう現地にいて、独占的にやつらに接近している。なのに番組を打ち切るだと？　ほんとうに頭がおかしくなったか？　明日にでもシャーベさんのところにいってこい。解雇の契約書を用意させておく」と。

そして、その瞬間からゼンゼンブリンクは、世紀の物語を打ち切りにしようとした輩に成り下がる。

ならばカメラクルーを現地に置いておけばいい。だが、あそこで起きていることについて自分たちが基本的に何もわかっていないのだと、知られるわけにはいかない。厳密に言えば現地の連中は、ひとりの大馬鹿が一五万人の難民と一緒に歩き回るのをただ追いかけ、撮っているだけなのだ。たしかに放送局が、魔法の袋のようになることはある。でもそれは、あくまで視聴者に対してだ。魔法の袋を装備する人間は、中に何を入れたのかをもちろんわかっていなくてはならない。そしてこの「ハッケンブッシュ」「一五万人の難民」という魔法の言葉だけで、ボスの次の問いを防ぐのは奇跡に近いほど難しい。だから、次の会議までに答えを用意しておかなくてはいけない。

だから、ゼンゼンブリンク自身がその問いを提示するのだ。この、事前のミーティングの席で。

「では諸君に聞こう。われわれのストーリーは?」

部屋中に当惑が満ちる。何人かはへたくそな字でメモ帳に何か書いている。こういうとき、やつらがひねり出せるアイデアはあきれるほど少ない。普段からして、けっして頭の回転が速い連中だとは言えないのだが。おおかたのやつらはただ視線をそらしている。どれが新入りの放送作家かは、その表情でわかる。まだ少なくとも居心地悪そうにしている連中がそうだ。

「ほら、目を覚ませ! 意見は? われわれのストーリーは?」

「ナデシュ・ハッケンブッシュ」オーラフが疲れたように言う。

「一五万人の難民」アンケが言う。彼女は本質的には頼りになる人物だ。

「それで、あとは何だ……集団レイプか? 刺激的な言葉をただ並べりゃあいいってもんじゃないだろう？　ハッケンブッシュと難民は、前提条件だ。問題は、物語がどんなふうに発展していくかだ」

「そんなことが、われわれにわかるもんですかね？」オーラフがそう言い、机に置かれた皿からチョコナッツを一粒つまむ。「だいたい、物語はまだ始まったばかりなのに」

「ほう。では、われわれは何をするのか？　ただ事態を眺めて、書きとめるのか？」

「ああ、まあ、ジャーナリズムってのは、そういうもんですよね。ジャーナリズム路線は、もうやめるんすか？」

「私は《ジャーナリズム》などと言っていない。《シュライネマーカーズ》とは言ったが」

「その二つに何かちがいがあるのかね？」

そう発言したのは、『ハイジ』に出てくるアルムおんじがスーツを着たような男だ。ゼンゼンブリンクはその顔を覚えようと努力するが、ほかにも一〇人ほどいる《アルムおんじ》はみな似たような顔に見える。総髭が早くまた流行遅れになって、顔を見れば相手の年齢が見てとれるようになってほしいものだと、ゼンゼンブリンクは毎日のように祈っている。

「シュライネマーカーズは自分が何を放送しているのか、ちゃんとわかっていましたよ」ベアテ・カールストライターが助け舟を出す。

「何が問題なのか、みなにはっきり言っておきたい」ゼンゼンブリンクは強い語調で言う。「君たちはおそらく知らないだろうが、私は、番組を続けたいと上の人間に懇請した。そして彼らは、番組を継続できるように、番組表全体を調整した。撮りだめた中からろくでもない映像を流すことは可能なのだが、彼らはそれを受け入れないだろう。すばらしい前提があるからだ。彼らはわれわれに、われわれの部署に、さらにカネを払うという。撮りだめたやつを流すほうが安上がりであってもさて、番組はいつまで続けられると君たちは思うか？」

「視聴率がとれているかぎりは」アルムおんじの兄弟が無遠慮に言う。

「よろしい。では改めて聞くが、視聴率はとれているのか？　ジルヴィー」

「視聴率はともかく高いです。これなら、ニュース番組の時間帯にあえてぶつけるのも不可能ではないほどに」

「だが君は言っていただろう。ポジティブなことばかりではないと」ゼンゼンブリンクはジルヴィーを脱線させまいとする。

「ああ、まあ、そうですね。視聴率が語るのは、どれだけの人間が番組を見ているかという数字だけです。視聴者が満足しているのかどうか、どの程度満足しているのか、なぜそうなのかの原因、そして彼らが何に心を動かされたのかは、視聴率からはわかりません。それについては編集部に、きわめて複雑な反応が寄せられています。ハイヤット、ちょっと説明してくれるかしら？」

ゼンゼンブリンクはいまだに、そのハイヤットというスカーフ頭《あたま》をメンバーに加えたのが良いことなのか否か、わからずにいた。ともかく会議の席でそのスカーフ頭を見るたび、ゼンゼンブリンクはしばしば、スカーフ頭が視覚的にはアルムおんじたちとすばらしく調和しているように思えてしまう。奇妙なことだ。いっぽうは流行の先端を行き、いっぽうは伝統に固執しているのに、ああして一緒にいるとみな、二〇〇〇年も昔の牛飼い村の住民のようにしか見えない。そのスカーフ頭のハイヤットはこれまでの会議ではいつも冷静沈着に、数字を分析している。

「視聴者の反応はかなり好意的です。すばらしい番組だという声が多いです」ハイヤットは言う。「それは以前と同じです。ただ今は、非常に不安定《ヴォラテイル》な状況とも言えます」

ゼンゼンブリンクは食後のデザートでサクランボの種を嚙んでしまったかのように、顔をしかめた。

「だれか、この《不安定《ヴォラテイル》》とはどういう意味かわかるか?」

だれも口を開かない。「不安定《ヴォラテイル》とは、クソということだ」ゼンゼンブリンクがいらいらしたように翻訳する。「明日にでもコケる可能性があるということだ。そんな事態を、われわれは望んでいない。ともあれ、本題に戻ろう。ただし、ドイツ語で頼むよ!」

「視聴者はあくまで、クカテンのファンとしてスタートしています。ですが、彼らは今、揺れています。というのも、クカテンは——特番も含めて——いつでも明らかにポジティブなタッチだっただからです。ナデシュ・ハッケンブッシュが現地に行く。人々に手を貸し、人々を慰め、人々を元気づける。視聴者はこれをすばらしいと感じ、そして番組を見てくれました」

「今もそれは、同じじゃないすか」オーラフが言う。

「それに、ラブストーリーもあるし!」本質的には頼りになるアンケが言う。

「いいえ。同じではありません。これまで『苦界に天使』の視聴者は、すべては最後には丸く収まると予測することができました。いくつか問題があっても、それはいずれ解決されるだろうということです。しかし今、人々は何も解決策を見いだせません。今の事態がどのような結果に終わるのか、人々は確信を持てないのです」

「でもそのおかげで、番組はさらにハラハラするものにならない?」

「そうとも言えますが、でも、満足感は薄れます」

「じゃあ、おれたちが難民問題を解決するとでも?」

「私にわかるのはただ、議論がたいへん盛り上がっているということです」ハイヤットは強く言う。

「電話は引きも切らずにかかってきています。もちろん一般的な質問の電話もありますが、寄付をしたいという声がとても多いのです。どこに、とか、何のためにということはみなさん、特に知りたいと思っていないようです。ですが問題は、人々がいっぽうで困惑していることです。われわれがどんなストーリーを語ろうとしているのかが、まるでわからないせいで」

「話さえ良ければ、どうでもいいんじゃないすか」オーラフがにやにや笑いながら言う。

「今はそれでもいいでしょう。ですが、長期的にはこれは、局にとって危険な要素になります。もしこのままクカテンの放送を続けるなら、私はぜひ局が、どこから攻められてもビクともしないような明確な立ち位置を確保すべきだと考えます。そうしなければきっとわれわれは、他局によってどこかの引き出しに押し込まれ、二度と出られなくなります」

ゼンゼンブリンクは、スカーフ頭の口からこれだけの話が出てきたことに驚く。ずいぶん思い切った発言だが、たしかに状況を正確に言い当てている。

「その引き出しには、われわれの広告主も入るのはごめんだと言うだろうな」ゼンゼンブリンクは先の発言に、上司としての重みをいくばくか付け加えようとする。

「それは単に、作品によるんじゃないすか」オーラフが言う。「人々にはっきり言えばいいんですよ。うちらが語るのは新しい形の物語なのだと。いわば、筋書きのないドキュソープなのだと」

「『コッホプロフィ』〔数人の男性料理人が売れないレストランに出向き、改善していくドキュメント〕みたいなものだな。あるひとつの関心事付きの」アルムおんじが言う。

「『コッホプロフィ』のカッツェンベルガーは結婚した。ハッケンブッシュは難民キャラバンを始めた」

「そして黒人《ニガー》と寝た！」

「ヒューヒュー！」

　ゼンゼンブリンクは手のひらで机をバンバンと叩く。スカーフ頭が深く息を吸うのが見える。彼女は問われなければ話そうとしない。ゼンゼンブリンクは、支持するようなしぐさで話をうながす。自分が口を出すよりそのほうがいいはずだ。スカーフ頭はどうやらこの件について自分の意見をもっているらしい。ゼンゼンブリンクだってもし意見があれば、いくらでも出したいところなのだが。

「ドキュメントとは、そこで起きていることを映像におさめたものです。ですが、きつい言い方をすれば、今回の場合、すべてを引き起こしたのは私たちです。こんなふうに言うこともできます。これらすべてのアクションが起きたのは、そもそも、私たちがカメラを持って現地にいるからです」スカーフ頭ことハイヤットはいらいらしたように言う。反応が何も返ってこないので、彼女は腹立たしげに付け加える。「視聴者は『もしかしたら死者が出るかも』とまで予測するでしょう。死ですよ！　私たちが・カメラを持って・あそこにいる・**そのせいで！**」

「まあ、まあ。おれはそんなふうには思わんよ」ゼンゼンブリンクが制止するように言う。「だが、たしかにハイヤットさんの言うことには一理がある。悪意のある捻じ曲げ方は、やろうと思えばいくらでもできる。ここで改めて、みなのために確認しておく。われわれが今あるような難しい状況に陥ったのは、きわめてまれな事態が連鎖して起きたためだ。そして特筆すべきは、われわれが自身の責任をがっつり引き受けてきたことだ。放送局はふつう、そんなことはしない。だが――われわれには局に対する責任というものもある」

　ゼンゼンブリンクはめまぐるしく考える。今ここで必要なのは、架け橋になる何かだ。彼の考えている方策――あるいはそのようなもの――に、強くみんなを押し出してくれる何かだ。ああ、何かひとつでもこのおれにアイデアがあったなら。

「どういう意味でしょう？」本質的には頼りになるアンケが言う。

「それは」ゼンゼンブリンクは言う。「それは……私が言いたいのは、これが大きな実験だということを、われわれはみな承知していたということだ。だからわれわれはナデシュに、引き続き現地にとどまってほしいと頼んだ。そして彼女をなんとか説得した！　だが――先ほどオーラフがいみじくも言ったように――ものごとがどう展開するかは、われわれにはわからない。ものごとは、こう言ってはなんだが、あまり美しくないほうに進む可能性もある。あそこでは、この先死人が出るかもしれない。あるいは、事態が非常にろくでもないほうに進めば、たくさんの人間が死ぬかもしれない。だから、われわれは、その……」ゼンゼンブリンクは言いよどむ。最初の子どもの遺体の写真が突然画面に映し出されたら社長が何と言うかと思うと、激しい悪寒がしそうだった。

「だから、われわれは、視聴率のために難民を犠牲にするような局であってはならない」カールストライターがゼンゼンブリンクの文章を結ぶ。「そして、私たちには……ポジションが必要です。私たちが直接かかわりをもつことなく、しかし、出来事を物語ることのできる、そんなポジションが」

「ありていに言えばそういうことだが」ゼンゼンブリンクが言う。「こんなふうに考えてはどうかな。いちばんまずいのは、われわれが巨大な『マイＴＶ・逃走援助局』のように見られてしまうことだと」

「そうなると、問題はナデシュですね」オーラフがあっさりと言う。

「どうしてそうなる？」

「だってほら、彼女が現地にいなけりゃうちらだっていないわけだし。どこかで終わりになるんだってのは、最初からいわば織り込みずみだったわけで。だから、単に最終回を放送して、ナデシュをこっちに帰らせれば、何も問題はないんじゃないすかね」

「では、ナデシュを帰らせますか」カールストライターがため息をつく。「そんなに難しいことではないでしょう。最初は彼女だって、さほど乗り気ではなかったのだし」

思惑とちがう方向に話が進んでいる、とゼンゼンブリンクは思う。「それは……われわれの第一の選択肢では、ないのではないかな」ゼンゼンブリンクは言う。「われわれは会社の数字のことや、広告主のことも考えなければ。そしてもちろん、人々のことも」

「広告主も、人間ですよね？」オーラフが嫌味を言う。

「このために課長が奔走されたことは、わかっています」本質的には頼りになるアンケが言う。「ですが、ご自身がもともとおっしゃっていたではないですか。リスクは非常に高いのだと」

「それでも、今この仕事から降りることはできない」ゼンゼンブリンクは言う。今度はきっぱりした声に聞こえたはずだ。いい根拠が思い浮かんだのだ。「先ほどハイヤットが言ったように、なにもかも、われわれのカメラがある**せい**で起きたのだと考える人々はいるかもしれない――。だが、われわれがあそこからカメラを引きあげたら、逆に人々はわれわれを非難するかもしれない。カメラと、さらに」ここでゼンゼンブリンクは小さく間を開ける。「希望までもが失われるからだ。われわれは、人々を見捨てたことになってしまう。われわれと、そしてすべての視聴者が」

「まあ、視聴者はこれからも、寄付だのなんだのはできますがね」アルムおんじが言った。

「私たちを通じてはできませんよ」ベアテ・カールストライターが首を横に振る。

「よそではそういうことを、やっているじゃないですか」

「ええ、キャンプにとどまっている難民に対してはね。それはいつでも問題になりません。でも、私たちのところを目ざしてくる人々のために、寄付はできません。それをしたら私たちは実質的に、逃亡斡旋人と同じ穴のムジナになってしまいますから」

「いいえ、ちょっと待ってください」本質的には頼りになるアンケが反論する。「斡旋人はお金をとるけど、私たちはとらないでしょう！」

「でもやっぱり、それはまずいだろう」ゼンゼンブリンクがぶっきらぼうに言う。「考えてもみたまえ！　マイTVが一五万人の難民をドイツまで連れてくるなんて、完全に法にふれる行為じゃないか！　現実的な提案を出せるやつはだれかいないのか？　まったく、うちの面々《メンメン》は！」

「メンシェン・フュア・メンシェン」スカーフ頭が唐突に言う。

「なんだって？」

「メンシェン・フュア・メンシェン、人から人へですよ」スカーフ頭は繰り返す。「覚えていませんか？」

「ああ、あの？」

「シシーの映画に出ていた、あの？」

「彼はアフリカの人々を救う活動もしていたんです。最初は人気テレビ番組『賭けてもいいの？』で賭けをして、お金を集めて、それでアフリカで人助けを」

「カールハインツ・ベーム！」オーラフが口走る。「思い出した！」

「ほう。それで、それがわれわれと何の関係が？」

「あのやり方を、借用するんです」スカーフ頭は言う。「そうなると、ハッケンブッシュを帰らせる必要はなくなります」

ゼンゼンブリンクは、ほかの面々の顔を見る。みな彼と同じように、何が「そうなると」なのかを必死に考えているらしい。

「そうすれば」スカーフ頭は、今度はいささか心もとなげに言った。「アクションを起こすのはわれわれではないことになります。われわれは引き続き、あちらの出来事をごく普通に報道することができます……」

「ナデシュ・ハッケンブッシュがお金を集めれば、ということ？」ベアテ・カールストライターがゆっくりと、スカーフ頭の話をさえぎる。

「そうか！」オーラフが言う。「そうだよ。話をそういうふうに進めればいい。われわれはごくふつうにドキュメンタリーを撮って、いっぽうで、ナデシュがそのアイデアを思いついたのだと……」

「ナデシュは難民と歩き出す。そして、寄付の申し出は彼女のところに行く」本質的には頼りになるアンケも、ようやく事態を理解する。

「もちろんそれは、局とは何もかかわりがないように仕組まなければならないわね」カールストライターが書き留める。「われわれは、出来事を報道するテレビチームにすぎない。ほかの局と同じように……」

「いや、ちがいがあるだろう。われわれは常に、主要人物にいちばんアクセスしやすい位置にいる」ゼンゼンブリンクが強調する。

ゼンゼンブリンクは安堵して後ろに寄りかかる。ゼンゼンブリンクはスカーフ頭に好意的なまなざしを向け、微笑みかける。これで、次の会議にボスに何を提案するか、準備ができた。「ボス、女版カールハインツ・ベームの路線で行きましょう」

第21章

カルロの店は悪くない。カルロは、なれなれしいイタリア野郎とは違う。歌も歌わないし、気安く呼びかけたりもしない。グラッパのサービスもしない。店の壁には、発泡スチロールみたいな散歩道の描きこまれた、四歳児が描いたようなリアルト橋の絵も架けられていない。サッカー観戦用のテレビもないし、暖炉もない。石窯オーブンで焼いたピザも出ない。

カルロはいいやつだ。親しい客には、専用のスライサーでトリュフを気前よく削りとり、皿に載せる。毎食ごとに。それはいいのだが、基本的にトリュフはパルメザンチーズが昔そうだったように、味のわかる人間のためのものだ。事務次官はそれほどトリュフを好まない。あの香りにはなかなか慣れない。ちょっとニンニクのようでもあるが、口臭を思わせる妙にマイルドで、玉ねぎにも似たあの匂いは、パートナーならなんとか我慢できる程度だ。もちろん、評価に長い時間がかかるものはある。オリーブや白ビールもレッドブルも、すぐには好きになれなかった。そんなわけで、事務次官が食欲なさそうにサラダを突きまわしているのは、けっしてカルロのせいではない。

「昨日見たか？　彼女の例の番組をさ」ロームがたずねてくる。

ロームは事務次官の向かいの席に座って、パスタの皿をほぼ空にしている。

「言うな！」サラダではなくスープだけをとるべきだったかも、と事務次官は思う。だがあいにくカルロのところでは、スープにほとんどいつも味がしない。「あの女は頭の回路が決定的にどうかしているよ」

「わからんさ。あれはなかなか笑えるよ。でも正直に言うと、どうも最近はカールハインツ・ベーム路線にいきそうな気配だね」

「カールハインツ・ベーム！」事務次官は吐き出すようにその名を口にする。「本気か？　カールハインツ・ベームはたぶん、頭がどうかしていたんだぜ」

「かもしれないが、ともかくさ。よりによってハッケンブッシュみたいなやつが、ああいうことをやるとはね」

「ともかく見ろよ、とんでもない事態になるぞ」

「でも、わくわくするじゃないか。あんなことをふつうの人間はまずやらない。ああいう類のことを実現させたければ、ぶっとんだやつが必要だってことだ」

「おまえだって、ふつうじゃないだろう」

「ほかにだれが？」

「わかるだろう。長老だよ。馬鹿げた話さ。カッサンドラの予言だ」

「悲観的な予言」ロームが言い直す。

「悲観的な予言。カッサンドラの予言。どこがちがう?」

「カッサンドラは結果的に正しかった。だが、ロイベルだってこれまでのところ、そんなにまちがっていたわけじゃない。そうだろ?」

事務次官はサラダを完全に脇に押しやる。ロームは問いかけるように事務次官を見つめたが、何も反応がないので、皿を無感動に自分のほうに引き寄せた。「おまえの上司は正しく理解していたんだ。この先、状況をコントロールするのは難しくなるだろうと」

ロームがフォークで人参の薄切りを追いまわすのを、事務次官はじっと見つめた。

「まあな。おかしくなったやつらをコントロールするのは、いつだって難しいよ。馬鹿につける薬はないさ」

「同感だ」ロームが人参をポリポリと噛む。

「最後は人道上の大惨事になるぜ!」

「それはひどいことか?」ロームが今度は、チェリートマトをフォークで狙う。

「どういう意味だ?」

「だってさ」ロームは言う。トマトがフォークからころころと逃げる。ロームはそれを指でつまみ、満足げに口に押し込む。「そもそも、人道上の大惨事が起きたから、こんなことになっているのに」

事務次官はしばし考える。

「もっとひどいことも起こりうるさ。そしてそれは、彼ら自身にとっても良いことではないかもしれない。想像してみろよ。数十万人が砂漠を歩いているんだ。何の計画もなしに!」

「たぶん、計画のひとつくらいはあるだろうよ」

「やけにからむんだな」

「いや。だが、いったいなぜ一〇万の人間が無計画に砂漠を歩く？」

「おれは神か？　なぜ突然陸のそばを泳ぎだしたのかとクジラに聞いても、やつらはだれも答えられまいよ」

「だが、彼らはクジラではない」

「じゃあ、集団ヒステリーとか何かじゃないか」

「そうだろうか？　やつらは命を危険にさらしているんだぜ。高いリスクを引き受けようという人間もちろんいるだろう。でも、一〇万人の人間がみな、そうするわけはない」

事務次官はいらいらしながら息を吸い、いらいらしながら息を吐いた。「わかったよ。おまえの言う通りあれは集団ヒステリーではないとしよう。ならばいったい、どういう計画に見える？」

「皆目わからん。おれに聞くなよ。おれにわかるのは、やつらがクジラではないってことくらいだ」

事務次官はむっつりと押し黙る。ウェイターの視線をとらえた彼は、エスプレッソを二杯注文する。ロームは、口からあふれているサラダの葉っぱを、驚きの器用さで中に押し込む。エスプレッソが来る。事務次官は砂糖を入れないまま、スプーンをぐるぐるかき回している。

「わかったよ。じゃあ、なにか計画があるのだとしよう。それはいったい、どんなふうに機能するのか？」

ロームは咀嚼しながら何かを考えていた。「一五万人だって？　多すぎやしないか。ありえない」

「たぶん誇張はしているだろうな」事務次官は考えながら言う。「だが、とりあえず一五万人と仮定しよう。まず、技術的な援助団体のところに行って、一五万人を多少なりとも世話するには何が必要なのかを聞くんだな。それからあっちでストリートパーティなんかをするとき、どれくらい基本的なコストがかかるのかも調べる」

「やつらはきっと、たいしたものがなくてもうまくやれるのさ。聞いたところでは、あっちではそういう催しはそんなに多くない。警備なんてなくても平気なんだろう」

「そうは言っても」事務次官がいらいらしたように言葉をはさんだ。「最低限のものは、いるだろう？　だれもが必要とする何かが？」

「水とか？」

「その通り。でも、飲料用のしか考えてないだろう。体を洗うためにも水はいるぜ。となると、各自が毎日一〇リットルの水を必要とする。全部あわせると一五〇万リットルだ」

「それって、たくさんなのか？　じっさいのところ、一台のタンクローリーにはどれだけ水が入るんだ？」

「五〇万？」

「ひとつのバスタブにはだいたい一二〇リットルの水が入るはずだよ」

「じゃあ、一台のタンクローリーにバスタブいくつぶんの水が入る？」

ロームはフォークを脇において、アイフォーンを引っ張り出す。そして何かを打ち込み、読みあげる。

「一台のタンクローリーにはおよそ二万から四万リットルの水が入る」

「オーケー。じゃあ三万リットルで計算しよう。一五〇万÷三万＝五〇。五〇台のタンクローリーが必要だ」

「何とかなりそうな数字だな」

「だが、これは一度きりではすまない。毎日だ。そしてそのためには車だけでなく運転手もいる。二週間続ければ終わりになるってわけでもない。あれだけの距離を踏破するなら、数年は面倒を見てやらなくてはならない」

「ふーん。こうして、トンデモ企業のもとで確かな雇用が生まれるわけか」

事務次官はじろりとロームをにらむ。

「そんな目をするな。これですべてうまくいくなんて、おれも言わない。さっきも言ったが、やつらには何も計画はないんだ。だが、喉の渇きで連中がばたばた死ぬことがないよう気遣う人間が出てくるだろうって理由は、五分も頭をひねらずともわかるだろうよ。話は水の輸送だけにとどまらない。彼らだってもちろんなにかを食べなくてはならないはずだ」

「ああ、だが料理はできないさ。問題外だ。野戦用炊事車の用意はないだろうし、それに、たきぎやキャンプ用のコンロを一五万人ぶん準備するのも無理だ」

「水はなんとかなる。でも食べ物はだめだと？」

「これはドイツ連邦軍じゃないんだぜ！　ビーチサンダルを履いた阿呆の集まりだ。悪いがそれが現実なんだ！」

「じゃあ、万事オーケーじゃないか」

「そのとおり」

「やつらは浜にあがったクジラみたいにくたばるな」

「そのとおり。ひどい話だ」

「まったくだ。ひどすぎる」

「意見が一致したな」

事務次官はエスプレッソのカップをぐっと傾ける。ロームは用心深く、ちびちびと啜る。事務次官は前に何かの本で、シュナップスをあけるようにエスプレッソを飲んではいけないと読んだことがある。でも事務次官はこれまでに、シュナップスのようにエスプレッソを飲むイタリア人を何人も見てきた。いったいだれを信じればいい？

「食べものの件は、**ひとつ**の問題でしかない。これまでのところ斡旋人とのちがいは、斡旋人に頼めば早く着くことだ。道路と砂漠以外に何もない一帯をトラックに乗って通り抜けられるからな。だが言うまでもないが、あの連中にそれはできない。彼らはあの距離を、すべて徒歩で移動しなければならない」事務次官は畳みかけるように言う。「なんのインフラもない一帯だ。村もない。何もない。そんな場所を彼らは、ガラクタをぜんぶ背負って移動しなければいけない。『あいつらなら平気だ』と疑わないやつは、人種差別主義者だな。アメリカ人だって、こんな無茶はまずできっこない」

「そうかもな」

「考えてもみろよ！　一五万人。前代未聞だ！　イラクに侵攻した米軍の数と同じなんて」

「わかった、わかった。もういいよ。おまえの勝ちだ」

事務次官は自分の椅子にどっと倒れこむ。

「やれやれ。もう少しでキレちまうところだったよ」

「そうか」ロームが言う。「でもまだ、《絵》の問題があるだろう」

「何のだって？」

「《絵》だよ！　しっかりしろよ。問題は兵站だけではないだろ？」

事務次官は一瞬ピクッとする。たしかにその通りだ。

「やつらはそのへんで野垂れ死ぬような、難民の群れではないぜ」ロームが言う。「専用のテレビ番組を背負った難民の群れだ。司会をするのはナデシュ・ハッケンブッシュ。その番組は、連日ろくでもないメロドラマを蹴散らしている」

「でも行列はじきに……」

「そうだな。あそこではきっと人が死ぬ。のどが渇いて死ぬ。そうしたらあのセクシー女は例のハンサムで賢い難民君に抱きつき、涙を流したりするんだろう——そしてそれは全部お芝居じゃない、現実のことなんだ。それでもおまえは番組が終わりになるほうに賭けるか？　おれは反対だね。五対一の確率で」

事務次官は身じろぎひとつしない。

「言っておくがな、やつらはうまくやれば、十分な数の視聴者以上のものを手に入れる。すべての視聴者を手に入れるんだ。センセーションが好きなやつらも、同情タイプの人々も。人々を熱狂させるという意味では、ナチスみたいなものだな。なぜ熱狂するのかというと、あまりにふつうとちがっているからだ。ナデシュ・ハッケンブッシュは、撮影が終わった途端にだれかから水を差しだされるようなそこらのスター・レポーターとはわけがちがう……」

「彼らがうまくやったら……」

「なあ、考えてみるとあれは、現実に死者が出る可能性のある『ジャングルキャンプ』みたいなものだな。ナデシュ・ハッケンブッシュは生命の危険にさらされている。ちょっとでもまちがったことなんて、できるわけがない」

「おまえはなんだか、おもしろそうにしているな、ちがうか？」

「なにを言いたい？　おれはまだ、緑の党にいるんだぜ。おれたちだっていろいろクソをやらかしたが、封鎖は解決だなんて、おれたちはこれまでに一度も信じたことがない」

「一五万の人間が死に向かって行進している。そして、おまえが考えているのはこういうことだろう。『言ったじゃないか。今の善人は昔ほど善人でないと』」

　ロームは口をつぐむ。事務次官も。事務次官はロームの考えを推しはかっていた。彼にはもちろんわかっている。誇大広告は何年も持たない。でも、人々の心に根づいた関心はそうではない。ナデシュ・ハッケンブッシュが難民キャンプでの最初の放送で何に手を届かせたのか、事務次官は理解した。

「彼女は難民たちに、顔を与えたんだ」

「なんだって？」

「彼女は難民に、顔を与えようとしている」事務次官は陰鬱な声で言う。「そうしたら、もう終わりだ。人々は難民問題をもう、冷静に見ることができなくなる」

「冷静に見ることができたときなんてあったのか？」

「じゃあ、おれらは難民のファンと生粋のナチスらのあいだで、粉々にされるな」事務次官は頭を振る。

「だめだ、すべては結局あのイカレ女のせいだ。やつを何とかしてあそこから立ち去らせなければ」

「良いアイデアだ。あっさりどこかに退散してくれそうな人物がいるとしたら、それはおそらくハッケンブッシュだろうよ」

「もっと良い提案が何かあるのか？」

「もちろんさ。事故のように見せかける」

「おい、それは冗談にならないだろう！」事務次官は絶望的な目でロームを見る。ロームは「いいことを教えてやろうか？」と言う。もうからかうような口調ではない。

「なんだよ？」事務次官が言う。

「決断を下すのは、おまえじゃない。究極的に言えば、今のところそれは外務省の管轄だ。あるいはおまえの上司が決断することだ。いずれにせよ、おまえではない」

ときどき事務次官は、ロームがうらやましくなる。ものごとをあっさり心の奥に押しやったり、先のばしにしたりするその能力が。まるで何事もなかったかのように、あっさり自分の仕事に戻るその能力が。アメリカ人がトランプを選んだときも、そうだった。ＮＡＴＯは疑問視され、世界の秩序全体が疑問視された。だが、そんなときもロームは環境にまつわる自分の仕事を、以前となにも重要度が変わらぬように、淡々とこなしていた。まるで、アメリカが環境保護にもう参加しない世界においても、カメを助けるのと轢き殺すのとではなにがしかのちがいがあるかのように。だが彼は必要とあれば、己の地平をあっさり環境省まで狭めたりもするし、週末のバーベキューパーティーにも参加する。そしてそういうことを秘密にしない。ロームの信条はこうだ。「この世界には日々、クソが生み出され、増大していく。そしてそれはどこかの時点で山になる。おれの仕事はそれを消すことではない。おれの仕事はクソの山をここにではなく、どこか別の場所につくらせることだ。今日ではなく、いつかもっと先につくらせることだ。それが、おれのやっていることだ。おれはリンゴの木を植えたりしない。おれはクソの山をここではないどこかに、そして今日ではないいつかに移動させているだけだ」

「でも、どうにもならなくなったらどうする？　クソの山が明日ここに出現するのを防げなくなったら？」いつか事務次官はロームにたずねたことがある。

「そうなったら明日にでも、どこかにずらかるよ」

そんなことは事務次官にはできない。ロームと同じ悲観を事務次官も基本的にはしっかり持ちあわせてはいる。でも自分は継ぎ当てのような仕事を憎んでいる。そんな手段に手を伸ばしたら、敗北だとさえ思っている。だからこそ自分は、大きくて抜本的で決然とした解決を好むロイベルを尊敬しているし、そういう解決のために大勢の人間を組織するのは意味があると思っている。でもここには、どれだけ目を凝らしても解決策が見あたらない。

事務次官は、外務省の仲間を信用していない。彼らに問題を解決などできっこない。そのいっぽうで、明日にでももっとたくさんの愚かなテレビクルーたちが、「いざとなれば外務省が守ってくれる」という安心を胸に、どこかの危険地帯に飛び込んでいくかもしれないのだ。唯一の希望は、地理的な距離だ。一五万の人間を何か月も、あるいは何年にもわたって世話し、コーディネートするのは並大抵のことではない。事態は自然に消滅し、すべては元通りになる可能性もある。だが、そういう流れを事務次官は憎んでいる。何も計画できず、何も決断できず、ただ時が来るのを待っているのは、事務次官がいちばん苦手とするところだ。それを認めるのは――そして今、正しい解決策を見つけられる人間は確実に大臣のポストを手にするだろうと認めるのは、事務次官にとっていちばん嬉しくないことだった。

愛のために一万キロの道のりを

ナデシュ・ハッケンブッシュとライオネル：メガスターが大きな決断。いまや一五万人の運命は、若き幸福の成功にかかっている。

アストリッド・フォン・ロエル

だれもが知っている物語『醜いアヒルの子』では、醜いアヒルの子は最後に瀕死の白鳥になる。だが、今回はすべてが異なる。白鳥は死なず、アヒルは醜くない。これはすべてをかけて自身の愛に突き進み、それによって世界の人々の心をとらえた、若く強い女性の物語だ。まったく新しい自分を発見し、過去にどんな女性も夢見たことのない夢をついに叶える女性の物語だ。この夢を現実にしたナデシュ・ハッケンブッシュは、夫と決別し、生涯で一度だけ出会う真の恋人とともにヨーロッパへ向かっている。徒歩で。だれの助けも借りずに。一五万人の難民とともに。

道のりは一万キロメートル。彼らは、生きる権利のために歩く。わずかな希望という権利のために、そして、ささやかな幸せを得る権利のために歩く。危険に満ちた行進であり、旅の終わりに何があるかはだれにもわからない。耐えがたいほどの不安と不確実さがそこにはある。

数週間前に人々が知っていたナデシュ・ハッケンブッシュは、もうそこにいない。私が訪れたとき、長く柔らかいその髪はあっさりひとつに束ねられていた。すらりと長い脚はベージュ色の武骨なトレッキング用パンツ（ブラックダイヤモンド製）に包まれ、マムート社のソフトシェルジャケットの下には簡素な青のメリノTシャツがのぞいている。まったく飾り気のない出で立ちだ。彼女のほっそりした手を私が驚いて見つめているのに気づくと、ナデシュは笑って言う。「ええ、そうよ。マニキュアを塗っていないの。八週間前の私なら想像もできなかったでしょうけど。でも生きていれば、こんなにあっというまにすべてが変化してしまうことがある。あなた、信じられないのね。そうでしょう？　私だって自分で信じられないくらいだもの！」

彼女の心の目には、ここ数日間の出来事の鮮やかな記憶が、まるで映画の回想シーンのように次々浮かんでは消えているのだろう。ナデシュ・ハッケンブッシュが、長年連れそったニコライ・フォン・クラーケンとの別離を番組で発表してから、まだ四八時間もたっていない。心ないうわさが飛び交い、「このハッケンブッシュ・クライシスのおかげで番組はあと二、三日は引き延ばされる」という憶測も声高にささやかれた。だが番組の最終回として予告されていた日、ナデシュはさらなる報告によって視聴者を驚かせた。息をつめて見守る世界の人々に向けて、彼女はある告白をした。ドイツに戻る。ただしひとりでではない、と。

「これは自然の帰結なの」スター司会者のナデシュは言う。「私の中の声が、こんなことはもう続けられないと言ったのよ」その声は、ナデシュの魂の声にほかならない。なぜなら別離の原因は——本誌『イヴァンジェリーネ』の読者は一般の人々より早く予測していただろうが——彼女の驚くべき新しいパートナー、ライオネルにあるからだ。「難民キャンプの要」と人々に呼ばれている決然たる博愛主義者、そしてアフリカの若きガンジーとも言うべきこの青年は、心のこもった誠実さと清廉な正直さによって全ドイツをまたたくまに虜にした。ナデシュを知らない人間にとっては突然の夏の情事に見えるかもしれないこのロマンスは、特別な人間との、**魔法の火花が舞い散るような出会い**だった。彼は、この上なく悲惨で稀有な運命を背負った稀有な人物だ。よるべない人々にたゆまず助けの手を差し伸べるこの青年は、異国に生まれた異国人であり、ドイツへの道は今なお彼には閉ざされている。

こうした非情が彼女の中に、あるいは彼女の上にいかに作用したか、そして彼女に何をもたらしたかは、ナデシュの顔を見れば一目瞭然だ。眉間に加わった小さな皺がそれだ。その皺はナデシュの若々しい顔に不似合いな老成をもたらしている。憂悶と怒りから生まれた老成だ。ナデシュは、女としての怒りをあらわにする。女は役所ではないのだ。彼女は常に、人間がなさなければならないことだけでなく、人間が必要としているものを見つめている。「男が作った法を変えることは、私にはできないわ」ナデシュは気丈にそう言いながら、一筋のおくれ毛を耳の後ろにさっとかける。「でも、法がもたらした非人間的な結果に対して、戦いを挑むことはできる。そしてそれを私は今、ライオネルのかたわらで行っている。ここの人々が、今だれよりも必要としている彼のそばで」

言葉に出したわけではないが、彼女ははっきり語っている。ここでは法という碾き臼が、偉大な愛の粉を醜い団子に変えているのだと。なぜなら、謎めいたやさしい瞳をもつ、美しくてすらりとした希望の運び手を必要としているのは、キャンプの人々だけではないからだ。ナデシュの中の《女》はライオネルの楽観を、はかない花のように強く求めている。全欧のスーパースターである彼女が自身の欲求を犠牲にして——《天使》の背後にいる《女》を否定して——人々に尽くすさまは、感動的だ。恋に落ちたばかりの若い二人が率いる行列は、あまりに危険な道を進んでいく。そして、この印象的な行列に世界から視線が注がれている今、ナデシュは自分の個人的欲求をあえて二の次にしているのだ。「やらなきゃならないことが本当にたくさんあるの。二人でいる時間なんてほとんどないわ」とナデシュは言う。だが、彼女を長く知る人間は、そのきっぱりとした声の陰に静かな震えを聞きとる。それは、この数日間あるいは数時間の出来事が、ナデシュ・ハッケンブッシュをどれだけ消耗させたかを物語っている。というのも、ライオネルが人々に信頼されているとはいえ、ここではナデシュ本人の行動力なしには何もことは運ばないのが現状だからだ。

今は人助けが最優先であるのはもちろんだが、彼女が常に背負っている重荷を考えると、ナデシュの心の内に思いをはせずにいられない。強い感情や深い思いを、巨大なストレスの中で抑え込んでいるのは危険だ。だからこそ今、このアフリカの埃っぽい熱波の中でわれわれは彼女に、数百万人のドイツ人の心を占めている質問をあえて投じてみたい。

ニコライ・フォン・クラーケンとの仲はどうなっているのか？

「ニコライには申し訳ないけれど」ナデシュは静かに言いながら、額の汗を前腕でぬぐう。「でも彼だってわかっていたはず。私たち二人の仲が永遠ではないことを。彼には私ではないだれかが必要なの。彼自身がまだ子どももみたいな人だから。たしかに、私の子どもを自分の子どもとして受け入れてくれたことで、彼はいくらか大人になった。でも、私がこの数か月間で経験したことは、私を人間的に大きく成長させた。そして、ニコライとの距離は前よりもずっと広がった。ひきかえ、**ライオネルは飢餓をその目で見た人間**であり、この大陸で生きてきた人間なの。アフリカは美しいけれど、残酷なところよ。虎もいれば、毒ヘビもいる」

ところで、ナデシュの二人の息子はどうなっているのだろう？　万引き行為がようやく過去のものになったばかりのキールは？　そして、ザンクト・ツヴェレンツ私立ギムナジウムの受験を控えた重要な時期のミンスは？　彼女は二人の息子から必要とされていないのだろうか？　ナデシュ・ハッケンブッシュは母親ならではのやりかたで、じっと涙をこらえている。質問に答えるのが難しいと感じたのだろう。人生にはまれに、母親の義務と愛情を後回しにしなければならない瞬間があるる。彼女にとっては、今がそのときなのだ。なぜならば、ナデシュ・ハッケンブッシュは知っているからだ。愛の力がなければ、天使も人を助けることができない。彼女とライオネルが永続的に関係を保つことができなければ、一五万の人々は正しい道を選びとれなくなるかもしれないのだ。

　これは単なる恋愛ではない。おそらく、世界でいちばん重要な恋愛だ。

第22章

おれがすべてをとりしきらなければならないのか、とライオネルはひとりごつ。マッハムードはじっさい、何もわかっていない。本当は、おれはこう思っていたのだ。やつは信頼できる男だから、水や食べ物の管理を任せられるだろう。やつはただ、みんながきちんとカネを払ったか、水や食べ物はきちんと届いているかを管理すればいいだけなのだ。あと、手伝いをする人間の手配も。すべてはあっというまに進んだ。もちろん、マッハムードが「おれを、水と食べ物の海軍大将《アドミラル》に任命するのか？」と質問してきたとき、もう少しその役割について考えることもできたはずだ。でもあのときは、厄介ごとから解放されてほっとしていた。それにぶっちゃけた話、やつ以外のだれに頼めばよかった？　知り合いには残らずすべてあたってみた。もちろん、どうしようもない阿呆は除外したが――。マッハムードについていろいろ言うことはできるが、ともかくやつは馬鹿ではない。人間が突然何によって分別を失うかなんて、わかりっこない。女のせいかもしれない。カネかもしれない。そしてマッハムードの場合のように、官職かもしれない。おかげでおれはいっこうに厄介ごとから解放されずにいる。というのもあれ以来マッハムードは、アドミラル・マッハムード専用のどんなバッジをつくるべきかと、それればかりを考えているのだ。古い軍帽はもうどこからか調達してきたらしい。どこからかは、神のみぞ知る。そしてTシャツの肩に縫いつけられた肩章は、いったいどこから来たのだろう？

だいたい、なんて馬鹿げた肩書だろう？　水と食べ物の海軍大将《アドミラル》だって？　いったいそれはどこから来たんだ？　やつは海軍にいたことなんか一度もない。泳ぎだって、ワニに襲われそうになったら必死に犬かきをする程度だろう。

そんなわけで、結局おれの肩の荷はおりやしない。ありがたいことに、ヒエラルキーは少なくとも半分くらいは機能している。もともと斡旋人として働いていたやつらは、どうすれば人々をすばやくコントロールできるか、カネを払わない連中をどう扱えばいいかをよく心得ている。だが、それ以上の多くを求めることはできない。おれはあれこれ苦労して、すべてのトラックに一名か二名の人間を割り振った。みんなおれの知りあいで、なんとかまともに働いてくれそうな連中だ。なにか問題が起これば、やつらから報告が来る。マライカは、彼女のピンク色の車から一台を貸してくれた。運転手と一緒にそれに乗れば、行列の中の、助けが必要な場所にすっとんでいける。目的地までは三〇分くらいかかることもある。そして携帯は三〇分間何も受信しないことがしばしばあるので、移動のあいだはだいたい眠っていられる。

「着いたぞ！」

「ん？」

「トラック29だよ！」

ライオネルは湿った手で目をこする。犬に顔を舐められたときのようにいくぶん気分がさっぱりした。

腫れぼったい瞼を無理やりこじあけ、車から外に出る。そしてあたりを見回す。人々が車を取り囲み、顔を輝かせてこっちを見ている。子どもらは笑い、歓声を上げる。まるですぐに彼から抱き上げてもらえるかのように。こういうときライオネルは、マライカがどこからあのエネルギーを得ているのか、あの尽きせぬエネルギーがどこから湧いてくるのか、わかる気がする。あの疲れを知らぬ働きぶりは、信じがたいほどだ。でも、善良な妖精のようにあたりを動き回り、水や薬やあの不思議な道具——ヨーロッパの女はあの変な道具を、鋤をつけられた雄牛みたいに胸につけるのだという——を配り歩いたりするのと、こうしてクソみたいな面倒ごとをぜんぶ引き受けなければならないのとでは、大きなちがいがある。

ライオネルは前輪のフェンダーの下に足を押し込む。そして老人のようなうめき声を上げながら、体をぐっと引っ張り上げる。あたりのようすをよく見るためだ。子どもらの後ろにいたオルマがライオネルに手を振り、人ごみをかき分けながらこっちに近づいてくる。

「あんたと話をしたがっているやつらがいる」

「またかよ！　追っ払っておけと言っておいただろう！　どうせやつらが言うのはいつも同じなんだ」

「いいや。今度はちがうと言っている」

「それを信じたのか、オルマ？　まったく！　大昔からの決まり文句に決まっているさ！」

三人の人影が近づいてくる。男のひとりは背が高く、年齢は三〇代の後半くらい。もうひとりの男は眼鏡をかけている。女は見るからに、不快な声でわめきたてそうなタイプだ。背の高い男が何かを言おうとするが、女から脇に押しやられる。

「私らは何のために五ドルを払っているのよ？」女が言う。

やっぱり。また同じ文句だ。ちがうのは声のトーンだけ。今日の女は、ほかの女よりも早口で、ふつうよりも甲高い声だ。すごく高い声だ。子どもたちは遊んでいるとき、わざとものすごく高い声を出そうとしたりするものだが、この女の声はそのさらに上を行く。こんな高い声で人間が話せるのが、もはや信じがたいほどだ。

「水が足らないのよ！」

「足りているはずだ」ライオネルはため息をつく。「ちゃんと足りているじゃないか！」

「のどの渇きだけが問題じゃないのよ！　私らだって顔を洗ったりするんだ！」

なんてキンキン声だ！　まるで錆びた長い針を耳の中に突っ込まれ、ぐるぐるかき回されているような気分だ。そんなわけでライオネルは、携帯電話が鳴ったとき、心から安堵した。

「おいおい。愛しいさすらい人よ。調子はどうかい？」

驚きだ。モージョーが初めて電話をしてきたのだ。

「良くはないよ」

「それはそうだ！　頂上を前にしたときこそ、足はいちばん痛むもんだ」

「話をさせてくれ」

「やだね。旅の物語は退屈だと相場が決まっている。山を登って、山を下りて、道に迷って、その程度だろう。話が面白くなるのは、さすらい人が死ぬときくらいだ。ところがおまえはまだ、電話はできるらしい。そしておれは今ここで、『ベイウォッチ』を一〇シリーズ分ぜんぶ見ようとしている。おまえ、『ベイウォッチ』を知っているか？　古典だよ！　まあ、おしゃべりはこのへんで終わりにしよう。おれのカネはいったいどこにある？」

「おれのところにはない」

キンキン声の女が期待を込めた目でこっちを見ている。ライオネルは女から目をそらし、砂埃と砂漠と、どこまでも広がる巨大な無を見つめる。

「おいおい？　電話の回線がどうかしたか？　おれのところには、おまえが『カネはない』と言ったように聞こえたんだが」

「そう言ったんだよ」

モージョーは笑う。

「冗談はよせ。おまえ、おれと一緒におれの事務所《オフィス》にいたよな。どんなテレビをおれがもっているか見ただろう？　おまえはきっと、こう思ったんじゃないか？　モージョーはこんなでデカいテレビを、どこかのバカ男を感心させるためだけに買うようなやつなんだ。だが、それは考えちがいだ。おれはそういうやつじゃない」

「おれは……」

「悪いな、話はまだ終わっちゃいない。おれがデカいテレビセットを買ったのは、テレビを見るのが好きだからだ。でも、やたらめったら大きい画面は好かん。ハイビジョンのほうがいい。パメラ・アンダーソンのおっぱいがぼやけて見えるのはいただけない。画面をさわったらパメラちゃんがよがり声をあげるんじゃないかってくらい、乳首まで鮮明に見えるのがいい。ところで、ここの『ベイウォッチ』シリーズは、ブルーレイなんだぜ」

「でも……」

「でも、『ベイウォッチ』はまだブルーレイになっていないと、そう言いたいんだな？　ちょっと待て。

本当にそうなのか?」

「さあ、おれは……。バンデーレに聞いてみるか」

「おれも知らん。バンデーレに聞いてみるか」

「それは……」

「バンデーレ! 『ベイウォッチ』はもうブルーレイになっていたっけな?」モージョーはくっくっと笑った。「なんだかワクワクしてきたぜ」


モージョーはまた笑う。

「バンデーレが頭を悩ませているところを、そっちでも見られたらいいのだがな。バンデーレ、おまえは申し分ない男だ。まぬけだが申し分はない。ところがこの、われらのテレビ・ファッカーはまぬけじゃない。賢い若者だ。おい、聞いているか?」

「なんだって?」ライオネルはいらいらした声を出さないよう努力する。でも本当に、信じがたいほど疲れているのだ。


「おれの言ったことを、聞いているかと言ったんだ!」

「ああ、もちろん」

「おまえのことを賢い若者だと言ったんだ。おまえ、こう思ってんだろう? モージョーはおれをからかっている。『ベイウォッチ』はDVDにしかなっていないはずだ、と。だが、おれの答えはこうだ。たしかにおまえは正しい。だが、それでもおまえはまちがっている。おれの目の前には『ベイウォッチ』の全シリーズのブルーレイ版がある。特別仕様だ。おれのためにそれをつくるやつが、知り合いにいるんだ。言っておくが、コンピュータで無料でつくれるやつじゃない。おれのためにちゃんと、アメリカのどこかのスタジオを借りてつくらせたんだ。おれはお得意様だからな。これがどういうことか、わかるか?」

「想像はつくよ」

モージョーは一瞬黙る。「ほんとうに?」

「ああ、どうせあんたはお色気シーンだけじゃなく、クレジットや何もかも全部含めてと言いたいんだろ? それはもちろん、バカ高いだろうよ。それであんたは、おれが恐れをなすと思っている。あんたのカネは『ベイウォッチ』を買ったくらいではびくともしないからだ。だが、おれが不安がっても、そっちは一文も得をしない。おれにはずっと不安がある。問題は、不安が足りないことじゃない。問題は。おれたちがひとつ問題を抱えていることだ」

「ほう! お客様はご不満ですか。それではクレームをうけたまわりやしょうか? お客様はうちの製品について、なにか別のイメージをおもちだったわけだ?」

やつの言い分はもっともだ。ライオネルは最初、どうやってそれが機能するのか、これっぽちもイメージできなかった。ここまでなんとかやれたことに、自分自身驚いているくらいだ。もちろん、信じていなかったわけではない。だが正直に言えば、疑問をおさえこんでいた。自分はただ、ヨーロッパへ、ドイツへ行くという大きなチャンスが目の前でつぶれていくのを見て、すぐ手の届く唯一の緊急プランに大急ぎでとびついただけなのだ。たとえ成功の可能性が今の半分だったとしても、彼はおそらくそれをやめなかった。一〇〇パーセントの確率で、この見渡すかぎり不毛な大地で一生を終えるのに比べたら、なんだってマシに決まっている。でも、もちろん初めから不安を抱いていた。何よりも、失望させられるのがおそろしかった。

第一日目、彼の心を何よりも大きく占めていたのは、自分たちの到着した場所に、モージョーが約束したものが何も届いていなかったらどうしようという不安だった。ライオネルは、道を進みながら「短気を起こすな」と自分に言い聞かせていたことを、ありありと思い出す。彼はこう心配していた。すべてをうまくやるのはとても難しいだろう。闇が訪れたあとで、モージョーの約束した水はもう届かないのだと——この先ずっと届かないのだと——わかったらどうする？　モージョーから見捨てられたのだと、いや、最初から騙されていたのだと、いや、その両方なのだと気づいたらどうすればいい？

そして、あのトラックが見えてきたのだ。

ロシア製のトラック「ジル」だった。五〇年代か六〇年代のもので、デコボコになってはいるが、まだ運転は可能だ。一台だけではない。どれもモージョーが手配したものだった。前もって言われていたとおり、一キロメートル歩くと次のトラックが待っており、さらに一キロメートル歩くとさらに次のトラックが配置されていた。

「トラックがいないのか？」

「いる」

「そのトラックが気に入らないのか？」モージョーが皮肉っぽく言う。「スカニアのほうがよかったか？　あるいはエム・アー・エヌとか？」

たしかにモージョーが扱っているのは、ロシアやインドや中国の中古車だ。だがだれも、それ以上のものは期待していなかった。モージョーは車輪のついているものなら、そして十分な大きさがあるものなら、セミトレーラーだろうと側面の開閉するトラックだろうと、何でももってきた。タンクローリーがなければ、プラスチック製の樽を中に積み込んだ。大量の樽を用意するのがまた難儀だったのだろう。

樽の中の水に塗料や燃料の匂いがしばしば移っていることからもそれがわかる。だが、水の手配よりもはるかにややこしいのが、食糧を組織的に配布することだった。

一五万の人々にどうやって食べ物を世話してやるべきか？　みながもっているのはおそらく、食べ物の器くらいだ。キャンプで通常供給されていた粉、砂糖、油は、道中では役に立たない。それを調理したり穀物粥をかき混ぜたりする時間も設備も人々にはない。スポーツ好きな白人が食べる便利な栄養補助食品については、配達ルートを新たに確立しなければならないのに加えて、モージョーが盗みでもしないかぎり、値段が折り合わなかった。最初のころはまだ少なくとも、携帯しやすい炭水化物や、油脂を含むパンやパンケーキやナッツや、干し果物などがあった。最初の数日間、モージョーはたくさんのパン屋の棚から商品をかっさらったにちがいない――正しくはかっさらうに等しいことをしたのだろう。何しろモージョーはパン屋が頼みなのだ。もちろんカネを払いはしたが、ほかの客が後ずさりせざるをえないようなものすごい圧をかけたはずだ。それでも継続的に供給を確保するのは難しかった。だがそれは、いちばん重要な問題ではないのだ。

「どんなトラックが来ようが、おれはかまわない。問題は、モージョー。あんただ」

電話の向こう側が無音になった。

「モージョー？」

何も聞こえない。

「モージョー？　おい？」

モージョーがとてもゆっくりと言葉を発する。「**どういう**、意味だ？」

「おれはカネを持っていない。そしてその原因は、あんたにある」

「いったいどうしろっていうんだ？　おれは、サービス・ホットラインか何かか？」

「カネを払うのを阻んでいるのは、ほかならぬあんただ。おれたちはあんたに、貯金箱から何も渡すことができない。あんたがおれらの貯金箱を釘でとじ付けてしまったからだ。おれたちには電気がいる」

「あるじゃねえか、電気は！」

「でも、足りない。おれのスマホが使えるだけじゃ、話にならないんだ。みんなが分担金を支払うには、それぞれに電話が必要なんだよ！」

「おまえらはぜんぶで一五万人だ。砂漠のど真ん中でそのひとりひとりにコンセントとかそういうものを提供しろっていうのか？」

「ほかにうまく表現ができない。でもあんたがカネを手に入れたけりゃ、そういうものを整えなければだめだ。それぞれの電話が毎日ネットにつながる必要はない。二日に一回でいい。そして全員ではなく、ひと家族に一台、電話があれば十分だ。あるいはひと家族か二家族でシェアしてもいい。だがはっきり言いたいのは、少なくとも三万の携帯電話に充電をさせる必要があることだ。それから、すぐにくだばらない発電機もいる。それから電話網も」

電話の向こうは静まり返ったままだ。

「もしもし？　おれの言っていることを理解しているか？　あんたが電力供給を確保しないかぎり、あんたは『ベイウォッチ』のためのカネをだれからも獲得できない。カネを送る手段がないのだから。おれをどれだけ脅しつけてもむだだよ」

電話はあいかわらず無音のままだ。

「あんたを怒らせるつもりはない。おれが何ももっていないのはわかっている。あんたが今、この場で

『カネがとれないなら、配達は中止だ』と言えるのも承知の上だ。そうしたらおれたちはここでのたれ死ぬ。それで終わりだ。だが、あんたの毎日の取り分がどのくらいの額になるのかは、あんたがいちばんよく知っている。一万ドルか、五万ドルか？　おれにはそんなカネはひとかけらもないが、あんたにはある。電気のことを解決しないかぎり、それだけの金額があんたの手をすり抜けていく。毎日」

返答は相変わらずなかったが、何かごそごそと音がするので、モージョーが電話口にいることはわかった。

「同じことは、水と食べ物についても言える。今日何も飲めなかった者は、明日何も払うことができない。すべてがうまくいけば、あんたのところにはたくさんのカネが届く」

「うまくやるのは、おまえらだろうが」モージョーが反抗的に言う。

「ともかくそれをやらなきゃ、ほかのやつらはこの先、一歩も踏み出さなくなる。だれも出発しなければ、あんたはさらに、同じ金額を取り損ねることになる。毎日な。あんたにはたぶんカネは浴びるほどあるんだろうが、おれたちには電気が必要なんだ」

「おい、愛しのさすらい人よ。言葉遣いには気をつけろや！」

「おれはあんたの、愛しのさすらい人じゃない」ライオネルが言う。彼はできるかぎり心を落ち着かせてしゃべった。「あんたのパートナーだ。おれは、あんたを金持ちにできるんだ。あんたがおれたちに電気を調達してくれればな！」

電話の向こう側は無音のままだった。そして電話はぷつりと切れる。

ライオネルは電話をポケットに押し込む。彼はその瞬間にもう、許しがたい過ちを自分が犯したことを悟った。女はライオネルの前に立ちはだかっている。そして女が二〇分の間にためこんだ息とともにキンキンわめきたて始めたとき、ライオネルはまるで恋に落ちたばかりの青年のように、モージョーがまた電話をかけてくれないかと切に願った。

第23章

無理だ。

たしかにセンセーショナルには見える。それはアストリッド・フォン・ロエルも認める。でも無理なことに変わりはない。

このうえさらに、動画を撮れだなんて！

私のことを自動ニュース製造機だとでも思っているのだろうか。今だってあのクソブログを書くために、血のにじむような努力をしている。じっさいに血がにじんでいるわけではないけれど、ともかく、そういう思いをしている。いま自分は、一日に一〇〇行の記事を書かなくてはならなくて、それだってすでに正気の沙汰ではない。一〇週前には、一週間かけて一〇〇行の記事を一本書けばよかった。同じ一〇〇行でも、あれは文学に近いものだった。昔の編集長はよくアストリッドに言っていた。「アストリッドちゃん。君の文章にはいつだって、何ひとつ直すところがないね。みんなが君のようなら、僕は今日にでもすぐに年金生活に入れるのだが」

そして今アストリッドは、第二次世界大戦当時か何かの女工のように、文章をパチンパチンと打ち抜いている。こんなことをさせられていたら、選挙権をよこせという闘いが起きたり、母の日をつくれということになったりするのは当然だ。それもこれも一〇〇行の文章のせいだ。いや、一〇〇行を書いただけではまだぜんぜん足らない。写真に添えるキャプションも、それぞれ一行か二行は書かなければならない。そうしたら結局一二〇行くらいにはなってしまう。時おりアストリッド・フォン・ロエルは、燃えつきの一歩手前にあるような気がする。そうしたら、パワーを節約せざるを得ない。インターネット用のクズ記事なんて、読み返すまでもない。パタパタっとキーボードを叩いて、それで終わりだ。地下鉄や鉄道や高速道路で携帯電話を手にした人々は、どうせテキストをまともに読みやしない。ならばどうして、ちゃんと書く必要がある？　紙に印刷される文章だったら、自分ももっと労力をかける。以前そうだったように、小説の資質と文学の水準を備えるものに近づけ、たとえそのためにストレスを受け、つらい思いをしても、むしろそれを誇りに思うだろう。だが、本当にすべてをやり遂げられるのかどうか、だんだんわからなくなってきている。二週間前からはさらに、動画まで撮れという指示が加わったのだ。

「このうえさらに何をしろと言うんですか？」

そうしたら、まぬけな副編はこう言ったのだ。「とりあえず、試しにやってみようという話なんだ」

「なんですか、その、試しにって？」

「われわれは現在、優位に立っている。値千金のリードだ。君のおかげでね。だが、今、『ガラ』も『ブンテ』も全力をあげてわが社に追いつこうとしていて……」

「ほっておけばいいじゃないですか。それより、いったいそいつらはだれを使ってやろうとしているんですか？　ゼーロウですか？」

「ああ、そうだよ。クオリティはむろんお粗末なんだが、とにかく量で勝負という感じで、写真も多いし、テキストも多くて……」

「私にひとりでそれに対抗しろと？」

「いや、ちょっとビデオを回す程度だから、それほど手は……」

「絶対にできません、そんなこと」

　思わずそう言ってしまったが、女としては失言だった。まるで自分は機械に疎いと自認しているようではないか。女だってやろうと思えば、なんだって男と同じほどうまくできるのに。でも結局のところ自分が機械に弱いのは事実で、本国からはすぐに、カイという女が送り込まれてきた。

　そしてカイは、まあまあまともなやつだった。仕事のしかたはかなり独特で、もちろんジャーナリズムとは呼べないものだったけれど、それはともかく。なにしろヴァンのルーフに体をくくりつけ、写真を撮るという無茶をするのだ。ヴァンのルーフに座った彼女はカーゴパンツに、ミリタリー風のサンドカラーのブラウス、そして袖なしのベストという、男の子のような恰好をしている。ベストについているたくさんの小さなポケットには、道具や付属品が詰め込まれている。カイは高速で走るヴァンの上でカメラを構え、かたわらで砂漠を突き進むピンク色のゼブラ・カーにズームする。アストリッド・フォン・ロエルはその映像をモニターで追う。とんまの副編にかけあって、なんとか勝ち取った代物だ。

　カイはナデシュ・ハッケンブッシュにぴったり焦点を合わせている。ナデシュはピックアップトラックの荷台に立ち、運転室にしっかりつかまっている。長い髪が風になびく。チェック模様のシャツの裾は腰で結ばれている。ナデシュの後ろには難民の列が果てしなく続く。何人かがナデシュに手を振る。

ナデシュもにこにこしながら手を振り返す。

「ゴー！」彼女は叫び、驚くほど力強く拳を固める。「ゴー！」

その目は、限りなくクールな砂漠用サングラスの陰に隠れている。顔も、首も、むき出しの腕も、濃い茶色に日焼けしている。ナデシュは見るからに自信に満ち、そのあふれるばかりの興奮は、もうドイツの国境を目にしたのかと思うほどだ。そんな彼女の姿を見た人は、この行進がバッド・エンドになるのではないかという考えを完全に捨て去るだろう。カイが屋根をコンと叩く音がする。ヴァンはたちまち加速して、ナデシュの車を追い越す。今度は彼女を前方からカメラでとらえるためだ。風に吹かれるナデシュの姿が見え、その後ろに砂埃が高く舞い上がるのが見える。まさに自由の象徴であり、勇気の象徴だ。かのジャンヌ・ダルクの姿だとて、これほど人々の心をかきたてはしなかっただろう。お金では買えない光景だ、とアストリッド・フォン・ロエルは思う。これはお金では買えないものだ。何百万人の人々がこれをちっぽけなスマートフォンの画面でしか見ることができないなんて、もったいないことだ。こういうものは、巨大なスクリーンにこそ映し出すのがふさわしいのに。

そのときナデシュは何かを目にしたようだ。彼女は固く握った小さな拳で運転室を強く叩く。そのしぐさには、少女らしいはにかみはみじんもない。ナデシュは走っている車の上で体をかがめ、サイドミラーをしっかりつかむ。カイはそのすべてを映像におさめる。ナデシュが運転手に大声で何かを叫ぶ。まるで嵐の中で船長が、強風と激しい水しぶきを顔に受け、でもそんなことには頓着せず、舵手に何かを怒鳴っているようだ――いや、嵐の中でいつもあんなふうに叫べるのは、彼らがほんものの男子だからだ。そしてこの瞬間、ナデシュ・ハッケンブッシュはまさに――ま・さ・に――そうした男子のように見える。ナデシュはふたたび体を起こす。ピックアップトラックは減速して方向転換し、難民の行列のほうにもう一度向かう。カイは一部始終をカメラでとらえる。ナデシュ・ハッケンブッシュが救護に出動！　ピックアップトラックはまるで善良なサメのように猛スピードで難民の群れに近づいていく。

彼らはある家族のそばで止まる。一組の男女。そして三人の子ども。彼らの大きなプラスチックの瓶には、ひびが入っている。ナデシュがトラックの荷台から飛び降りる。建設作業員と消防員とトップモデルが一体となったようなしぐさだ。ナデシュはさりげなくサングラスを押し上げる。埃だらけの顔にやさしい瞳が輝く。彼女は荷台から水の入ったプラスチック瓶を二本つかみ、その家族に手渡す。そこで人々はあるちがいに気づく。もしも男だったら、車で通りがてら水の瓶を放り投げていっただろう。

「これで・達する・今日の・ぶん」ナデシュは独自な英語で言う。「ゴー！　ゴー！」彼女がふたたび荷台によじ登ろうとしたとき、携帯電話が鳴る。彼女はディスプレイを見て、手のひらで「ちょっとタイム」という仕草をカイに向けてする。そして少し横を向いて、電話をし始める。

「え？……ええ、ちゃんと聞こえているわ……でも今、放送車両のすぐ近くなの。ここから離れたら、変わってしまうかも。あなたたち、今、どれくらい離れているの？」

アストリッドは車から外に出る。熱気がハンマーのように体を打ったが、これ以上車の中に座っているよりはましだ。日陰を見つけようと、車のまわりを一周する。

「ええ」ナデシュ・ハッケンブッシュが言う。「ええ、ああ、そう。ええ。ええ。それはどうも。でも重要なのは、それに何という名前をつけるかなのよ！」

カイが車のルーフから這い降り、アストリッドのいる日陰に来ると、すぐ隣の地面に腰を下ろす。そのとたん、砂の熱さに驚いて、カイはぱっと飛び上がった。カイは車から小さなマットをとってきて、尻の下に敷く。そしてアストリッドの足をトントンと叩く。だが、アストリッドはそこに座る気はなかった。

ナデシュの声がする。「ねえ、怒らないでちょうだい。でも、その名前はちょっとないわ」

アストリッド・フォン・ロエルは荷台に立っているナデシュをルーフ越しに見る。ナデシュはアストリッドに気づくと、目をぐるりと回す。アストリッドは（どうしたの）というジェスチュアをする。アストリッドは何が起きているのか皆目わからなかったが、ナデシュが自分の助けを必要としているらしいことはわかった。

「あなたたち、これを癌の物語か何かとまちがえていない？　よく聞いてみて。《ハッケンブッシュ基金》。ものすごく苦悩っぽいネーミングじゃない？」

ナデシュがアストリッドのほうを見て、頭をかきむしるようなしぐさをする。

「ええ、もちろん苦悩はあるわよ。でも病気とか不幸とかの響きがある名前は良くないわ。ここの人たちは貧しいけれど病気ではない。ともかく伝染病とか、そういうひどい病気にはかかっていない。手で触れたってぜんぜん大丈夫よ。癌とかの病気とはちがうのだから」

ここでナデシュは、（ねえ、そうよね？）という生真面目な顔でアストリッドを見た。アストリッドは、（その通りよ）という顔で視線を返した。そして、あとでグーグルで調べてみようと決意する。

「だめだめ。クソみたいではなく、でもまじめに聞こえるのは可能なはずよ。議論はこれで終わり。ほかに何かある？　チルドレン・フォー・ザ・フューチャー？　ふーん。ちょっと待って。チルドレン・フォー・ザ・フューチャー？」

アストリッド・フォン・ロエルは不安になる。これには賛成すべきなのかしら？　それとも反対すべき？　チルドレン・フォー・ザ・フューチャーというのは、たしかにぜんぜんまちがいではないような気がする。でも、それは何だか……。

「ああ、そう。それは興味深いわね。でも、欠点もある。その背後にだれがいるかを必ず付け足さなくてはいけないわ。シュテフィ・グラフの基金だって、何か付け足されていなかったら彼女のだってわからないでしょう……考えてもみなさいよ」

あそこまでいろいろ考えなくちゃならないなんて——とアストリッドはつくづく感嘆する。ひきかえこの自分は、例のビデオの話が出たとき、あまりにもあっさり丸め込まれてしまったのかもしれない。もちろん監督の肩書はもらえるだろうが、やろうと思えばもっとたくさんのものを引き出せたかもしれない。

「ええ、ええ。メンシェン・フュア・メンシェンね。それはもちろん論理的よ。その何とかベームのことだけど、私がもし彼の立場だったら、きっとどうでもいいと思うわよ。でも、最近はちっとも名前を聞かないわよね。いちばん最近の作品はいつ撮られたの？」

アストリッドは大急ぎで手刀を喉元にあて、前後に動かす。ベームが出ていたシシーの映画のことならよく知っているのだ。でもナデシュは手を電話にかぶせ、押し殺した声で言った。「頭がどうかしたの、アストリッド？　今、大事なところなの。時間がかかるのよ」

アストリッド・フォン・ロエルはさらに手ぶりでナデシュをなだめようとする。だが、ナデシュは怒ったように顔をそむけ、もうこっちを見ていなかった。今この瞬間に、彼女がだれにいちばん腹を立てているのか、アストリッドにはわからなかった。

カイが水のボトルを二本持ってきて、ひとつをアストリッド・フォン・ロエルに渡す。カイは栓を開け、半分を一気に飲み干すと、残りを頭からかけた。アストリッドが水を一口飲もうとしたとき、指をパチッパチッと幾度も鳴らす音が聞こえた。

「ああ、それではぜんぜんちがう響きになってしまうわ。わかる、どういうことか？　まるで、ビル・ゲイツのやつみたいだってことよ」

ナデシュが空いている手をこちらに突き出し、虚空を何度もせわしなく握っている。アストリッドは急いで水のボトルを差し出した。

「どうも。いいえ、ちがうの。ハッケンブッシュ財団ですって？　それだと、ほかの人にもあてはまるし……ハッケンブッシュという名前の、ほかの人にという意味よ……なら、ナデシュ・ハッケンブッシュ財団はどう？　ちょっと書いてみて！　書いた？　オーケー。それで、そこに何を付け加えればいいかしら……？　え、あなたもしかして、これで終わりにするつもりだったの？　何か付け加えなければだめでしょうが！」

ナデシュはふたたび手を電話にかぶせ、「そろそろまた、あの『より少ないことは、より多い』のひとつ覚えが出てくるわよ」と言って笑う。アストリッドもほっとして、笑い返す。

「もちろん何かが足りないのよ！　私が次にニューヨークに行ったら、みなに言われるわ。《ナデシュ・ハッケンブッシュ財団》とは興味深いですな。でもそのじつ、だれもがこう言いたいの。財団、でも何のための？　ああ、私ひとりで何もかも考えなくちゃいけないの？」

ナデシュ・ハッケンブッシュは水を少し飲み、手首とひじの内側にも少しかける。

「それから、またあのメンシェンがどうのとかいうのは持ってこないでちょうだいね。あれは、愛は地球をナントカみたいな古臭いにおいがするわ。まるでザウアークラウトみたいな、六〇年代風のげんなりするにおい。そこに何かを加えなきゃだめよ。ほらみんながよく言っているあれよ……ねえアストリッド、あれは何と言うのだっけ？　みんなで寄付をするやつ」

「クラウドファンディングのこと？」アストリッド・フォン・ロエルが言う。

「それよ、クラウトファンディングよ。でももちろんこれは、ザウアークラウトとか何かの草《クラウト》にファンドするという話ではなくて……人々に、よね？　どうなのかしら。ナデシュ・ハッケンブッシュ・ファウンデーション・フォー・ピープル……それは響きはいいけど、何かがまずい気もするわ。フォー・ザ・ピープルの部分を変えるべきかしら？……え、北朝鮮？」

今度はアストリッド・フォン・ロエルは口を閉じている。ナデシュ・ハッケンブッシュは水をごくりと飲み、瓶を無造作にアストリッドに渡す。蓋をしておいてということだ。

「ヒューマニティ？　ぜんぜんだめよ。まったく、あなたたちはいつも行きすぎなのよ。一個また一個と、どんどんろくでもないほうに行っているじゃない。人類ではいくら何でも多すぎる。私をだれだと思っているの？　私はナデシュ・ハッケンブッシュよ。でも、人類全体は……私は一握りの人々しか……でも、ヒューマンはヒューマンよね。まあ、もう少しは多いかもしれないけれど、でも人類というのはちょっと。だって、五〇億人もいるのよ！　ええ、やっぱり、ナデシュ・ハッケンブッシュ・ファウンデーション・フォー・ザ・ヒューマンズにしましょう。これで決まり。議論は終わりよ。そうしたら、午後にでもマデリーンに始動してもらって、シュトラーレマン・ウント・ブルヴィンケルのところでまた、素敵なロゴを作らせること。明日までによ。そうすれば、動き始めるでしょう。時間は永遠にあるわけじゃないのだから。ベルリンとハンブルクと、それからデュッセルドルフにも人を置いてね。けちけちしないで。お金は出さなければ、入ってこないのよ。オーヴァー・アンド・アウト！」

彼女は携帯電話を尻ポケットに滑り込ませ、にっこりと笑う。アストリッド・フォン・ロエルは問いかけるようにナデシュを見る。

「基金の設立をともかく決めたの。寄付のための。そうすれば人々は、これがまじめなものだとわかってくれる。きっとみんな、番組を見て泣いてくれるはずよ。あなた、聞いていたわよね？　名前はなんとか決まったわ。いい感じじゃない？　それであとは？　まだ写真がいるのかしら？　私はこれからもう少し、人助けをしてくるわね！」

驚くほど軽やかな動作で、ナデシュ・ハッケンブッシュはふたたびピックアップトラックに乗り込む。砂漠用サングラスをふたたび目の前に押し下げ、無造作に運転手のほうに身をかがめ、ブリキの板をコンコンと二度叩く。そして言う。「レッツ・ロール！」

第24章

青のモージョーは右手の人差し指の先を鼻の脇に沿って動かし、小鼻のところまで行くと、さらに鼻頭まで指をずらした。もう一度。さっきよりは圧力をかけずにやる。鼻を押しつぶしてはいけない。そして、もっとゆっくりやらなくては。マッチを擦るときのように高速ではいけないのだ。そうだろう？

モージョーはリモコンをつかむ。映像を巻き戻し、再生する。ちょっとちがっていた。もっと速くやらなければならなかったのだ。マッチを擦るときと同じほど速く、でも圧力はかけずに。ただずっと撫でているのではなく、撫でるのと軽く叩くのとの中間くらいで。叩くというには長すぎ、撫でるというには短すぎるくらいに。人差し指はまっすぐ伸ばすのではなく、柔らかく曲げ、そしてもちろん、自分の指を目で追ってはいけない。つねに向かいの人間を見ていること。モージョーは休止のボタンを押す。

携帯電話を手にとり、カメラ機能に切り替え、自撮りモードにする。人差し指でいくつかのパターンを試し、それらをチェックする。

「バンデーレ！」

バンデーレが助手席から振り向く。

「ここにもっと大きなモニターが必要だな。手配しろ！」モージョーは人差し指で小鼻にふれ、指先をまるでジャンプ台から飛び出すようにシュッと鼻頭へ滑らせる。そのまま一瞬、バンデーレのほうを指さす。バンデーレは頷くと、また前を向く。モージョーは満足げに、椅子にどっかりと座る。恰好いい仕草だ。映画に出ていたやつらよりもずっといい。この仕草をしていたボス役は変な髪をしていたし、やたらと踊りすぎていた。でもこの仕草はいい。おそらくやつは白人で、しかも大勢の黒人やラテンアメリカ人を指揮しているから、あんなにしゃかりきに踊らなくてはならないのだろう。そいつらのボスになるのに十分なほど黒人的であり、同じくらい体を動かすのがうまく、白人にしては敏捷であることを、やつは部下に示さなければならないのだ。でも、モージョーには踊る必要などない。ボスはヒラよりもきわだった存在でなければならない。ヒラから感心されなくてはならない。「ああなりたい」と思われる存在でなくてはならない。ボスがヒラから「自分たちとさして変わらない」と思われたら、いったい何が起こる？　人を率いる立場の人間は、彼らに目的地を示さなくてはならない。目的地に到着したと知らせるだけではだめなのだ。

それから、部下に撃たれるようなことがあってはならない。

モージョーはギシギシ音を立てながら水の瓶を開け、一口飲む。代父のように、トマトの中でくたばるわけにはいかない。そんなのはごめんだ。撃たれるのもごめんだ。これから何が来るか、おれはちゃんと見定める。だれもが何かまちがいを犯すからといって、このおれもそうなるとはかぎらない。そして、だれもが老いぼれると決まっているわけではない。

車が減速するのを感じる。トラックの長い列を通り過ぎ、車は停まる。バンデーレが車を降り、ドアを開ける。モージョーはサングラスをかけ、車を降りる。若い衆はすでに自分らのピックアップトラックから飛び出し、二人がモージョーの護衛につく。でも、あたりには特別なことがなさそうなので、護衛はＡＫ47を無造作に肩にかけている。モージョーの車の後ろに小型トラックが一台停まり、ドアが開く。五人の若い男が外に出る。

「行くぞ」モージョーが言う。

バンデーレが五人に合図を送る。五人のうち二人は手にしていた野球帽を頭にのせる。モージョーが歩き出し、バンデーレが付き従い、五人もそれに倣う。タンクローリーの群れを通り過ぎる。良い気分だ。初めのころは、うまくいく確信はなかった。このトラックだけでも相当な出費だったが、それだけの価値はあった。おれの艦隊だ。やろうと思えば可能だとはわかっていた。でも、じっさいにそれをこの目で見るのは、ぜんぜんちがう話だ。モージョーは閲兵でもするように、トラックのそばを通り過ぎる。だが、誇らしげなようすはしない。そんなのは馬鹿げて見える。あたりまえのようにふるまうのが肝心だ。

おれのトラック。おれの艦隊。

モージョーは34番のトラックに近づく。トラックの前に男が大勢集まっている。まず若い衆が来て男たちは後ずさりし、次にモージョーが来て、男たちはさらに後ずさりする。モージョーは無言で男たちを一瞥する。しばらくしてバンデーレが口を開く。「オーケー。それでは聞け。ここに新しい運転手が五人いる。ここでの仕事の進み方をだれかが説明してやれ。だれがやるか？　だれでもいい。じゃあこのトラックを担当している者。34番トラックの担当は？」

一本の手が上がる。ブラジルサッカーチームのユニフォームを着た、のろまそうなのっぽが立ち上がる。

「よし、ペレ」バンデーレが言う。「みんなに説明しろ」

「おれはあまり……」ペレは当惑していた。「その……どこから話したらいいか」

「どこからでもいい。さっさと話せ！」

「ああ、はい、了解です。ほんとにたいしたことではなくて……」

「みんな、聞いたか？」バンデーレが五人に怒鳴る。「たいしたことではないそうだ。耳の穴をかっぽじってよく聞いておけよ！」

「その……だいたいが、水をトラックに積むことです。水のある場所はいつも同じじゃないので、それがどこかをまず教わります。それで、車でそこまで行きます。自分じゃ道がわからなくても、道を知っている古参のやつにくっついて行けば大丈夫です。帰りも同じように後ろにくっついて行きゃあいいです。それから自分の持ち場と、どの番号をトラックに記すかを指示されます。番号を書くときに問題があっても平気です。そういうことはこれまでにもあったけど、それ以来、運転手は自分の番号を携帯で写真に撮って、そのとおりに書くようにしています」

「それで？　ほかには何か？」バンデーレが言う。

「ああ、はい、そうです。発電機と充電スペースの仕事もします。発電機は満タンにすること。そして自分の持ち場に到着したら、充電スペースの準備をすること。コード全部とコンセントを取り出すまでは、わりかし大変です」

「苦情か？」バンデーレが言う。

「いいえ、そんな」ペレは大急ぎで言う。「苦情なんかじゃないです。順調です。いつも、ひとりか二人、子どもをだまくらかして手伝わせます。三人か四人に手伝わせりゃ、あっというまに終わります。コードがぜんぶ張られたら、発電機を動かします」

「携帯のネットは?」

「それは知りません。おれのトラックに載せているのは水と電気だけです。五台か六台にひとつのトラックが携帯のネットのことや、どういうふうにするかをわかっているはずです」

「規則についても!」

「はい、規則ですね。トラックに積み込むだけじゃなく、タンクの掃除をすること。電気は水と同じくらい重要だと心得ること」

「分配は?」

「だれもおれたちから何かを直接奪うことはできない。そして、歩いているやつらはすべてを自分たちで分配する」

「例外は?」

「例外はないです」

バンデーレが脇に寄る。どうやら質問は終わったようだ。

「さて、わかったか?」モージョーが言う。「よくできた。たしかに造作のない仕事だ。どんな阿呆でもできる、そうだろう?」モージョーはペレにうなずき、ペレはほっとしたように他の連中のもとに戻る。

「どんな阿呆でもできる」モージョーは繰り返す。「だがここではだれも、阿呆に対するような給料をもらっていない。そうだな?」にやにやと笑い始めた男たちに、モージョーは一歩近づく。「おい、そこのゴーストバスター、おまえの給料はいくらだ？」

「一週間で二五〇ドルです」ゴーストバスターのシャツを着た大柄の男が答える。

「そこのおまえは？」

「一週間で二五〇ドルです」上半身裸の、二〇歳にもなっていないような若造が言う。

「一週間で二五〇ドル。それだけのカネを稼いでいるやつを、おまえらは他に知っているか？」

みなが首を横に振る。

「一週間で二五〇ドル。こんな阿呆みたいな仕事にだぜ。ところで、おまえらが一週間で二五〇ドル稼げるなら、おまえらにそんなにたっぷりカネを払っているこのおれは、どれだけ稼いでいると思うか？」

男たちは口をつぐんだが、モージョーはそのままにはさせなかった。「ほら、だれか数字を言ってみろや！」

「五〇〇？」

「一〇〇〇？」

モージョーは笑う。「おれは毎週、おまえらひとりひとりに二五〇ドル支払っているんだぜ、それなのにおまえらは、おれが一〇〇〇ドルで仕事を請け負っていると思うのか」

「毎日」一〇〇〇ドルと予想した男がおどおどと付け足す。モージョーはさらに大きな声で笑う。そして上半身裸男のほうを向いて言った。

「Ｘｂｏｘか、それともプレイステーションか？」

「おれにはわからないので……」

「おれにはわかる。おまえがどちらももっていないことがな。でも、どちらかをもらえるとしたら、どっちを選ぶか？　Ｘｂｏｘか？　プレイステーションか？」

「Ｘｂｏｘ……」

「Ｘｂｏｘ？　よし。二〇一〇年発売のＸｂｏｘ３６０だな。あれにはキネクトが搭載されている。キネクトというのは、動きを記録するんだ。おまえを見張ることも上手にできる。なぜそんなことをする？　Ｘｂｏｘの背後にマイクロソフトがいるからだ。やつらはおまえさんのデータを集める。アメリカ野郎たちはおまえのデータを集める。そしてデータはすべてネットを通してやつらのもとに行く。おまえはおれの会社で働いているのに、Ｘｂｏｘを欲しがるのか？　おまえがそいつをもっていないのは何よりだ。つぎのゴーストバスター！　おまえはＸｂｏｘとプレイステーションのどっちだ？」

「プレイステーションです、モージョー！」

「おまえは、日本人ならおまえのことを監視しないとでも思っているのか？」

「自分にはよくわかりませんが……」

「よく考えて見ろ、この頓馬が！　日本人だっておまえのことを監視しているさ。おい、シャツなし男。おまえに二度目のチャンスをやるよ。Ｘｂｏｘと、プレイステーションと、どっちにするか？」

「どっちもいりません！」

「なぜだ？」

「そうすれば、だれにも監視されないからです」

「もう一度考えて見ろや。どこのだれが、おまえみたいな阿呆をわざわざ監視するのか？　おまえがしていることに、いったいだれが関心をもつのか？　やつらにとっちゃおまえは、重要でない大陸に住むひとりの黒人にすぎない。それでおまえは、自分が監視されるとどこかのだれかに信じ込まされたせいで、この傑作ゲームをあきらめるのか？　さあさあ、プレイステーションとＸｂｏｘのどっちにするか？」

「おれは……おれにはわからない、モージョー」

「だろうな」モージョーはにこやかに笑い、はげますように男の肩を叩く。「いいんだ。おまえたちは、まぬけなんだから。なにもわかっちゃいないだろうよ。にもかかわらずおれは、おまえたちに毎週二五〇ドルを払っている。なんのために？　おれはこの仕事全体で、すごくたくさん稼いでいる。だから、おまえらがどれだけ阿呆かなんて、どうでもいいんだ。おれの家には毎日、まるでモンスーンみたいにカネが流れ込んでくる。こんなにわずかな経費とわずかな時間でこれだけたくさんのカネをつくりだしたことは、これまでに一度もない。おれは、おれのところに娼婦を呼ぶ。やつらはおれのところにくれば、おまえらの一週間分の給料を一時間で稼げる。おれは何十人も娼婦を呼んで、半分は手をつけないで返す。一日だけじゃない。来る日も来る日もだ。ウォーカーどもが行きたいところに行くかぎりはな。それからどうなる、ペレ？」

「それは、その……？」

「次のやつらがまた、歩いてくるんだよ。どこかのキャンプから歩いてくる。どこのキャンプから来ようが、おれの知ったことじゃないが。ここがどんなふうに機能しているのか、やつらは聞き知っている。だから、やつらはおれのところに来てこう言う。同じようなのをおれたちにも組織してくれないか、と。おれは言うとおりにする。そうしたらまた、カネのモンスーンがやってくるわけさ。カネがざあざあ流れ込んでくる。家のドアを閉められないほどにな。それで、どうなる？」

「それは……」

「そうしたらおまえらに、週に三〇〇ドルも払うことになるんだ。カネをどかすためにな！」

男たちは喚声をあげた。

「それで、例の娼婦たちは？　やつらには五〇〇ドルを払わなくちゃならん。それは、くさるほどある紙幣を厄介払いするためだ。そうすれば少なくとも、窓を少し開けて外を見ることができるようになる！」

モージョーは札束を出した。

「ほらよ、これがおまえらの未来だ。ただ、それを邪魔だてするかもしれないものごとが、ひとつだけある。それはなんだ、バンデーレ？」

「阿呆です」バンデーレが無感動に言う。

「その通り。阿呆だ。歩いている連中が無事に目的地に着くのを妨げるのは、阿呆の仕業だ。では阿呆はどうやってそれを妨げるのか、バンデーレ？」

「電気を止めます」

「これまたその通り、電気を止めるんだ。すべてのカネも、すべての段取りも、ウォーカーどもの携帯の上を流れていく。電気がなければ、カネはこない。カネがなければ、女は買えない。そのほかには何だ、バンデーレ？」

「水も」

「そりゃあそうだ、水もだ。なぜそれがそんなに重要なのか？　ゴーストバスター」

「ええと……女のため？」

「大当たり！　いいか、難民どもは夜、到着した場所に水がなかったら、パニックになる。そしてとんでもないことをしでかす。難民がとんでもないことをしでかせば、どうなるか？　死者が出るんだ。難民がひとりくたばれば、今日おれは損をする。明日はもっと損をする。なぜかというとな、到着した難民はそれぞれ、翌日新しい一〇人をおれのところに申し込ませていたかもしれない。さて、おれは考える。なぜ水が届かないという事態が起きるのか？　一〇〇台のトラックがあり、毎日二台の予備がある。どうしてこれでうまくいかないのか？」

男たちは黙っている。

「だれか考えはないのか？　言ってみろや」

モージョーは男たちを見回す。

「まぬけはどんなことをしでかすか？　やつらはこんなふうに考えるんだ。トラックからちょこっと何かを売ってみよう。スペアタイヤに点火プラグ。予備のトラックもある。なあ、そうじゃないか？」

男たちはモージョーから視線をそらす。

「あるいはやつは、小商いをしようともくろむかもしれない。歩いている連中はいつも、水以外のものも必要としている。それを調達して売ってやろうとな。そのせいで、水の運搬車はなかなか出発しなくなる。なぜなら、だれかが何か品物を待っているからだ。そういうだれかをおまえは知っているか、ペレ？」

ペレは突然、伝染病患者と名指されたかのようだった。まわりの男たちが一瞬、ペレに不快そうな目を向ける。

「モージョー、これはただの……おれは何も待っていない！　一秒だって！」

「五〇〇ドルの娼婦。おまえらはそんなのを買ったことがないだろうけどよ、おれが保証するぜ。やつらには高いだけの価値がある。おまえらには想像もつかないだろうが、五〇〇ドルの娼婦ってのは、早く終わらせようと望んだりしない。一度でもそういう女を抱いたら、もっと安い女を抱く気はしなくなる。ペレ、これからおまえに価格についての問題を出す。昨日五〇〇ドルの女とやれたのに、今日は五ドルの女とだったら、そいつはどんなふうに思うか？」

「モージョー、それは……おれはなにも……」

それは信じられないほどすばやかった。そして信じられないほど大きな音だった。人々の目にかろうじて映ったのは、モージョーが何かをズボンの後ろポケットに差し戻すところであり、ペレが地べたに座り込むところだった。ペレは腹をおさえている。腹からは断続的に、大量の血が噴き出している。

「言ってみろ、ペレ」

ペレは呻きながら口を開ける。その目には恐怖が浮かんでいる。「モージョー」彼は言う。

モージョーはペレの前にしゃがみこむ。

「言ってみろ。興味がある。だれがおまえに手を貸したかより、そっちのほうがよっぽどおもしろい。だれがおまえに手を貸したかなんて、おれはこれっぽっちも興味がないんだ」

モージョーはペレの手をとり、注意深く脇に押しやる。モージョーはペレのシャツをそっと持ち上げ、銃痕を確認した。きれいに丸い穴から、ドス黒い血が噴き出している。

「なぜ興味がないかって？　知っているからだよ、おれは」

まるで、油をさしたような滑らかな動きだった。銃声が二発轟き、二人の男が地べたにしゃがみ込んだ。二人は手で腹をおさえ、必死に血を押しとどめようとしている。そのようすはまるで、腹から血を絞り出しているようにも見える。そして三人目の男が群れから離れて走り出した。モージョーはリラックスした動作で、血だらけになったブラジルのユニフォームをペレの傷の上にかぶせた。バンデーレが無言のまま、若い衆のひとりに銃を放らせる。そしてすばやく確実に一発撃つと、狙った方向を振りもせずに、銃を持ち主に返した。二人の男はうめいている。ペレもうめき声を上げ始める。

「しっかりしろや」モージョーが言う。「ここが肝心だから、おまえらよく聞けよ。おまえらには生きててもらわなくちゃならん。そっちのやつも、すぐこっちに戻ってこいや。ずっと怒鳴り散らしているのも骨なんでな」

ペレの土気色の顔は冷たい汗にまみれている。残りの男たちは、逃げ出した男のほうをくるりと向く。五〇メートルも向こうにいるのに、うめき声が聞こえてくる。近くに行ったら、もっとずっと大きい声のはずだ。男が身をよじり、ぎごちなく反転するのが見える。男は必死に匍匐前進を試みるが、すぐにそれをあきらめる。きっと痛みがひどいのだろう。男は泣きながら脇を下にして体をつっぱり、みなのいるほうに向かって横向きにずるずると這い寄り始める。

「おまえらは西部劇の中にいるんだ」モージョーが冷たく言う。「西部劇を知っているか？　ジョン・ウェインだよ！　ともかくな、西部劇においては、重要なのはただひとつだ。それは、群れが到着することだ。群れ全体がだ。おれには牛の替えはないが、カウボーイの替えならある。だから、信頼できるカウボーイだけを連れていく。車の鍵はどこだ？」

ペレが震える指をズボンのポケットに突っ込む。青ざめた顔に汗のしずくが、まるで葉の上で輝く朝露のように光っている。ペレは何度かやり直してようやくポケットから大きな鍵を取り出し、それをモージョーに差し出す。血が、モージョーの靴からほんの数ミリ先の砂の上に落ちる。モージョーは新入りに合図をして、鍵を示す。撃たれた他の男らも必死にズボンから鍵を引っ張りだそうとする。そのようすを、ほとんどだれも直視できずにいる。モージョーが立ち上がる。

「こいつは、ペレは、何も起きなかったと言う。だがおれは、何かが起きるまで待つつもりはない。誤りの原因がわかったら、それを排除するだけだ。おれはだれかを教育したり養成したりする気なんかない。この仕事はどんな馬鹿でもできるのだから」

男たちの輪の端が開く。肉の塊がズルズルと体を引きずるように輪に入ってくる。それはばたりとあおむけに倒れて、力なく地面をのたうつ。モージョーはそばにかがみこみ、おだやかな声で言う。「ほら、鍵を頼む」男は手の動きで、新入りのひとりを示す。

「馬鹿どもめが」モージョーが繰り返す。「おれにはどうでもいいんだよ。馬鹿どものひとりがおれをペテンにかけようが、別のひとりがそれを知っていようが、別のひとりがそれを見過ごそうが。おれはそいつらの仕事を、べつの阿呆にまわすだけだ。べつの阿呆のほうがむしろうまく仕事をやってくれるかもしれん。今からペレとその仲間どもは、そのようにはからえ。いいか、ペレ?」

ペレは大急ぎで頷く。

「おまえを信用していいか? 自分の務めを果たせるか? 難民の群れを守るために命を捧げるんだぞ」

ペレは頷いた。起き上がろうとして、片方の手でトラックの前輪にしがみつく。そのトラックの鍵はもう、新入りの手に渡されている。

「そのままでいな」モージョーがなだめるように言う。「そのままでいるんだ。おまえらみんな、そのままでいろよ。トラックが全部いなくなるまで、ずっとここにいるんだ。バンデーレが明日の朝、ここにようすを見に来る。そのときにおまえらがまだ生きていたら、手を貸したやつには死んでもらうぜ」

ペレは横を向いたまま失神しかけている。モージョーがズボンのポケットに手を突っ込む。

「わかっているか、おまえら？　これは現代的なマネージメントだ。人はそれぞれ務めを与えられる。実行できるとわかっている務めを与えられるんだ」

モージョーは札束を数えている。そしてペレのそばに行き、肩をつつく。ペレがゆっくり目を開ける。

「これはとても重要な仕事だ。だから相応の支払いをする。三〇〇〇ドル。ひとりひとりにな」モージョーはペレの血まみれの指に札束を押し込む。「これで助けを買うこともできるだろうよ」

モージョーは身をかがめ、肉の塊にもうひとつの札束を渡す。力を失った手から、札束が滑り落ちる。

「バンデーレに明日、おまえらのことを見に来てもらう。そして、その札束を手にしたままおまえらがくたばっていたかどうかを報告してもらう。もしそうであれば、ここにいるカウボーイどもは理解したということだ。カウボーイらにカネを払うのは、このおれただひとりだということを」

男たちは無言だった。モージョーはさらに二つの札束を出し、喘ぎながら汗を滴らせ、かすかにゴホゴホ音を立てている二人の男に放り投げる。

「質問は？」

モージョーは男たちを順に見渡す。バンデーレが手を挙げる。

「こいつはどうしますか？」バンデーレは、五番目の新入りをさしている。

おそらく人々は、今度はモージョーの動きを目にとめることができたかもしれない。だがモージョーが使ったのはさっきと反対の手だった。ちがいはほとんど感じられなかった。さっきより素早いほどだった。真っ黒な肌の太った男がどさっと崩れ落ちる。あぜんとした表情がその目に浮かんでいる。あまりにも驚いたその表情は、もしかしたらこの男は無実なのではないかと思わせるほどだった。もしもこの世に無実などというものが存在するのなら。

「おまえ、仲間をもう一度よく調べたのか？」モージョーが言う。

倒れた黒い男は、口角を大きく横に引きつらせ、かろうじてわかる程度に首を横に振る。今にも泣きだしそうな表情に見える。モージョーは男の手を口に当てさせる。そしてポケットからもうひとつ札束を取り出し、太った膝のあいだに置く。そして別の運転手をひとりずつ指さす。

「明日の早朝までに、やつらに教えておけよ」

第25章

「さて」事務次官は言う。「どなたか平易な言葉で説明してくれますか？　なぜこの騒ぎがいっこうにおさまらないのか、その理由を」

時刻は朝の六時。机を囲む男たちも、いい加減眠そうな顔をしている。シュナイダーがいる。ベルトホルトがいる。連邦警察と国際問題と移民の部署の代表がいる。そして今回初めて輪に加わった二人がいる。ひとりは外務省の人間で、こんなところに連れてこられたのは迷惑千万だという表情をしている。どうも外務省は――聞いたところによれば――ハッケンブッシュの件を内務省の管轄として考えているらしい。

事務次官は思い出す。自分はロイベルに言ったのだ。「連中は頭がどうかしていますよ！　これが外務でなければ、いったいなんだと？」

「ほうっておけ」ロイベルは言った。「次に私に報告をするのは、やつらが本当にブレーキをかけてきたと君が感じたときだ。連中がしぶしぶ協力し始める前に、われわれが事態を完全に掌握しているのが望ましい」

「それはそうですが」

「もちろん、われわれが外国関係の部署を締め出したがっているように見えてはまずい。いつでも仕事は請け負わせるというように、話をもっていってほしい。そうすればやつらはわれわれに、自分からフィールドを譲ってくれるはずだ」

外務省から来た男は、こちらの思惑通りの表情を浮かべている。その隣にいるもうひとりの男は疲れ果ててはいるが、緊張した面持ちをしている。スーツは皺だらけ。きっと何日も家に帰っていないのだろう。コーヒーのポットをつかむ手が小刻みに震えている。コーヒーがカップに注がれ、男はまるで注ぎたてのピルスを夏の夕べにぐっと飲み干すように、一気にそれを喉に流し込む。そして、まるでビアマットにジョッキを置くように、カップをソーサーにたたきつける。ソーサーが粉々に砕ける。男は頭を振りながら破片を脇に寄せ、代わりのソーサーを探す。だが代わりは見つからず、やむなく紙ナプキンの上にカップを置き、もう一度コーヒーを注ぐ。男はとても疲れて見えるが、その動きにはなんだか落ち着きがない。やる気がないように見えるわけではない——なぜそんなにわずかしか眠っていないのか、きっと説明したいのだろう。彼は連邦情報局の職員だ。

「どこから始めましょうか？」男はそうたずね、目をこする。

「まずは名前からお願いする、秘密でないのならば」ベルトホルトが無愛想に言う。

事務次官はベルトホルトをキッとにらんでから、張り詰めた空気をやわらげようと口を開いた。「みんな疲れていますので、私から手短に紹介をしましょう。こちらの、まだあまり友好的でない紳士は、治安当局のベルトホルト氏。こちらは連邦警察のゲーデケ氏。危機管理のカスパース氏。移民関連が専門のカルプ氏。国際問題が専門のゴンドロフ氏。そして外務省からは、その……」

事務次官は、Eメールのプリントアウトの小山をぱらぱらとめくる。だが目ざすものは見つからない。事務次官は不機嫌な顔で紙を繰《く》りながら、どうやってこの場を切り抜けるかを必死に考える。だが、そういう如才なさはあいにく持ちあわせていない。事務次官は言った。「失礼、紙が見つかりませんでした。恐縮ですが、その、お名前を……」

「ツァイツ」

「……それではこちらがザイツ氏です。そして……」

「ツ！　ツァイツ」

「……失礼しました。外務省からツァイツ氏です。そしてこちらは……」

「連邦情報局のエヒラーです。地域分析及び調達が担当です」

「どうも。お越しいただき感謝します。地域分析はわれわれが今、とりわけ必要としているものです。それでは教えていただけますか？　いったいあそこで何が起きているかを。私が言いたいのはつまり、なぜやつらはまだ進んでいるのかということです」

「私にもとんとわかりませんな」ゴンドルフがしゃしゃり出てくる。「そんなに簡単なことなら、なぜこれまでやつらはみな、徒歩でやってこなかったのか？」

「はっきり言って、やつらはなぜまだくたばっていないのか？」ベルトホルトが言う。ベルトホルトが本気でそう言っているのかどうか、事務次官は推量する。七五パーセントというところだろうか。事務次官は机をコツコツと叩いてその場をしずめ、手ぶりでエヒラーに発言を促した。エヒラーは椅子から立ち上がり、ネクタイをまっすぐ伸ばそうとし、そもそもネクタイを締めていないことにはたと気づく。

「ご質問への回答ですが……その、これには複数の要因があります。ですが、総体的に見ると、みなさんが思っているより話は簡単です。失礼、私もさきほど改めて報告を受けたばかりですし、とても長い夜でしたので、残念ながらみなさんに良い説明をする準備がありません。で、その、どこからお話をしたものかと……」

事務次官は励ますようにうなずき、エヒラーは話を続ける。

「われわれにもわからないのが、いったいだれがこれを考え出したかという点です。ですが子細に見れば先ほどの……ええと、ガンドルフさんでしたか？……の質問はまるきり的外れでもないのです。われわれ自身、不思議なのです。なぜこれまでひとりも、それを試みなかったのだろうかと。結局のところこれは、アインシュタインでなくても考え出せそうなことなのです」

エヒラーがそばにあるプロジェクターの電源を入れる。「先ほども申しましたように、良いプレゼンをする準備がありません。そして、映像的データをやみくもに披露するより前に、昔ながらの手作業でいくつかの映像をみなさんにお見せしたいと思います。まずこちらの二枚ですが、人々が移動するようすを空撮した写真です。見ればわかる通り、たいへん長い列です。しかしこれはまだ、序の口です」

「彼らは列を組んで歩いているのですか？」

「そうです。これでは説得力がないかもしれませんが、二つの映像を見比べれば、どんなトリックが使われているかが明らかになります。この黒い虫のようなもの、これはみなさんもおわかりの通り、人々の行列です。左の映像が行列の真ん中あたりを撮ったもの、右が先頭のあたりを撮ったものです。何かお気づきになりますか？」

「行列の中に、大きな黒っぽいウジのようなものがある」

「そのとおり、これは水を入れたタンクローリーです。そして……」

「……それが等間隔で置かれている？」事務次官が先を促すように言う。

「そのとおりです。これは偶然ではありません」

「トラックが、人々の列と並んで走っているわけだ」ツァイツが予測する。

「いいえ。ちがいます。もちろんおわかりにはならないと思いますが」エヒラーが言う。「これらのトラックは動いていないのです。その場に停まっているだけです。人々はそのそばを通り過ぎていきます。次に、先頭からの写真をご覧ください」

事務次官は目をつむる。だれよりも先にこの謎を解決したいのに、まるで頭が働かない。見えるのは、黒い虫のような行列。そしてその中に等間隔で置かれたタンクローリー。まるでさやに入った豆のようだと事務次官は思う。ただ、いくつかの豆がさやの前のほうにこぼれている――。

カルプが推論する。「トラックの数が多すぎるようですな」

「その通りです。このタンクローリーは、歩いている人々の世話をするだけではありません。もうひとつの役割は、列を構築することです。トラックはあらかじめ前方に、等間隔に配置されています。つまりこうして、人々が道に迷わないようにしているのです。人々はトラックのそばを通り過ぎながら進みます。トラックは道路標識のようなものです。わかりますか？　トラックは水を運ぶと同時に、オリエンテーリングのポストの役目も果たしているのです」エヒラーは半ば興奮したようすで、その映像から見つけたものについて、ますます高速でしゃべりたてている。よほど感銘を受けたらしい。

「これは兵站上、驚くほどすばらしい仕組みです。キャンプにいる一五万人の世話は、もちろんとても明快です。人々はその地区の中にいるのだから、トイレと給水場を用意すればいい。キャンプ場と同じようなものです。それで仕事は終わりになる。でも一五万人が移動し始めたら、カオスが起きるのは避けられないとみなさんお思いでしょう。ですが、彼らは事態をコントロールしているのです」

「だれかが手を貸しているのでは？　軍隊か？　あるいは国の援助が？」

「われわれの認識によれば、そうではありません。これは単純に、だれか個人がいちから考えたものらしいです。その人物は、ひとつのタンクローリーで運べる水でどれだけの人間を世話できるか、キャラバン全体でどれくらいのスペースが必要かを計算し、そして、タンクローリーを置く適正な間隔をはじき出したのです。その結果はこういうことです。ひとつのトラックで三〇〇〇人の世話をする。そしてトラックを一〇〇〇メートル間隔で配置する」

「やつらの中のだれかがこれを計算したというのですか？」ベルトホルトがあざけるように言う。事務次官の見たところ、ベルトホルトの本気度は八五パーセントというところだろう。

「なぜできないと思うのですか？」エヒラーが言い返す。「計算尺ひとつあれば十分できることです。もちろん効率性もある程度は配慮しなくてはなりません。それにはトラックが二倍、必要なわけです」

「控えとして、というわけか」ゲーデケが言う。

「いや、ちがいます。というのも車を出発させて、水をとってきて、また場所に戻るというのを一日ではできないのです。だから、二台のトラックをその都度交代させながら、作業を進めるのです。一台はその場にとどまり、もう一台は次の日のための水をとってくる。だが、すばらしいのは、単に一台一台を順に交代させているだけではない点です。交替用のトラックは毎日、列の先頭から一五キロ先まで配置され、人々の到着を待っています。こちらの写真には、列の先のほうに停まったトラックが写っています。そしてここに注目してください！」

エヒラーは写真を替え、二枚の大きな、おそらくドローンで撮ったと思われる写真を映しだす。トラックが何台か見える。上に大きく「3」という数字が描かれている。別のトラックには「16」という数字が描かれている。

「やつらはトラックに番号をつけているのか？　トラックを失うのが心配なのか？」

「それ以上の意味があります」エヒラーはまるで、それが自分のアイデアであるかのように顔を輝かせる。「これはたとえて言えば、番地のようなものです。よく考えてください。人々はあるひとつのキャンプから来ている。そして、区域に通し番号がつけられることに慣れている。トラックはちょうどそれと同じように機能しているのです。昨日、たとえば16番のトラックのそばで夜を明かした人々は、あしたもやはり16のトラックのそばに泊まる。いうなれば彼らは、16のトラックのそばにいつも住んでいるようなものです」

「それで、そのどこがすばらしいんですか？」

「混沌を防止できることです。ちょっと想像してみてください。みなさんは列の先頭にいる。今は早朝だ。みなさんは出発したい。でも、どの方向に進めばいいかも、どれくらい進めばいいかもわからないという事態が起こるかもしれない。そして自分が下した判断を、いつも、一五万の人々に伝えなければならない。ところがですね、先頭の人間が『1』のトラックのそばで目覚めたとしましょう。そうすると、道の先にすでにトラックが一キロの間隔を空けてずらりと並んでいる。トラックには『15』『14』から『1』まで番号がつけられています。そして先頭の人間はふたたび『1』の番号をつけたトラックまで歩き、そこで一日の行程を終えます。人々はみな、出発したときのと同じ番号のトラックにたどり着いたら、それで一日が終わると了解している」

事務次官はこのすばらしい仕組みをどう解釈していいのか、確信がもてなかった。だが、おそらく良いサインではないのだろう。一同もたぶん、同じことを考えているように見える。エヒラーはそれに構わず続けた。「だれでも簡単に扱えます」彼は嬉々として言う。「こうすれば同時に、行進の距離を規格化もできるのです。今日は七キロ、明日は二〇キロということはなくなる。毎日一五キロ。それ以上でも、それ以下でもない」

「たしかにすばらしい仕組みですね」事務次官は言う。「だが、それでもボーダーラインがある」

「いや、ありません」エヒラーが自信たっぷりに言う。

「国境の意味で言ったのですが」事務次官はいらいらしながら明確に言い直す。

「失礼。〈限界〉という意味でおっしゃったのかと。国境のことでしたら、話は単純です。買収すればいい。だれを買収すればいいのか知っている輩が、あの中におそらく存在していますす」

「そうはいっても」ゲーデケが反論する。「一五万の人間を入国させるなんて、どんなやつにもできっこないだろうが！」

「ええ、もちろん第一に問題になるのは数です」エヒラーはリラックスした声で言う。「しかし、もうひとつ問題になるのはどんな人間かということです。もちろんあなたの言うことは正しい。だれも、一五万人の兵士を、あるいは一五万人の武装した人々をおいそれと国に入れたりはしない。しかし、せいぜいポケットナイフくらいの武器しかもたない人々を入れても、それは過ちではない。そしてもうひとつ、わいろを贈ってくる人間は悶着を起こさないという点もあります。それはともかく、国境を開かせるには相手に、二、三のものごとを確約できなければなりません」

「単に通過するだけだと……」事務次官がため息をつきながら提案する。

「それもひとつ」エヒラーは、生徒が授業に参加してくれるのを喜ぶ教師のように、事務次官に笑いかける。「それから、その国で餓死者を出したりしないとか、世話をする必要はないとかですね。こうしてすべてが解決して、人々が来ては去っていき、そして彼らが食べ物も飲み物も眠るための道具もすべてもってきているのなら、何も文句はつけようがない。なにしろ彼らを通過させるために、大量のカネをポケットに押し込んでくれる人間がいるのですから」

「でも、それは不法でしょう?」ツァイツが言う。「それはわかっておいでですよね?」いちばん頭の切れるやつが送られてきたわけではないらしいな、と事務次官は思う。

「ともかく一五万の人々が丸腰で、テロリストやイスラム教徒や犯罪者がうようよしているあたりを通り抜けようとしている。人々が今逃げ出しているまさにその地域を、やつらは通り抜けようとしているのです。私が何か誤解しているのでなければ、こんなことがうまくいくわけはないでしょう」ベルトホルトは言った。まるで、何の心配もいらないとでもいうような口調だった。

「彼らが丸腰だと、だれが言いましたか?」エヒラーが、まるで自分がこの行列を組織したかのように、顔を輝かせて言う。

「あなたが言ったじゃないですか、彼らは武器をもっていないと。武器をもっていてはならない、そうしないと国に入れてもらえないのだと」

「でも、彼らは丸腰ではない。守られているのです。それは、地元の一味にカネを払ったからです。国家が頼りにならない一帯では、組織犯罪者のほうが頼りになる。その長所は明白です。軍隊は自国民の犯罪集団に干渉できない。戦う手段が何もないのです。つまり、さして大きな脅威は存在しないということです」

「当座はそれでうまくいくかもしれないが」カルプが言う。「さっきのはただのスナップショットだ。いったいこれがどのくらい順調に続くのか？　四週間？　この先もやつらはまた国境にぶちあたる」

「私の正直な意見を言えば、わいろを贈る相手をまちがいなく見つけているかぎり、この方式《モデル》はそうそう潰れたりはしないはずです。なにせ国家があの体たらくですから」エヒラーがしたり顔で言う。「おそらく彼らが次に目ざす国ではすでに、わいろを贈られるべき役人が到着を待ち受けているでしょう。到着しないことには、カネを手にすることもできませんからな」

「それで、やつらは二つの国のあいだでどちらがよりお得かを比較し、選ぶこともできるというわけですか？」カスパースが憤慨したように言う。

「ほかに何か？」ゲーデケがうんざりした声で言う。「いちばん安い旅行ルートをめぐって、市場経済的な競合があるとか！」

「かもしれませんね」エヒラーが冷静にコメントする。「彼らがそれを必要とせずとも」

「よろしい。これでようやく本題にたどりつけたようですな」ベルトホルトが言う。「このばかげた騒ぎのために、いったいだれがカネを払っているのか？」

「ああ、それはですね」エヒラーが興奮したように言った。「みなさんがお好きなやつですよ。少なくとも、社会主義系のかたは――ところでここには、社会主義系の方はいらっしゃるのですよね？」

「私の属するのは今も昔も国民政党のひとつですが」カルプが、やや気分を害したように言う。「それはともかく、この件について何が私の気に入るのか、さっぱりわかりませんな」

「いわゆる共同組合モデルというやつですよ」エヒラーが顔を輝かせる。

「それは、いったい？」

「これについては米国家安全保障局（ＮＳＡ）の人間が、われわれにいくらか力を貸してくれました。歩いている連中は、全員が毎日五ドルを支払うそうです。支払いはスマートフォンで、ごくあたりまえなプログラムを使って行います。そしてスマートフォンの確認によってやつらは、自分が代金を支払ったことをトラックの連中に証明し、水や食べ物を手に入れるわけです。それではみなさん、計算できるでしょうな。つまり、一日に七五万ドルのカネが斡旋側の手に入るということだ。少なくとも」

「少なくとも？」

「連中が特別支出のために財布のひもをゆるめたとしても、私はまったく驚きませんよ。よく考えてみてください。これらすべては彼らにとって、ものすごくお得な話なのです」

「毎日五ドルが積み重なれば、それなりだろうに」

「二年間、彼らが歩き続けたとしましょう。そうしたらだいたい三五〇〇ドルを払うことになる。二〇一六年にある調査が行われています。その時点でさえ、ヨーロッパへの密航のために支払う平均的な金額は七〇〇〇ユーロだったのです。そのために人々は、何年もかけて節約をしなければならなかった。だが今、彼らは分割で支払いができる。そして、こうしてここまでやってきたからには、もっとカネをもっているとも言える」

「それなら、もうあとは時間の問題ですな」ベルトホルトはそう言って、ぐったり後ろにもたれかかる。「そんなにたくさんのカネがあたりに飛び交っているなんて、自殺行為だ。早晩殺し合いが始まるにちがいない」

「本当に？」ツァイツが嬉しそうに聞き返す。

エヒラーは首を横に振る。「カネは飛び交っていません。スマートフォンで振り替えられるのですから、お札など一枚も運ばれていないのです。大量のカネがそのライオネルという男のスマートフォンに、だいたい正午ごろに集められる。そしてそれが分けられて、さまざまな口座に流れていきます。たとえば物資の供給者に流れ、人々を守るためのカネになり、わいろ用のカネになる」

「七五万ドル」カスパースが思案顔で言う。「たいした金があるものだな、あっちには」

「一日に、ですからね」エヒラーが励ますように付け加える。

「そしてその、ライオネルというやつは」事務次官がしつこくたずねる。「いったい何者なんですか?」

「詳しい情報が何もないのです」エヒラーは一枚の紙を引っ張り出す。「本名ですら、まだわかっていません。生年月日も偽りかもしれません。キャンプの書類自体が不完全だという可能性もあるし、記入が不正確だったのかもしれない。しかし、二つの情報源によれば、このライオネルという男はしばらくのあいだ、密航斡旋人のもとで小さい仕事を請け負っていたらしいです」

「やっぱりな」ゲーデケが断言する。「斡旋人だ」

「だが重大な役目をしていたわけではなく、下っ端にすぎません。そして密航の料金が上がり、人々がそんな金額を支払えなくなると、仕事が減り、首を切られた。しかしコネだけは保っていたので、このプロジェクトをなんとかうまく運ぶことができた。人々が代金を支払っているかどうかの管理や、水や食べ物の分配やらを、この青二才がぜんぶ組織したり準備したりしているわけではないのでしょう。おそらく斡旋人のもとで働いていたときの仕事仲間が、手を貸しているのでしょうな」

「それで、その仕事仲間の代金はだれが払うと?」ツァイツが驚いたように言う。

「なな・じゅう・ご・まん・ドルもありますから」事務次官が嫌味をこめて言う。

「そう考えるのももっともですが」エヒラーは認める。「しかし連中はどうやら食事と宿をタダにしてもらって、一緒に移動しているようです。忘れないでほしいのですが、彼らも難民なのです。でもこのライオネルというやつは、自分の料金を毎日五ドル支払っています」

「殊勝なことだ」事務次官が歯ぎしりせんばかりに言った。「そういうことなら、ハッケンブッシュも払っているのでしょうな」

「いいえ」エヒラーがそっけなく否定した。「ハッケンブッシュは一〇ドルを払っています」

「つまりこれは、連邦情報局の評価によれば、なかなかすばらしいモデルだということですか」

「なにかの評価を発表するというのは、連邦情報局にはそぐわないのです」エヒラーは念を押す。彼はふたたび暗い雰囲気に戻り、精魂尽き果てたような、ぐったりした表情を浮かべている。「私の口調にいくぶん敬意を感じとられたかもしれませんが、それはあくまで相対的なものです。じっさい、彼らは自分たちが手にしているごくわずかなものを、私たちの予想を超えた方法と効率性で活用しました。そしてあなたがたの思惑にはまったく沿わないことでしょうが、このモデルには人々を支える力がある。もちろんこの先、特別な状況下で弱点が明るみに出ることは、一度ならずあるでしょう。しかしこのモデルには発展する潜在性があります。貯えもあるし、適応力もあるのですから」

事務次官はそれ以上聞く必要がなかった。彼は自分の肘掛椅子を机から離して言った。

「ありがとう。大臣に報告します。結論はこういうことでよろしいですか？　早々にやつらが頓挫することはおそらくないだろうと」

疲労はいつのまにかエヒラーを、もみ消されたタバコの吸い殻のように小さく折りたたんでいた。だがこの質問は彼の心に今一度、火をつけたようだった。

「だれが頓挫などと言いましたか？　やつらは着々と進んでいるのですよ！」

女の偉大さが示されるとき

ナデシュ・ハッケンブッシュが心無いスキャンダルに襲われている。いまだ夫である男性が真実の顔を明らかにするいっぽう、ナデシュは、年若い女性事業家たちが勇気を失わないように助けの手を差し伸べている。

アストリッド・フォン・ロエル

人生は時に、曲がりくねった小道を通じて人間を天命へと導き、私たちを驚かせる。まっすぐな道がとられることはいっさいないように見える。なぜなのかと、人はしばしば自問する。でも《人生》は、胸の奥深くで知っている。ある人間をあまりに早く目的地へと運んでしまったとき、その速さはけっしてプラスにはならないのだと。焼けつくようなアフリカの太陽の下、ナデシュ・ハッケンブッシュのそばでこの数日間を過ごした人間には、それが痛いほどよくわかるはずだ。「二〇年前の私だったら、とてもすべてに対処できなかった」ナデシュは思いにふけりながら言う。砂漠を吹き抜ける風が濃い茶色の髪を、ハープを奏でるようにもてあそぶ。「あのころの私にはわからなかった。でも今は、私に何かを教えてくれるすべてのものに感謝している。なぜならそれは今、私に役立っているから。私と、彼らに」「彼ら」とは、世界の人々が息をつめて見つめる中、ナデシュが道案内をしている数十万の難民のことだ。そばに寄り添う新しい恋人ライオネルとともに、彼女は暗黒大陸の危険をかいくぐりながら行列を率いている。そのナデシュが今この瞬間、『イヴァンジェリーネ』だけにその心をかつてないほど開いてくれたのは、けっして偶然ではない。いまだ驚くほど若々しいこの女性は今、生涯でおそらくもっとも危険な冒険に立ち向かういっぽう、個人の生活でも大きな危機に直面している。それは、運命がひとりの人間のために準備できる危機としては、最大と言っていい危機だ。とても想像できないだろう。今、数十万人への責任を負う彼女はいっぽうで、始まったばかりのすばらしい恋愛を経験しているのだ。それは、昨今「関係」としばしば呼びならわされる男女の間柄とはあきらかに異なる輝かしいつながりだ。その女性が今、無責任な非情という深い暗黒を見つめている。

張本人は、いまだ彼女の夫であるニコライ・フォン・クラーケンだ。昨夏、サン・バルテルミー島の雪のように白い砂浜で、シャンパン色の泡立つ海に祝福の杯を傾けられながら、ナデシュと改めて結婚の誓いをしたあの男性だ。つらい時にも彼女を愛すると誓ったその彼が今、ナデシュの真の愛を妨げようとするとは、なんと惨い仕打ちだろうか。ナデシュが息子のキールとミンスをゆだねている彼は、心のない弁護士を通じて無情な知らせを届けてきた。離婚をするならナデシュの財産の半分をよこせと要求してきたのだ。ナデシュは気丈に視線をそらし、外を見る。どこまでも果てしなく広がる景色が、彼女の心をいやす。

「私を地面につなげてくれるの」ナデシュは雄々しく微笑む。「ここのすべてが。大地も、人々も、ライオネルも。もっと大事なものも、あまりにたくさんあるけれど」ニコライについて彼女は今、話したがらないし、話すこともできない。弁護士にそれを禁じられているのだ。「たとえ今、一見不公正なことがたくさん起きているにしても、そして、ひとりの女にはとてもできないようなふるまいを一部の人々がしているにしても——私はこの国の中で日々、学んでいるの。無駄に起きる出来事などひとつもないのだと」

私たちは今、ナデシュの胸に秘められた使命に向かっている。繰り返すようだが、何かに向けて**人一倍の努力をするのはやはり女性だ。**そのために巨大な障害を乗り越えなければならないのもまた女性なのだ。状況を逆にチャンスとしてとらえた難民の中の若き女性事業家たちは、この何もない状況の中でもっとも窮乏しているものを見定め、事業としてのサービスを差し出し始めた。その場にナデシュ・ハッケンブッシュが居合わせたのは、まさに天の配剤というべきだろう。ナデシュはほかのだれよりも、若い女性事業家がぶつかる困難をよく知っている。

己を認めてもらうために、ナデシュは並外れた努力をしなければならなかった。男性にとってそれは、地べたに転がっていて拾い上げればいいだけの、ごく当たり前のものなのに——。ナデシュが最初の一歩をおそるおそる踏み出したのは一九九九年初頭のことだが、それは当初から彼女が気づいていたからだ。「**女は外観だけを頼みにはできない。**それは万人に通じることよ。この私にだって。今の人たちには想像もできないでしょうね。あのころの私がどれほどの抵抗にあい、戦わなければならなかったか。あれはまだ九〇年代だったから！」彼女は当時「ナデシュの匂い」というコスメティック・シリーズを売り出し、センセーションを巻き起こした。だが、先進的なコンセプトや卓越したアイデアにもかかわらず、発売からわずか四週間で、有望視されていたそのシリーズは市場から引き下げられた。

彼女がそこからいかに速く学習したかをはっきり示すのが、「ハッケンプッシュ・アップ」ブラの成功だ。この商品は、不利な環境においてみごとな健闘を示した。だが「残念ながら私たちは市場から見捨てられた。もちろんそれは、あなたにだっていつでも起こりうることよ」とナデシュは笑顔で言う。だが、業界にまたもや邪魔立てされたことを、彼女が知らないわけはないだろう。ハッケンプッシュ・アップが発売されたその年に突然、胸を小さく見せるブラが流行になったのだ。著名な市場観察者らは、「これはただの偶然ではない」とひそかにささやきあっている。もちろんナデシュ・ハッケンブッシュはこのときも簡単にくじけたりはしなかった。近しい人々は、彼女がすでに次のプロジェクトをあたためていたことを知っている。残念ながら今のところそれは、やむなく後ろに退けられている。「私は自分の経験を、ドイツにいるときと同じほど有意義に活用できる」ナデシュは力強く言う。「もっと有意義にと言っていいかもしれない。私は人々の困難を知っているのだから」

ここアフリカで目のあたりにした状況に、彼女は憤慨している。「若い女性事業者はひどく搾取されているわ」彼女らが携わるのは、種々雑多な手仕事だ。旅の途中では往々にして必要になる職業であり、そしてさまざまな面で経験の少ない独身男性が多数いる場ではぜひ必要な仕事でもある。「女性たちは日一日と働きながら旅を続けている」ナデシュ・ハッケンブッシュは説明する。「十分なお金を貯めてこられなかった人には、そうやって日ごとに支払われる代金が、唯一の生命線なのよ」だがこうした女性たちは、しばしばそこにつけこまれる。

旅をする人々は毎日、正午までに支払いをしなくてはならない。「正午が近づくにつれて、そういう女性はひどい圧力をかけられるの」ナデシュ・ハッケンブッシュは現場で目撃した光景に文字通り蒼白になった。「お客が値段を引き下げようとするの。そして女たちにより多くの仕事をさせようとするのよ」とりわけ腹立たしいのは、そういうお客がつねに男性であることだ。「あきらかに教育の問題よ」ナデシュ・ハッケンブッシュは批判的に言う。「女は手仕事に長けている。それは、そういうふうに教育されるから。男はそうではない。でも、男がそうしたサービスに相応の対価を支払おうとしないのは――残念だけどよくあることだわ」

だが、男たちは罪悪感など抱かない。私たちはナデシュ・ハッケンブッシュが、払いを渋る客のひとりを探し出し、詰問する場面に同行した。その若い黒人男性は狼狽していたが、それでも責任を果たすのを渋った。「しょうがないよ。僕は結婚していないんだから」ナデシュが気色ばんだようすで、なぜ結婚がここで関係するのかと問いただすと、男は「結婚していれば、妻から無料でしてもらえる」と抗弁した。驚いたのは、司会者でありショーのアイコンでもあるナデシュがこの男を果敢に怒鳴りつけたことだ。そしてついにナデシュは、すっかり萎縮したそのお客（彼はまだ一六歳になったばかりだという）に労働の対価をスマートフォンで相手に支払わせた。零細な女事業家は喜びに顔を輝かせた。両者は和解し、男は詫びを言い、分別を示した。ナデシュ・ハッケンブッシュはこう希望する。「うまくいけば彼は彼女のお得意様になってくれるかもしれない。長期的なビジネス上の関係は性の境を越えて、たがいの理解に寄与する可能性があるわ」

対立に固執せず、**共生を求める女。**個人的な問題を抱えていながらも、究極的には男と女の未来を信じる女。二〇年前の彼女だったら、そんなことは可能だっただろうか？「二〇年前だったら、私はあの若い女性たちを助けることができなかった」ナデシュ・ハッケンブッシュは強調する。「今このときに私がここに来るように、人生がはからったのだと確信しているわ。大切なのは、可能な限り早く目的地に着くことではないのよ。自分が必要とされているときにこそ、そこにいなくてはならないわ」

第26章

ゼンゼンブリンクはドアを後ろ手で閉める。書斎机をぐるりと回り、肘掛椅子にゆっくりと腰を下ろす。そして向かいの壁を見るともなく見る。『あなたは私の母ではない』のポスターがある。ゼンゼンブリンクが初めて単独の責任者になった番組だ。それから、残念ながらパイロット版以上にはならなかった『エクストリーム・ドイツ』のポスター。あれは愉快な番組だった。三人の難民認定申請者が、四週間でどれだけドイツに適応できるかを競うのだ。勝者は、偽装結婚の権利を得る。もちろんそれは内輪のジョークであって、勝者がほんとうに手にするのは賞金だ。だが、ともかく三人のうちのひとりは国外追放の戒告を、番組で示した努力によってほんとうに半年間延ばすことができた。最上の物語を書くのは人生ではなく、テレビなのだ。

ゼンゼンブリンクは立ち上がり、小さな冷蔵庫のところまで歩いていく。ジュースを一本取り出し、栓抜きで栓を開ける。机に戻り、椅子に座り、ジュースの瓶を電話の近くに置く。一年か一年半前、局は全従業員がジュースを勝手に飲めないようにした。それからミネラルウォーターも。そのかわり、水道のそばに炭酸水の製造機を据えた。そばには大きなポスターが貼られた。水道水がいかにすばらしいか、そして製造機で作った炭酸水がミネラルウォーターに――勝るとは言わないまでも――いかにひけをとらないかが説明されている。『苦界に天使』の視聴率がうなぎのぼりになって以来、ゼンゼンブリンクは自分用の冷蔵庫をふたたび与えられ、その中にはふたたびジュースもミネラルウォーターも常備されるようになった。瓶入りの水がなぜそれほどひどいものではないのかは、興味深いことに、わざわざポスターで説明しなくてもいいらしい。人間はおろかだが、そこまでおろかではない。ゼンゼンブリンクはジュースの瓶を見つめ、そして、自分がジュースなど飲みたいと思っていないことに気づく。タバコを吸う人間だったら、おそらくここで、タバコの一本でもくゆらせていただろう。ゼンゼンブリンクは満たされない気持ちのまま椅子の背に寄りかかる。落ち着かない気分だった。

からっぽだ。

もしかしたら、あまりに速く、ことが進みすぎたのかもしれない。

ゼンゼンブリンクは、超特急の仕事が好きではない。世の中には、いつも自然に最善の反応ができて、プレッシャーのあるときやぶっつけ本番でも、すばらしいアイデアを思いつける人間がいる。テレビ界の帝王ゴットシャルクなどは、あきらかにそういうくちだ。いっぽうでこのゼンゼンブリンクが逆立ちをして何かを思いついたとしても、それがテレビ界の世紀の一瞬になることなどありえない。うちのボスは昔、まだプロデューサーだったころ、きっとそういうやつだったのだろう。だが、ゼンゼンブリンクはちがう。人は、たとえば休暇でマヨルカ島の別荘に行ったときのような、何もないときには一日中だって自然体になれるものだ。でも、自分はそうではない。自然体になろうとあくせくして、あげくクソみたいな結果になる。行った先で雨に降られたり、海水パンツを忘れたり、コンドームを忘れたり。

なぜそんなろくでもないことになるかというと、きっと、どのくらい自然体になりたいのか、自分でわかっていないからだ。ゼンゼンブリンクにとって自然体とは、たとえていえば、浜辺のセックスみたいなものだ。響きはどことなくすてきだが、結局それは、体の一部が砂まみれになり、あっというまに皮膚が日に焼かれ、肩から大きく皮がむけるだけのことだ。

ともかくゼンゼンブリンクは、計画を立てるのを重んじている。最悪のケースのシナリオとその対処法を考え、それがわからないときは十中八九、決断を延期する。延期は現代的なマネージメントにおける成功の鉄則だとさえ、彼は思う。ほんとうにすぐ決断しなければならない問題は、片手で数えられるほどしかないものだ。そういう数少ない問題にも、準備をすることはできる。そして今日は、そうした一日になるはずだった。

ゼンゼンブリンクは可能なかぎり待った。計画も二つ準備しておいた。そして会議では、すばらしい情報も得られた。あのときオーラフは、アーチスト気取りのもったいぶった仕草でいちばん最後にゆっくり会議室に入ってきた。発売前の『イヴァンジェリーネ』が脇に挟まれていた。彼は空いている肘掛椅子にだらしなく座り、持ってきた雑誌を手首で器用に回転をつけて机の上に滑らせた。雑誌は机の上でくるくると回り、ちょうどいい場所で止まった。もちろん丸テーブルなので、どんな場所で止まってもだれかにとってちょうどいい向きではあるわけだが——。オーラフはそんなふうに登場し、発言した。

「どういうことですかね。僕の目がどうかしていない限り、今、『イヴァンジェリーネ』で読んだところによると、われらがスターは売春婦のためにカネの取り立てをしているようですが」

ガタガタと大きな音がして、みなが雑誌のほうに殺到した。ゼンゼンブリンクはそれに加わらなかった。ベアテが加わったことはすぐにわかった。実のところその記事は、ハッケンブッシュとクラーケンが別れるだの別れないだののゴタゴタを六ページにわたってルポしたものにすぎなかった。だが、記事の終わりにたしかにオーラフの言う通りのことが書かれているのは、読み手の目がふし穴でないかぎり、あきらかだった。

「ちっともわからないんですが、うちらはこの雑誌の記事について毎度、なぜこんなに頭を痛めなくちゃいけないんすか?」オーラフは言った。「自分が言っているのは、毎週二度のこの議論のことです。どうしてこんな話が出てくるんですか? これをどれくらい明らかに伝えろと? コンセプトの段階でも最後のチェックでも、法律顧問がこれを全部見たら、ケチをつけるに決まっている――われらの天使さまがあちらで好き放題しているいっぽう、うちらはここで何のためにぐちゃぐちゃ話し合いをしなければいけないんですか? あの女はときには『苦界の天使』であり、ときにはスーパー難民の恋人であり、そして今度は何ですか? 驚いたことに、旅する売春宿のババアときたもんだ」

会議室にざわざわと動揺が走った。ゼンゼンブリンクは、そういう状況をいつもおおむね好都合に感じる。動揺が起きたときはすみやかに、最善のタイミングで、みなを落ち着かせる役を買って出ればいい。ただし、だれかに先を越されてはいけない。ベアテ・カールストライターの良いところは、自信のなさゆえか周囲の動揺に影響されやすく、こういうときにゼンゼンブリンクを出し抜いたりしないことだ。だからゼンゼンブリンクは、ベアテ・カールストライターがこう切り出すのをゆったりと待っていた。「困ったことになりそうね。すぐに事態を検証しなくては」それを受けてゼンゼンブリンクはおもむろに口を開いた。

「みんな、落ち着け。そういうことが六八年にはなかったとでもいうのか?」

言ってしまってからゼンゼンブリンクは、六八年に何が許可されたのか、正確に言えないことを認めなくてはならなかった。ともかく、あのころを境にたくさんのことが可能になったのはまちがいない。女がミニスカートを穿くこともできるようになったとか。もちろん、ミニスカートに反対する法律なんてものは存在しなかったはずだが——。ありがたいことに、だれもゼンゼンブリンクの発言に突っ込みを入れなかった。

「私の知るかぎり、売春の仲介は今も禁止されているはずですが」本質的には頼りになるアンケが発言した。

「売春の仲介とは、それでカネをとることを言うだろう。せいぜい——」ゼンゼンブリンクはそう言いながらクールに後ろに寄りかかった。「せいぜい人々が言えるのは、ナデシュ・ハッケンブッシュは売春を無給で促進しているということぐらいじゃないか」

「無給の売春仲介は、売春の強要とはちがうということですか?」ハイヤットが発言した。ゼンゼンブリンクはこういう場に彼女をしばしば登用してきた。非常に聡明な女に見えたからだ。だが本当にそれが良い考えだったのかどうか、徐々に疑問がわいてきた。

「私はよその国の司法には詳しくないが」

「『イヴァンジェリーネ』はここで出版されているんすよ」オーラフがそっけなく言った。

「なら、それはやつらの問題だろう」ゼンゼンブリンクはオーラフの発言をかわした。「それよりも重要なのは次のことだ。あっちでこういうことが起きているのを、われわれはいったい理解していたのか?」

「私は知りませんでした」

「自分も」

「なんだ、それは。これだけの騒ぎが持ち上がっているんだぞ！　娼婦らが男とやりながら、砂漠を抜けてヨーロッパに向かっている。そして時期を失せずにこのことを理解した以上、われわれはそれを映像におさめることもできる。あの女は泣き喚いたりなぐさめたり、おとくいのヒューマン・タッチのなにかをしたりするだろうが、すすんで罠に飛び込むような真似はしないだろうよ」ゼンゼンブリンクは少し間《ま》を空け、わずかにもったいをつけて続けた。「われらのトップスターが迷走しているのは、われわれが仕事をしなかったせいではない。われわれがよく見張っていなかったからだ」

さらに長い間があった。当惑したような沈黙は、悪くない。だが、適切な時間が必要だ。ほんとうに正しく、効果の大きい、困惑したような沈黙は、パンケーキの生地のようなものだ。フライパンの真ん中にシューッと大きな音を立てて落ちた生地は、ゆっくりと広がっていく。それをじりじりしながら見物するのと同じだ。

この沈黙は、次のポイントに進む理想的な足がかりになるはずだった。ゼンゼンブリンクは言った。

「よし。それではここで、次の点についても言及しておこう」

ゼンゼンブリンクはじつは、これまでだれもそれを言い出さなかったのが不思議だった。そういうことは時おりある。みなが何かを遠巻きにした結果、正しい決断者がその不愉快なテーマをきっぱり議事録に載せるということはままあるものだ。大将とはただ昇進を告げるだけでなく、時には兵士を火中に送り出すような指令も行わなければならない。

「これまでは幸運にも、他社はどこもこの点について探りを入れてこなかった。だが、現在の立場に甘んじて油断をすることはできない。私もできれば、ものごとの良い面だけに光を当てていたいが、それはできない相談だ。われわれが新しく獲得したジャーナリスティックな立場を、われわれは守らなくてはならない。クカテンを、単なるお天気任せの企画に落ちぶれさせては……」

一同は困惑した表情を浮かべていた。まるでゼンゼンブリンクが、とんでもなく馬鹿げたことを口にしたかのように。そしてゼンゼンブリンクは推測した。これは、自分が隊よりもあまりに前に進んだ印なのかもしれない。ゼンゼンブリンクは、あたかも国家を背負っているような口調を崩さずにさらに続けた。人々がどう思うかなど、知ったことではなかった。

「……これから数日、あるいは数週間で、不愉快な事態が起きることになるかもしれない。だがわれわれが、別のメディアに強制されるようにしてそれをとりあげるという事態は、なんとしても避けなくてはならない。テーマを定め、トーンを定めるのはわれわれだ。われわれはレースを一番有利なポジションから開始し、支配しなくてはならない」

同意の頷きが止まり始めたのは、このころからだった。

「……だが、なにより重要なのはデータベースだ。われわれは、事実と事実でないことをきちんと知らなければならない。見かけを繕わないデータがいる。言うまでもないが、それらの情報はひとつもこの部屋から出してはいけない。だからといって、ごまかしは許されない。コンサバな見積もりを頼む。それが悲観的なものになってしまったとしても、それで君たちのことを陥れようとしたりはしない。どんな重みにも耐える最悪のケースのシナリオを作成するために、それが必要なのだ」

何がまちがいだったのだろう？　たしかに自分は問いかけをしたわけではないが、それにしても、だれひとり口を開こうとしない。たとえ質問を投げかけてもだれも答えを返さないだろうことは、最初からわかっていたのだが――。ともかくゼンゼンブリンクははっきり認識していた。この先あと数週で、自分のキャリアは決まる。自分は長いこと、そこから目をそらしてきた。自分に選べるのは、せいぜいペストとコレラのどちらかくらいだったからだ。でも、今の自分がいるのは、たとえていえば一〇メートルの飛び込み台の上だ。あるいは飛行機から落ちようとしているパラシュート。そんなふうに想像すると（現実にはゼンゼンブリンクはどちらも未経験だし、この先もやってみるつもりはいっさいない）、体じゅうにアドレナリンが満ちてくるのが即座に感じられた。今が勝負だ。

「さて、それでは数字を机にあげよう。死者はどれくらい出ている？」

一同は静まり返った。

「気にするな。うまく処理はする。何人だ？」

だれかが答えた。「ゼロです」

「それはすばらしい。だが、予想はしていたことだ。今必要なのは、危機対策であり、そして……」

「失礼。私の話を正しく理解していただいているのかどうか、よくわからないのですが。死者はひとりもいません」

ゼンゼンブリンクの頭の中でこの瞬間の記憶は、終わりのないループのように今も繰り返されている。文章を言いかけて固まった自分の顔。言葉を継ぐまでにかかった、一〇秒とも思える一秒。「どうして——。死者がいない？」ゼンゼンブリンクは言った。

「はい、いません」

「一五万の人間が砂漠を歩いているんだぞ。**砂漠を**！　死者が出ているだろうことくらい、みな、わかっている」

「可能性としてはわかりますが、現実に、死者はゼロなのです」

きわめて不愉快な記憶だ。ゼンゼンブリンクは途方に暮れ、馬鹿みたいなセリフをつかえながら口にした。「だが、なにがしか、あるはずだろう？　夜中に地面を掘って、遺体を埋めているとか、そういうのが？」

「ありえなくはないですが」カールストライターが言った。「でも、おそらく可能性は低いでしょう」

「しかしそれは、常識に一〇〇パーセント反しているだろう！　無数の危険が伴うプロジェクトなんだぞ！　たとえば、カネを払えなくなったやつはいないのか？」

「グランデに以前からその件は問い合わせているのですが」本質的には頼りになるアンケが言った。「それならそうと、前もって知らせてくれればよいものを。「今のところ、そういうことは起きていないようです」

「それで、カネはどこから来ているんだ？」

「ああ、それについてははっきりさせておきましょう。彼らはお金を**もっている**のです」

「だから、それはどこから来たカネなんだ？」

「貯めてきた人もいます。危機にある国家にお金を投資したくないと思ったのでしょう。家族にお金を工面してもらった人もいます。それに料金は一日ごとの分割払いですから、みな、お金を調達するための時間の猶予があるわけです」

「女に関してはおそらく、事情がいささかちがうだろうに」オーラフが言った。「だれも女に投資はしない。でも『イヴァンジェリーネ』のおかげではっきりした。資金調達が十分でなかった人間も、臨機応変に事態を切り抜けているのだと」

「年寄りは？　それから病人は？」またもや愚かな質問だ。あとから考えると、とんだ恥をさらしたものだった。そのとき部屋にいた人間のほぼすべては、彼よりも事態を把握していたのだ。

「どうして年寄りや病人がいると思ったんすか？」オーラフがいぶかしげに言った。「そもそも最初から、そういうやつらを連れてきてはいないでしょう」

「私も、これまでの映像の中にお年寄りや病人をひとりでも見かけたか、ちょっと思い出せないのですが」本質的には頼りになるアンケが補った。

ジュースを飲む気はいっこうにわいてこない。ゼンゼンブリンクは頭を振りながら、机の上に置かれたジュースの瓶を、たったひとつのチェスのコマのようにあちこちに動かす。あのあと、賞賛の言葉を適当にばらまき、旅する売春婦の問題をとりあげ、特別版のさらに特別版をナデシュ・ハッケンブッシュ抜きでつくるよう命じた。胸が見えればいいだけなら、やつがいなくたっていいのだ。自分は何とかうまく事態を切り抜けた——。だが今、この空虚さは何だ。

嬉しくはなかった。だが、自分は人生最大の冒険に直面していたのだ。すべてを投じた賭けだ。吉と出るか、凶と出るか。自分は、多数の死者という扱いにくいテーマをうまく操っていたはずだ。冷徹で、超然としたプロフェッショナルだ。いずれ取締役となるべき素材なのだ。

そして、今はこれだ。

気を楽にすべきなのだろう。でも不安はぬぐえなかった。今ゼンゼンブリンクが感じているすべては、果てしない失望だ。彼は二度とないチャンスを、華々しい最終回を迎えるチャンスを奪われたような気がしていた。勝てるかどうかはわからない——。だが、それに向けて準備をしていたのだ。それなのに、突然その機会を奪われてしまったのだ。

ナデシュ・ハッケンブッシュのクソキャラバンで、ひとりも死者が出ていなかったおかげで。

第27章

年をとったな、とロイベルは感じた。もちろん、じっさいにそれなりの年齢であることは承知だ。仕事のおかげで、まだ人生の只中にあるように感じてはいる。だが正直に言えば、六〇代の半ばを過ぎてしまえば人はもう若くはない。歌手のディーター・ボーレンはきっとそんなふうに考えたくないのだろう。でも、テレビの画面をつけて、何の説明がなくてもこれがだれだとわかる芸人がディーター・ボーレンだけになっていたら——少なくともビンヒェンがテレビのリモコンを握っているあいだは——それはもう、自分が若くないということだ。

ロイベルはうらめしげに冷蔵庫を見る。二本目のビールをあけたい気がする。でも妻はそれを好まない。ビンヒェンがいないときには、「もうよしてくださいな。お酒を飲んでいると私の話を聞いてくれないのだもの」と妻は言う。そして今日は「孫娘が来ているときはよしてくださいな。ビンヒェンとおしゃべりでもしたらいかが！」というわけだ。だから、二本目のビールは飲めない。ロイベルはじっとテレビを見る。ナデシュ・ハッケンブッシュがまた愚行を披露している。ナデシュはスタジオにはいないが画面には、マイクをつけた彼女が例のジゴロを抱きしめる場面が映っている。このジゴロが、厚かましさと抜け目なさを絶妙に混ぜたやり方で、ドイツとそのテレビをこの窮地に陥れたのだ。それなのに、ビンヒェンはきゃあきゃあ嬌声を上げるばかりだ。「ねえ、おばあちゃん。あの人、また見てるよ。カワイイ！　ラブラブな感じ！」

「ビンヒェン」ロイベルはいさめるように言う。「この男はたしかに……すごくカワイイかもしれないが、ラブラブとは限らないだろう」

「ううん。私、知っているもん。この人がナデシュとセ……」ビンヒェンは口に手をあて、可愛らしい表情をする。ロイベルは聞こえなかったふりをした。「でも、まあ、いいじゃん。愛だもん。愛がもしなかったら、ママも私もこの世に存在していないよ」

「まあ、愛だけではないだろうよ」ロイベルが厳しく言う。「ちがう要素もあるさ。この男にはわかっている。ハッケンブッシュと一緒にいれば、一緒にいないよりも、より良いカードを手にできることがな」

「だから、これは愛じゃないってこと？」

「いいえ。愛でしょうよ」ロイベルの妻が助け舟を出す。「でも、おじいちゃんが言いたいのはね、男の人には気をつけなければならないってことよ」

「おばあちゃんは、おじいちゃんに気をつけた？」

ロイベルの妻は笑う。「きっと注意が足りなかったのね」

ビンヒェンはテレビの音量を絞る。コマーシャルで番組が中断されたのだ。

ロイベルは言う。「じゃあ、あのころの私になぜ気をつけるべきだったのかな、おばあちゃんは？」

「ほんとうに愛だけじゃないかもしれないからでしょ」

「あのころはそういうことは、今より簡単に確かめられましたからね」ロイベルの妻が説明する。「あのころの若い男の人は女の人をこう口説いたものよ。君は僕とベッドに入るべきだ。さもなければ君はカタブツだ」

「だから、簡単だったってこと？　ほんとうにそうしたの？」

ロイベルは妻をにらむ。子どもにすべてを話す必要がほんとうにあるのか？　妻は、ときには本当のことを言わなければならないとでもいうように、ロイベルに視線を返す。そして椅子から立ち上がり、こう言った。「多少はね。でも、あまり良いとは思えないこともたくさんあったわ」

「たとえば？」

「そうねえ」妻は、秘密の箱から何を取り出すべきか考えているような顔をしている。ロイベルは妻に視線を送る。だが妻は、なにに蓋をすべきかわからずにいる。当然だ。ロイベル自身にだってよくわからない。

「そうねえ、カタブツじゃなければつきあえと言われるのは大嫌いだったわ。頭の固いわからずや女に思われたい人はいませんからね」

「それで……」ビンヒェンは改めて確認するように、ロイベルのほうを見て言った。「それで、おじいちゃんは？」

「おじいちゃん？」

「うん」

「おじいちゃんは、ちがったわよ。私は友だちと一緒に公園に座っていた。男友だちも何人か一緒で、みんなでタバコを吸っていた。そこにおじいちゃんがきた。とてもきびきびした、まるで子どもがプールの飛び込み台に向かうような足取りだった。何かが起きたら飛び込む勇気をくじかれてしまうのではないかと案じる子どもみたいに」

「ふーん。それで？」

「ええ、それでね、おじいちゃんは、とてもロマンチックなことを言ったの。おじいちゃんにとって、それがたやすいことではないのだと、見ていればわかったわ……」

ロイベルは警告するように咳払いをした。

「……おじいちゃんの顔が赤くなっていたから……」

「……ＳＰＤの赤い旗より？　ははは、それじゃたいしたことないね」

ビーネはくすくす笑う。「それで、その超ロマンチックな言葉をおばあちゃんは信じたの？」

「私が気に入ったのはね、おじいちゃんがそれを、あの一団の前で言ったことなのよ。すごく勇気がいったと思うわ。ベルボトムのズボンをはいて、ライムント・ハルムシュトルフ風の頬髭を生やした、さりげなくてカッコいい青年たちのところにおじいちゃんは、スーツにＣＳＵの飾りピンをつけた姿であらわれたの。それでおじいちゃんが言ったのは……」

「もうそれくらいでいいだろう！」

「……私はおじいちゃんにとって、世界でいちばん美しい娘だ。そしてもしも一緒になってくれたら……」

ロイベルは居心地悪そうにそっぽを向く。

「……そうしたら、この先の人生をずっと幸せにしてあげようっておじいちゃんは言ったの。男の子たちが、『僕と一発やれば最高だぜ』としか言わなかった時代にですよ」

「一発！」ビンヒェンが吹き出す。

「そうなのよ」ロイベルの妻がにやにや笑う。「だから、『幸せにする』はとっても新しいアプローチだったの」

「それで？　おじいちゃんは、おばあちゃんを幸せにしてくれた？」

「そうねえ」ロイベルの妻はにこにこして言う。「努力はしてくれたわね、それに……」

過去の魅力は、ビンヒェンがテレビのボリュームをふたたび上げるのを忘れるほど強烈ではなかった。コマーシャルが終わったようだ。若いプレゼンテーターが、ちょうどスタジオに入ってきただれかを紹介している。「カンピーノ！」

「げええ」ビンヒェンが言う。「いったいだれ、これ？」

「あら」ロイベルの妻が言う。「『トーテン・ホーゼン』のカンピーノでしょ！　私たちだって知ってるわよ！」

「ふーん。そうなの」

「オールドスクールだな、まったく」ロイベルはそう言って立ち上がる。今この時に、カンピーノのような善人野郎にしゃしゃり出てこられるのはありがたくない。まったくありがたくない。棚の中に洋梨のシュナップス〔蒸留酒〕がまだ残っていたはずだ。ロイベルは妻の視線を感じたが、無視した。

「ちがうよ、おじいちゃん。これはオールドスクールどころじゃない」

「ではなんだ？」

「ジュラ紀《ジュラシック》」

ロイベルは頭を振りながら、蜂蜜色のシュナップスをいくらかグラスに注ぐ。洋梨の柔らかい香りが立ちのぼる。テレビではカンピーノがなにかを「とてもすばらしい」と賞賛している。「クソくだらない民放の局なのに」とカンピーノは言う。

「ちょっとちょっと」プレゼンテーターが笑って言う。「僕はそこから給料をもらっているんですが！」

「それはよかった」カンピーノが相手の肩を威勢よく叩く。「君みたいなやつは普通この局では、『二五のもっともすばらしい社会的事件』あたりに行き着くものだがな」

中継画面にナデシュ・ハッケンブッシュが映る。彼女は興奮した甲高い声で、カンピーノがスタジオに来てくれてとても嬉しいと言う。カンピーノは、ナデシュがしていることは「とてもすばらしい」「すごいことだ」と返し、ロックバンドの「トーテン・ホーゼン」がベルリンでチャリティーコンサートをする予定だと告げた。そしてだれが賛同しているかを教えておこうと言い、リンデンバーグとニーデッケンとグレーネマイヤーの名前をあげ、収益はみなナデシュの立ち上げた基金に行くと語った。ナデシュは涙をこぼしながらカンピーノを、ほんとうにすばらしい人だと褒めあげる。

ヴァッカースドルフ、とロイベルは思う。ロイベルはニーデッケンの名前を聞くと、ヴァッカースドルフの音楽祭を思い出さずにいられない。あの音楽祭は、ヴァッカースドルフの核燃料再処理施設建設を阻止するのに一役買った。ポップミュージックが難民の件でもしゃしゃり出てくるなら、二重に対抗手段を講じる必要があるだろう。もっともビンヒェンが口にするのは、「BAP〔ニーデッケン率いるケルンのロックバンド〕って何？」という程度の質問かもしれないが。

だが、ビンヒェンは「げー。古い歌ばっかり」と言っただけだった。

まあよいだろう。これならおそらく、ずいぶん小規模なヴァッカースドルフだ。

「ところで、なぜこの番組をつけているんだ？」ロイベルはシュナップスのグラスを手にソファに戻りながらひとりごちた。

「もうすぐシュミンキが出るからだよ！」

「だれだ、それは？」

「シュミンキ・クラヴァル！」

カンピーノはさらなる計画をまくしたてていたが、ロイベルはろくに聞いていなかった。ビンヒェンが、シュミンキ・クラヴァルというユーチューブのスターがいったい何者かを説明していたからだ。ビンヒェンは携帯電話で動画をいくつか見せてくれたが、その娘のなにが魅力なのか、ロイベルにはさっぱり理解できなかった。もちろん知識として知ってはいる。世の中には、ユーチューブ上に自身のチャンネルのようなものをつくる人間がたくさんいる。だが、ロイベルはこれまでずっと、そういう人々はテレビではできない大胆なことをユーチューブ上でしているだけだと考えていた。だがこのシュミンキという娘が主にユーチューブでしているのは何かの商品の紹介と、人々をいろいろな場面で茶化したりすることくらいなのだ。彼女のどこに商品テスターとしての能力があるのかは不明だが、そうした能力はこの動画の魅力ではないらしい。このシュミンキなる娘はユーチューブ上で《ベストフレンド》を巧みに演じ、五〇〇万人のベストフレンドに自身の生活を共有させている。なんという矛盾。しかも、利発な孫娘がそれに心酔していることが、ロイベルには信じがたかった。

「でも、おじいちゃん、そんなこと、私はわかっているよ！」

「それならなおさら、私にはわからんよ」

「おばあちゃんに聞いてごらんよ。おばあちゃんは知ってるよ――ほら、シュミンキだよ」

ロイベルは妻をちらりと見る。妻は肩をすくめながら目を大きく見開き、確信に満ちた声で「おばあちゃんは、なんでもわかっていますよ」と言う。ロイベルはシュナップスをもう一口飲み、画面を見つめる。シュミンキというブルネットのかわいい娘が、帰還兵を迎えるようにプレゼンテーターの首っ玉に抱きつき、さらに、人々に地下鉄で席を譲られる老紳士に対するようにカンピーノにうやうやしく手を差し出す。そして三人はショー専用の風変わりなソファに腰をかけた。列車の車止めと段違い平行棒をミックスしたような奇妙な代物だ。そしてシュミンキは、ナデシュの行いを「とてもえらい」「超すごい」と賞賛し始めた。突然ロイベルはカンピーノに限りない感謝を覚える。少なくともカンピーノは、「クソくだらない民放の局」と言ってくれたからだ。

「それで君はあっちに飛んで、動画を撮ってきてくれたんだろ?」プレゼンテーターが笑顔で言う。

「もちろん」シュミンキがかん高い声で返した。「私、ナデシュのところを訪れてみたいと思っていたの!」

「ではその動画を、コマーシャルの後に見ることにしよう!」

ロイベルはシュナップスを飲み干し、テレビの音量を絞る。

「おまえは、この娘の動画をそれでも見るのか? この娘がおまえの《フレンド》ではないとわかっているのに?」

「もちろんだよ!」

「だが……」

「もちろん、ぜんぶが本当ではないのはわかっているよ。でも、すてきな考えがいっぱいあるんだよ。すっごいわくわくする生活を送っているんだ。休暇にしょぼくさい村に連れていかれたりしない。マヨルカのホテルに行くの。ボーイフレンドと一緒に」

「あるいは、ボーイフレンドを演じているだれかとだろう?」

「え?」

「いいか、おまえは何もわかっていない。カメラが回っていないときに、何が起きているのか。彼らはおまえに、**見せたい**と思っているものだけを見せているんだ」

「そんなことないよ。シュミンキはいつか、カレシと別れるときのことも動画にしていた。とても悲しい動画だったよ。シュミンキはとてもまじめだった。お芝居なんかじゃないよ」

シュミンキが撮ってきた動画が流れる。シュミンキは、さっきプレゼンテーターにしたのとまったく同じように、ナデシュ・ハッケンブッシュの首に抱きついている。まるで、ビンヒェンの姉がそのまた姉に出会っているかのようだ。だが、それはどちらかといえば、あきらかに一種の表敬訪問だ。シュミンキの車を子どもたちが歓声をあげながら追いかけるシーンが映り、子どもたちが飴玉をばりばりとかみ砕くシーンが映る。音を聞いているだけで、こっちが虫歯になりそうな気がする。そのあとシュミンキが言う。この機会を利用して、この美しい大陸について知り、それをみなに紹介したいのだと。

「本当にそんなことをするの?」ロイベルの妻が言う。

だがじっさいに、視覚的にも内容的にもきわめて強烈なカットがあらわれる。シュミンキはその国の別の地方を車で通り抜けている。途中で、砂漠でサファリを組織している人々に出会う。テントがあり、マットレスがあり、かわいらしい夕食がある。ちょっと水辺のキャンプに似ている——もちろん海はないのだが。砂漠につきもののラクダ。どこかの市場でのショッピング。シュミンキは絶え間なく、自分の姿と、異国風の果物やかわいらしい動物などを映像におさめていく。その理由は、「にもかかわらず私たちは、ここがとても美しい――そしてちっとも高くない――国だということを忘れてはならない」からだという。シュミンキは市場でTシャツを三ドルで買い、ナデシュに電話をする。ここで話はなんとかまとまりを見せる。厚顔無恥ではあるが、この締めの部分はきわめて技巧的だとロイベルは思う。シュミンキが自分で撮った部分に比べるとずっと洗練されている。たぶん局の編集者がこの電話の場面をあらかじめ台本に書き込んでいたのだろう。そこには、シュミンキが「ここに来てよかった」と言うことも、「難民の人たちがいつかみんな無事にドイツに到着できて、そして時々は休暇で故郷に帰ることができますように」と言うこともきっと記されていたのだ。

「そうね」ロイベルの妻が言う。「格安航空会社のトゥイを使うのがいちばんね。ああ、反吐が出そう」

妻は立ち上がり、すたすたとテレビのところに歩いていき、スイッチを切る。

「おばあちゃん！」

「ビンヒェン、今から話をしなくてはいけません」

「何を？　今？　テレビをつけてよ、おばあちゃん！」

「こんなに冷笑的なものを見たのは、生まれて初めてですよ」

ロイベルはもう一杯シュナップスを飲みたいと思う。彼は、妻が戦闘態勢に入るのを見ていたが、戦う前から負けは決まっているように感じた。あの感覚は自分も昔、味わったことがある。ビーネの母親が、あのろくでもない男と一緒になると言ってきかなかったときだ。ゲオルク（ジョージ）だかパウル（ポール）だか、とにかくビートルズのだれかみたいな名前の男だった。反対してもどうにもならなかった。あれは、ビーネの母親が自分で身をもって知らなければならなかったことなのだ。でも、ロイベルも妻も最初から、そいつがクソみたいな豚野郎だということがわかっていた。でも、そのクソ・ビートルズだって結局のところ、アマチュア級のクソ野郎にすぎなかった。今、ビーネがはまり込んでいる世界には、プロフェッショナル級のクソ野郎がうようよしているのだ。

ロイベルは妻がビンヒェンの隣に座り、話をするのを見つめた。それは、半分大人になりかけたビンヒェンのような若者には自明なはずの事柄だった。ビンヒェンは怒り、おばあちゃんはぜんぶ誤解していると言い返した。自分はこうしたものごとの判断くらいできるとビンヒェンは言い、砂漠で寝泊まりしたり果物を食べたりするのはきっとほんとうに素敵なことだろうと言った。そして、毎日が休暇のような世界に暮らしてみたいと言った。おばあちゃんの負けだ、とロイベルはぐったりしながら思う。一四歳の娘がみな夢見るような世界に暮らしているシュミンキが相手では、おじいちゃんやおばあちゃんにはほんのわずかも勝ち目はない。うっとうしい親たちはおらず、シックなホテルに暮らし、洋服と化粧品に囲まれ、それからボーイフレンドもいる。成功への配置であり、すばらしき人生への配置だ。そして、才能。あのシュミンキという娘にはそれがある。彼女はまるでテレビのために生まれたような身のこなしをする。楽しげに興奮しているが、神経質ではない。そして自信に満ちてはいるが、傲岸ではない。かのギュンター・ヤウフが何年もラジオで練習しなければならなかったすべてが、この娘には備わっている。唯一欠けているのは落ち着きだけだ。

そして、例のゲオルクだかパウルだかの豚野郎はまだ、数回ベッドをともにすれば満足してくれていた。それがこのシュミンキという娘は、ロイベルの孫娘からすべてを吸い上げかねない。まるで人々からの注目度で脈打つ血管のように。

何か策を講じなければ、とロイベルはまどろみながら思う。それこそが、内務大臣の務めだ。

第28章

彼はみなに言っていたはずだ。自分のことは自分で責任をとらなければならない。成功は保証などされていない。成功の可能性がすこし高まるだけだ。みんなもそれはわかっていた。あんたがこれを始めてくれただけでもありがたいことだと。

「君たちに僕は何も約束できない」彼はみんなに言っておいた。「約束できるのは、みんながおぼれ死にはしないということくらいだ」すばらしいジョークだ。いつも大うけした。少なくとも一〇〇回は口にしただろうが、人々はみな、そのたびに笑ってくれた。ときどき彼は、さらに付け足してこう言った。「だから、救命ベストも必要ない」でも、これはあまり受けがよくなかったので、じきに口にするのをやめた。

仲間たちにも言っておいた。「ぜったいに約束はするな!」だからみんなそんなことはしなかったし、手数料もとっていない。とっていたとしても、従来の斡旋人に比べれば、言及に値しないほどわずかな額だ。彼は人々に「自分は全体の統率役をするが、それは、だれかがそれをやらなければならないからだ」とは言った。でもだからといって、旅行ガイドやら市長やらの役目ができるわけはない。

なのに、なぜ今、それをやれと？

自分は市長になどなりたいと思ったことはない。自分はたしかにアイデアは出した。もしかしたらひとつや二つ、役に立つような解決策も出したかもしれない。でも、それだけだ。たとえば、トラックに関する構造全体は彼ではなく、モージョーの発案だ。それから、地元の独裁者と渡りをつけたのもそうだ。だれかにカネを支払うことで、その他のやつらを遠ざけておくのだ。こっちが知っておかなくてはならないのは、約束を守ってくれるのはだれかを見極めることだけだ。このモデルに従って定期的に支払いをすることで、やつらを驚くほどうまくコントロールしてこられた。すべてを考えたのはモージョーだ。モージョーはその代価を受けとっているが、それは計画通りだ。ときには別のだれかが何かのアイデアを思いつく。マライカやＵＮＨＣＲ〔国連難民高等弁務官事務所〕やテレビが手助けをすることもある。彼個人が責任を負っているわけではない。だからだれも彼に感謝する必要はない。ことがうまく運んだからといって、賞賛などしてもらわなくてもいい。でも、苦情を言ってほしくもない。自分はただ先頭を走っているだけの人間なのだから。

地平線に砂埃が立ち上る。機関銃を取り付けたピックアップトラックが見回りをしているのだ。一度か二度、奇襲もどきを受けそうになったという。たぶん婦女売買業者か、あるいは対抗勢力かもしれない。ライオネルたちがカネを払ったのと別の組織が、見張りをしたって安全は保証されないと、脅しをかけているのかもしれない。でも、敵が射程範囲に入ってきたときは、こちらが向こうを追いかけてやったのだ。今までは少なくとも、その程度のことしか起きていない。トラックがたいしたものを運んでいないのも、おそらく助けになったのだろう。トラック、食べ物、水。どれも、わざわざ攻撃して奪い取るほどの価値はない。水と食べ物と電気の供給はどれも、今のところ非常によく組織されており、要所要所で調整する程度ですんでいる。そのほかには、ひたすら歩くだけだ。一日に一五キロメートル。たいした距離ではない。夜は天使と交わり、未来の夢を見る。

　でも、彼らは放してくれない。

　天使は彼を放してくれない。

　彼女は天使だから、人間の世界のことを何も理解していないのだ。

　一度彼は天使から、幼い売春婦を守ってやってほしいと懇願された。もちろんそれはただ「守る」のではなく、これ以上体を売らないようにしてやってほしいということだ。まるで彼が――あるいはこの世界の他のだれかが――そういうことを禁止できるかのように。売春婦らは、そのカネで食べ物と水と保護のための代金を支払わなければならないのに。

「ノオ！　私《アイ》・払う《ペイ》・彼らが《フォー》・ため《ゼイ》」

　本物の天使だ。すこし世間知らずだとしても、彼は天使に、そんなことをしたらどうなるかを説明した。天使が小さな娼婦のためにカネを払っているとうわさが広まったら、たちまちすべての人々は代金の支払いをやめるはずだ。なぜなら彼らは、自分たちをも天使が助けてくれることを期待するからだ。そして彼は、入ってくるカネについて天使に説明した。天使は計算がそれほど不得意ではなかった。彼女は、それを止めることはできないと、理解してくれた。彼は天使にさらに言った。もしも彼女が出すというカネが底を突いたら、人々をもう一度、代金の支払いに慣れさせなければならない。それはうまくいきっこない。そうしたら天使は娼婦を救うどころか、全員を死につながる道へと導いてしまう。

「でも《バット》・私たち《ウィー》・しなければ《マスト》・なにか《ファット》・する《メイク》！」天使は言う。

「ノオ。私たちは彼らをドイツまで連れていかなくては《ウィー・マスト・ブリング・ゼム・トゥ・ジャーマニー》」

　そして、初めての病人が出た。じつを言えば、それは新しいことではなかった。老人が置き去りにされてきたことに、彼女は最初の数日間、おそらく気づいていなかったのだ。彼は、そういう人間を連れていくつもりはなかった。だから、若い人間ばかりを選んだ。候補を見つけるのは造作ないことだった。自分で候補を選び出し、そして彼らにも、若い人間だけを選ぶように告げておいた。連れていくのは、体調が悪くても自分でなんとかできる人間だ。子どもは問題ない。それから若い家族も。彼はそういうことを、アプリの連絡機能を通じてコントロールしようとした。だが、もちろんコピー機能があるおかげで、最初のころは年寄りも数人、一緒に歩いていた。だが彼らはほどなく、自分たちにこれは無理だと悟った。こうして彼らはふたたびキャンプへと引き返していった。無事にたどり着けたかどうかは、彼の知るところではない。何度も言うようだが、彼はツアーガイドではないのだ。

　彼はアイデアを出しただけであって、それ以上ではない。ただのアイデアマンなのだ。

　そして、彼女は病人を連れてきた。

　もちろん、一五万の人間がいるのだから、病人くらい出るだろう。それで？　彼はだれにも、健康でいられるなどと保証していない。ときにはだれかが病気になって、それ以上歩けなくなることもあるだろう。そうしたらそいつは、自分のことを運ぶなり引きずるなりしてくれるだれかを見つけなければならない。見つからなかったら、行列から脱落だ。脱落したからといって、ピンク色のゼブラ・カーがそいつをどこかに運んでくれるわけではない。そうしたが最後、大量の病人が急速に発生するのは目に見えている。病気になった者は、列から外れる――ただそれだけだ。運よく列の前のほうにいた者なら、一日休息をとって、行列の別の場所にふたたび加わることはできる。だが、列が通り過ぎてしまったら万事休すだ。そうなったらあとは、通りがかったただれかが助けるなり何なりしてくれるのを期待するしかないが、それには時間がかかるかもしれない。隊列は主要な道路を避けて進んでいるのだ。病人はその場にひとりで置いていかれる。その後のことはだれもわからない。病人は水と、たぶんわずかな食糧くらいはもっているかもしれない。もっていないかもしれない。死ぬかもしれない。でも、死なないかもしれない。彼にはわからない。その場所まで戻って確かめなどしない。アフリカでは、たくさんの人間が死ぬ。いちいちようすを見に戻れるわけがない。

年寄りを除けば、これまでみんな、何とかうまくやってきていた。だが、うまくいかなくなるのは時間の問題だ。骨折や盲腸。そういう事例が起こり始めている。そのうち死者もテレビに映ることになるだろう。過去にそういうことがなかったのは、単に、海の上では映像を撮るのがひどく難しいからだ。

「ノオ！　私たちには・医者が・必要よ」

医者の件では、天使と彼は合意した。

いや、医者もどき、というべきだろう。以前看護兵だったパッカという男がいた。マライカは彼にゼブラ・カーの一台を貸し与えた。おかげで今、パッカは行列に沿って車を走らせては、人々の手当てをしている。薬は、マライカのコネで提供された。とはいってもせいぜい、痛み止めと絆創膏と包帯くらいだ。パッカは病人を車で運んだりしない。人々がまた自分で歩けるように手助けをするだけだ。そして、手の施しようがないときは、「ソーリー」と言う。それで終わりだ。

「それで・ぜんぶ？　でも・それ・行く・ない！」天使が言った。

「行く・ない・は・ある・ない」彼は冗談で返そうとした。どういう意味なのかはよくわからないが、天使は、何かを断固としてやろうとするときに、いつもこの言葉を口にするのだ。だが、重要なのはこの行進のメカニズムだ。それを壊すことはできない。みんな、この危険を認識しなくてはならない。みんな、これからもカネを払い続けなければならない。この先も歩き続けなければならない。行列を止めることはできない。なぜなら行進が止まるやいなや、土地の人間は、難民が居座るのではないかと不安を抱くからだ。この行進の比類なき長所は、それがじきに通り過ぎてくれることだ。行進が止まってしまえばそれはキャンプになる。そして土地の人間は難民キャンプを歓迎しない。そして、ひとたび足を止めた難民たちをふたたび動かせるかどうかはわからない。

マライカは、ぜひ医者が必要だと言う。本物の医者が必要で、そのためのカネは彼女の基金から支払える。医者ひとりと車をさらに一台、そして装備一式のカネも基金から出せると彼女は言う。オーケー、と彼は言った。医者ひとりはわかった。でも、運搬はだめだ。

そして今度は、妊婦があらわれた。

妊娠する女はつぎつぎにあらわれた。もちろん彼は最初に、妊婦は連れていけないときつく言っておいた。だが、そのときには妊婦だとわからなかった者もいる。出発してから妊娠したものもいる。これだけたくさんの若い男と、ある程度の数の娼婦がいるのだ。何人かの妊婦の腹は、もうはっきり膨らんでいる。妊娠のかなり後期になっても、歩くことは体に良いのだと、話に聞いている。でも、出産をするとなれば、そうはいかなくなる。そして生まれた赤児はどうするんだ？

「あなた・それ・知る・ない！　あなた・子ども・ない！　私・いる！」

ピックアップトラックの荷台の上で、彼女は体を起こす。トラックの荷台と、仕切り代わりの五〇センチ足らずの金属板。これが二人に与えられた唯一の贅沢だ。彼も体を起こし、彼女を抱きしめる。

彼はグーグルで調べる。一五万の若い人間がいたら、一年で一五〇人から二〇〇人の赤ん坊が生まれてくるという。すべての赤ん坊を養うなど、おそらくできまい。タフな母親ならなんとかできるのかもしれない。でも、このうえ彼に何をしろと？　魔法を使うのか？

「別の・車！　私・払う。別の・車。それから・看護師・ひとり・赤ちゃんの・ための！」

彼女は彼にキスをする。

彼は徐々にわかってきた。彼女の独特な英語に慣れてきたのだ。彼女は、もう一台車を用意して、そこで新生児の世話をすると言いたいのだ。そして車がいっぱいになるごとに、一番年上の赤ん坊を母親のところに返すと言っているのだ。車に乗れるのは新生児だけ。病人は運ばない。

悪くないように聞こえる。子どもたちが死んでいるのよりはいい。赤ん坊でいっぱいの小型バス。すてきな図だ。赤ん坊は邪悪でない。まわりを怯えさせたりもしない。でも、それで困難が解消するわけではない。おそらく死人は出る。子どもたちも何人かはおそらく死ぬだろう。

彼女は頷く。

彼は同意する。重い荷を肩から下ろしたような気持ちになる。彼の肩にはまだ十分たくさんの荷がのっている。でもそこから今、ひとつが減ったのだ。そしてマライカの確信は、けっして揺らぐことがない。彼女は確信に満ちて、彼の体を抱きしめる。そうすると彼は、自分ひとりですべてを、すべてを、すべてを担わなくてもよいのだという気持ちになる。

それは彼女が天使だからだと、彼は何度も自分に言って聞かせる。

（下巻に続く）

Timur VERMES:
Die Hungrigen und die Satten

Originally published in Germany under the title “Die Hungrigen und die Satten” by Eichborn — A Division of Bastei Luebbe Publishing Group

Published by arrangement with Meike Marx Literary Agency, Japan

森内薫（もりうち・かおる）
翻訳家。上智大学外国語学部卒業。2002年から6年間ドイツ在住。訳書に、T・ヴェルメシュ『帰ってきたヒトラー』、D・J・ブラウン『ヒトラーのオリンピックに挑め』、M-U・クリング『クオリティランド』、E・フォックス『脳科学は人格を変えられるか？』など。

空腹《くうふく》ねずみと満腹《まんぷく》ねずみ （上）

2020年5月20日　初版印刷
2020年5月30日　初版発行

著　者　ティムール・ヴェルメシュ
訳　者　森内薫
装　幀　岩瀬聡
装　画　磯良一
発行者　小野寺優
発行所　株式会社河出書房新社
〒151-0051 東京都渋谷区千駄ヶ谷2-32-2
電話（03）3404-1201［営業］（03）3404-8611［編集］
http://www.kawade.co.jp/
組　版　株式会社キャップス
印　刷　株式会社亨有堂印刷所
製　本　小泉製本株式会社
Printed in Japan
ISBN978-4-309-20798-8

【河出文庫】

帰ってきたヒトラー（上下）

T・ヴェルメシュ著
森内薫訳

世界的ベストセラー！　ついに日本上陸。現代に突如よみがえったヒトラーが巻き起こす爆笑騒動の連続。ドイツで一三〇万部、世界三八ヶ国に翻訳された話題の風刺小説！

クオリティランド

M・クリング著
森内薫訳

恋人や仕事・趣味までアルゴリズムで決定される究極の格付社会。アンドロイドが大統領選に立候補し、役立たずの主人公が欠陥ロボットを従えて権力に立ち向かう爆笑ベストセラー。

銀河の果ての落とし穴

E・ケレット著
広岡杏子訳

ウサギを父親と信じる子供、レアキャラ獲得のため戦地に赴く若者、ヒトラーのクローン……奇想とどんでん返し、笑いと悲劇が紙一重の掌篇集。世界四〇カ国以上翻訳の人気最新作。

クネレルのサマーキャンプ

E・ケレット著
母袋夏生訳

自殺者が集まる世界でかつての恋人を探して旅する表題作のほか、ホロコースト体験と政治的緊張を抱えて生きる人々の感覚を、軽やかな想像力でユーモラスに描く中短篇三一本を精選。